GIPFELGOLD

STINA JENSEN

SÓTANO

DAS BUCH

»Die Gasteiner Alpen sind wirklich ein Traum. Du kannst dich entspannen, Ski fahren und vielleicht sogar jemanden kennenlernen!«

Mit diesen Worten wird Mona kurz vor Weihnachten in den Zwangsurlaub geschickt, nachdem sie sich als Eventmanagerin ein paar unverzeihliche Fehler geleistet hat. Dabei liebt sie ihren Job über alles, ganz im Gegensatz zum Skifahren. Oder zu David Brandner, ihrem Zimmernachbarn im Alpenhotel. Der Mann mit den kühlen grauen Augen behandelt Mona von der ersten Minute an so herablassend, dass sie ihn nicht ausstehen kann. Die Dinge ändern sich jedoch, als sie ihn eines Nachts weinen hört. Zaghaft kommen die beiden einander näher – bis Mona den erschreckenden Grund für Davids Verzweiflung erfährt …

Ein Roman, knisternd wie ein Kaminfeuer im Winter.

VORWORT

Liebe Leserinnen und Leser,

für jeden meiner Romane reise ich an die Orte, an denen meine Geschichten spielen. Ich bin daher nach Bad Gastein in Österreich gefahren, um nach Schauplätzen für Monas Erlebnisse zu suchen. Obwohl ich mir Mühe gebe, bei den Ortsbeschreibungen so exakt wie möglich zu bleiben, komme ich nicht darum herum, die örtlichen Gegebenheiten teilweise den Erfordernissen der Handlung anzupassen. Sollten Ähnlichkeiten mit real existierenden Personen bestehen, wären diese rein zufällig.

1

Der Sand unter meinen Laufschuhen knirschte bei jedem federnden Schritt. Aus meinen Kopfhörerstöpseln schallte leise Musik, die mir den Takt vorgab. Ich liebte diese Joggingstrecke zwischen der Binzer Seebrücke und Prora. Der eiskalte Wind pfiff an meinen Ohrenschützern und wollte unter meine windfeste Jacke kriechen, doch mir konnte er nicht kalt und kräftig genug wehen. Die Luft tankte mich auf und weckte die Lebensgeister in mir, trotz der Dunkelheit, die mich an diesem frühen Morgen noch immer umgab.

An der alten, leerstehenden Villa am Strand legte ich einen kurzen Halt ein und dehnte die Muskeln und Gelenke, betrachtete dabei verträumt das verwitterte Gebäude in Bäderbauweise, das zwischen den Dünen in der Dämmerung nur zu erahnen war. Ich stellte mir vor, am Balken der Veranda eine breite Schaukel aufzuhängen und von dort aus im Sommer oder im Winter in eine Decke gehüllt aufs Meer zu schauen.

Die Villa stand seit ein paar Monaten zum Verkauf. Den Preis kannte ich allerdings nicht – der lag sowieso Meilen außerhalb meines Budgets.

Ich streckte den Arm über den Kopf, dehnte mich zur Seite, dann zur anderen, und stand still, atmete ein paarmal aus und ein, ließ die Schultern und Arme kreisen. Schließlich joggte ich weiter, bis die Betonbauten des ehemaligen Nazi-Erholungsheims in Prora in Sicht kamen. Am Hundestrand wendete ich und lief wieder zurück.

»Erde an Mona.« Die Hand meines Chefs auf meiner Schulter riss mich aus den Gedanken an meine Joggingstrecke vom frühen Morgen. »Alles klar?«, fragte er.

»Natürlich, warum nicht?«

Ich setzte ein zuversichtliches »Was-Mona-in-die-Hand-nimmt-läuft-Lächeln« auf und verbannte den Knoten im Bauch in die hinterste Ecke. Es würde alles gut gehen. Dass mir seit August nach einem unverzeihlichen Fehler die Angst im Nacken saß, schien Robert zwar zu ahnen, aber wissen konnte er es nicht.

»Bringst du mich mal eben auf den neuesten Stand wegen dem Brautpaar Diepkens-Albert?«, bat er. »Welche Torte wollen sie denn jetzt haben? Und läuft die Sache mit dem kanadischen Kabeljau?« Robert sah nicht mich an, sondern sein Handy-Display, in das er etwas eintippte.

Ich strich mir eine widerspenstige Locke aus der Stirn. »Der Fisch ist geordert, er wird pünktlich zur Villa geliefert.«

Mit »Villa« war ein Hotel an der Binzer Strandpromenade gemeint. Robert Meemkens Event-Agentur hatte beste Erfahrungen mit der dortigen Hotelleitung, die die Orga solcher Veranstaltungen stets an uns übertrug. Wir hatten den Ruf von Perfektionisten, die an alles dachten, selbst an Dinge, die sonst keiner auf dem Schirm hatte. Und sei es ein Notstromaggregat für den unwahrscheinlichen Fall einer Ostsee-Sturmflut mit Lahmlegen der Insel-Infrastruktur.

»Und was die Torte betrifft«, fuhr ich fort, »sie wollen die Laura-Ashley-Version mit Marzipanrosen und dem klassischen, tanzenden Brautpaar auf der obersten Etagere.«

Ich hegte leise Zweifel, ob die beiden einen Hochzeitswalzer miteinander bewerkstelligen würden. Die Braut, Melanie Diepkens, war eine rundliche Blondine; er eine Bohnenstange. Herr Albert wirkte auf mich etwas farblos. Er hatte die Ausstrahlung eines Postbeamten.

Robert tippte weiter auf sein Smartphone ein. »Sehr schön. Die Karten sind gedruckt?«

Der Knoten im Bauch war zurück, und ich wippte nervös mit dem Knie – eine dumme Angewohnheit von früher, die mich seit dem Sommer wieder begleitete. Vor August hätte Robert mich nie nach solchen Banalitäten wie dem Kartendruck befragt.

»Natürlich sind sie das. Ich habe sie vor drei Monaten verschickt. Es ist der sechste Dezember, die Hochzeit findet am Einundzwanzigsten statt. Sie jetzt erst drucken zu lassen, wäre etwas spät, meinst du nicht?«

Robert steckte das Handy in seine Hosentasche und tätschelte wieder meinen Arm. »Sorry, ich frage nur, weil die Schwiegerleute der Braut meinten, es hätte sich noch keiner bei ihnen gemeldet.«

Ich zuckte die Schultern. Das konnte alle möglichen Gründe haben. Vielleicht hatte man kein so enges Verhältnis. Außerdem gingen die Zusagen an uns und nicht an das Brautpaar oder gar die Schwiegerleute.

»Und die Tickets für das Kurkonzert am fünfzehnten März sind auch bald erhältlich, ja?« Robert tippte auf seine Hosentasche. »Ich hab gerade mit dem Kurator gesimst. Er ist ein bisschen nervös. Die Eintrittskarten sollen ins Weihnachtsgeschäft.«

Ich verschränkte die Arme. »Warum geht ihr nicht mal

aufs Ticketportal, dort werdet ihr auf einen Blick sehen, dass sie schon zu erwerben sind. Mir wird kein Fehler mehr passieren, Robert. Ehrenwort.«

Dabei war ich vor Angst manchmal so angespannt, dass ich befürchtete, allein deshalb könnte wieder etwas schiefgehen. So oft wie seit August hatte ich mich noch nie selbst kontrolliert. Nicht zu fassen, dass ich im letzten Jahr zur »erfolgreichsten Rügener Businessfrau« geehrt worden war. Und dem war diesen Sommer ein Riesenartikel gefolgt, dass man mich wohl eher als die unfähigste …

»Weiß ich doch«, meinte Robert und war schon wieder an der Tür. Dann kam er mit zwei Schritten zu mir zurück und sah mich prüfend an. »Hast du eine Allergie?«

Eilig kramte ich nach dem Taschenspiegel in meiner Handtasche und starrte mein Spiegelbild an. Diese Flecken waren im August zum ersten Mal aufgetaucht. Nach der Sache mit unserem Kunden Tobias Föhring. Ich hatte mit seinem Manager für die »Weil du das Wichtigste für mich bist«-Show den 28. August auserkoren und alles fix gemacht. Die Kampagne war perfekt durchdacht und wurde mit dem gleichnamigen Song beworben. Es ging darin um die Gefühle eines Vaters für sein schwer krankes Kind. Inspiriert von der tragischen Geschichte seines Branchenkollegen Michael Bublé, dessen Sohn an Leberkrebs litt, hatte er diesen Song komponiert und damit einen Hit gelandet, der vor allem bei Frauen mit Kindern voll eingeschlagen hatte. Ein Lied, das zu Tränen rührte. Mir persönlich lagen seine unbeschwerteren Hits mehr. Aber das war Geschmacksache.

Die Bühne an der Strandpromenade gegenüber dem Kurhaus war jedenfalls gebucht, die Plakate gedruckt und ausgehängt, der Ticketshop ging in den Vorverkauf, die Hotelzimmer für den Künstler und seine Band waren reserviert – aber überall datiert mit dem 29. August. Niemand bemerkte den Fehler. Bis kurz vor dem Termin. Ich war gerade auf einem Segeltörn mit Annika und ihrem Freund und einem Kollegen, Malte Hansen, mit dem ich nach dem Vorfall nie mehr sprach. Der Manager von Tobias Föhring meldete sich in der Agentur, um den Zeitpunkt zu besprechen, zu dem die Crew mit dem Bühnenaufbau loslegen konnte. Und da klärte sich der Irrtum auf.

Auf See hatten wir kein Netz. Ich hatte keine Ahnung davon, was in der Agentur los war – wie alle händeringend nach einer Lösung suchten. Robert war außer sich. Er erreichte schließlich Malte, meinen Kollegen – doch was tat der: Er schwieg. Wollte mir den Trip nicht verderben. Noch immer könnte ich ihn dafür umbringen, dass er mich bei Robert ins offene Messer laufen ließ, als wir zurückkehrten. Tobias Föhring konnte den Termin nicht einfach um einen Tag verschieben, im Sommer hatte er an jedem Tag ein Engagement in einer anderen Stadt.

Das Konzert sagten wir ab, die Ticketgebühren wurden den Konzertbesuchern erstattet. Es war ein riesiger Ansehens-Verlust für die Agentur. Es gab böse Presse. Häme. Ein Albtraum.

Via skype entschuldigte ich mich persönlich bei Tobias Föhring. Der Künstler war einigermaßen versöhnlich, das musste ich ihm lassen. Immerhin war ihm meinetwegen ein Auftritt vor vielen Fans an einem ganz besonderen Austragungsort entgangen.

In der Branche duzte man sich, also sagte er: »Du weißt ja, man trifft sich immer zweimal. Beim nächsten Mal läuft alles glatt, und wir lachen über dieses Desaster.«

Jetzt, ein paar Monate später, betrachtete ich die Flecken auf meiner hellen, sommersprossigen Haut. Sie verteilten sich über Dekolleté und Hals. Immer dann, wenn es hektisch wurde. Nach ein paar Minuten verschwanden sie wieder. Dass Robert sie nun zu sehen bekam, war dumm. Er lag mir sowieso schon dauernd in den Ohren, dass ich endlich mal Urlaub nehmen sollte. Was ich auch ganz gern getan hätte – aber wohin sollte ich alleine fahren? Wenn ich nicht verreiste, würde ich doch nur die ganze Zeit arbeiten. Ich ging ja oft genug am Wochenende ins Büro, um Liegengebliebenes wegzuschaffen.

Als ich mich vor drei Jahren von Piet scheiden ließ, brach der halbe Freundeskreis weg. Dann zog meine beste Freundin Annika nach Zermatt, und Marc, mein Bruder, ging nach Berlin. In zwei Tagen wurde ich neunundzwanzig, und ich hatte nichts vor außer dem Geburtstagsessen mit der Familie. Irgendwie war es mir in den letzten Jahren gelungen, bis auf ein paar wenige alte Schulfreundinnen, die eher wegen Annika den Kontakt zu mir hielten, auch meine eigenen Freunde zu verlieren. Weil ich wegen all der Arbeit Einladungen absagen musste. Oder auch, weil ich selbst bei den Partys anderer sofort alles an mich riss. Marc meinte, das könnte ein paar Leuten auf die Nerven gegangen sein. Natürlich kannte ich nette Frauen, und es hatte Männerbekanntschaften gegeben. Bettgeschichten, wenn man so wollte. Mal mit einer Barbekanntschaft, oder im Mai mit einem Schweizer, als ich Annika in Zermatt besuchte. Zuletzt im August mit Malte, mit dem ich seit der Sache mit Tobias Föhring wie gesagt kein Wort mehr wechselte.

»Das ist nichts Schlimmes«, beantwortete ich Roberts Frage zu meinen Flecken.

Er sah mich prüfend an. »Schlimm vielleicht nicht, aber besorgniserregend«, entgegnete er. »Du wolltest dich um Urlaub kümmern, Mona«, erinnerte er mich prompt. »Morgen legst du mir was vor, okay? Du hast sage und schreibe zwanzig Tage Resturlaub, davon nimmst du in diesem Jahr noch mindestens zehn. Verstanden?«

Ich blies die Wangen auf. »Das sind zwei Wochen! Dieser Monat hat nur noch drei.«

»Ganz richtig. Das mit der Hochzeit am Einundzwanzigsten wuppen wir auch allein, wenn du alles gut vorbereitet hast. Das kann Catalyn übernehmen, sie brennt darauf, mal ohne dich im Nacken schalten und walten zu können.«

Catalyn war unsere Praktikantin. Sie war ein lieber Mensch, aber wenn man mich fragte, zu entspannt. Ihre Lieblingsworte lauteten »logo« und »easy«. Als könnte man unseren Job beim Lackieren ihrer bunten Nägel erledigen. Dass ich diese Hochzeit an sie abgeben sollte, war der Gipfel – dieses Fest war mein Baby. Außerdem konnte ich ihr kaum die Organisation des Silvesterbanketts im Kurhaus überlassen. Das war eine große Nummer. Das vergaß Robert wohl gerade vollkommen.

»Robert, ich –«, hob ich an, doch er unterbrach mich mit einer Handbewegung.

»Marc meint auch, dass ich auf dich achtgeben sollte. Und jetzt, wo ich diese Flecken so sehe …«

Ich tätschelte meine Wangen mit beiden Händen. »Geht gleich wieder weg, wirklich. Und Marc – der gibt schon genug auf mich acht.« Für meinen Bruder würde ich immer die kleine Schwester bleiben. Robert und er waren befreundet, sie hatten sich über mich kennengelernt.

»Ich meine es ernst. Morgen erfahre ich von dir, wo du hinfährst. Am Geld wird es ja nicht liegen.«

Das stimmte. Ich verdiente gut, hatte mangels Privatleben kaum Kosten. Auf meinem Konto schlummerte ein ansehnlicher fünfstelliger Betrag, den ich vielleicht irgendwann brauchen würde – ich wusste nur noch nicht wofür.

Verreisen also. Auf eine Südseeinsel? Ich liebte das Meer und den Sommer. Aber ehrlich gesagt fühlte ich mich in Binz noch immer am wohlsten.

So eine Fernreise brauchte außerdem Vorbereitung. Abgesehen davon wollte ich gern dann in den Urlaub, wann es mir passte.

Ich seufzte unhörbar. Bis morgen hatte Robert seine Drohung sowieso wieder vergessen. Er war doch heilfroh, dass er mich hatte.

Nach dem verpatzten Konzerttermin von Tobias Föhring war er es gewesen, der mich aufzubauen versucht hatte. In den Tagen danach war ich nämlich so deprimiert, dass ich morgens nicht mal mehr aus dem Bett kam. So etwas hatte ich nie zuvor erlebt: Meine Gliedmaßen verweigerten den Dienst. Ich lag in den Kissen und war unfähig aufzustehen. Dagegen waren diese roten Flecken harmlos.

»Ja, ja«, murmelte ich und tätschelte noch einmal meine Wangen, »ich leg dir was vor.«

2

Am nächsten Tag war ich in einem der Strandhotels, für die wir regelmäßig Events organisierten, zum Nikolausbrunch eingeladen. Ich nahm die Gelegenheit wahr, Kontakte zu pflegen und ein Bühnenkonzept vorzustellen, das ich mir für dieses Haus ausgedacht hatte. Das Hotel verfügte über ein angrenzendes kleines Theater, und ich hatte in der Vergangenheit schon ein paar Künstler dafür engagiert. Im neuen Jahr plante ich, eine Reihe mit Binzer Persönlichkeiten zu etablieren, die Prominente aus ganz Deutschland im Stil von »Zimmer frei« interviewen sollten. Das würde bei den Einheimischen sicher gut ankommen, die oft genug beklagten, dass sie ihre Stadt mehr und mehr an die Touristen verloren.

Nachmittags traf ich mich noch einmal mit dem Brautpaar Diepkens-Albert, das in der »Villa« feiern würde und sprach mit ihnen die Musik-Hitliste durch, die sie sich für die Party nach dem Essen wünschten.

Abends ging ich wieder ins Büro, um letzte Mails zu beantworten und Angebote rauszuschicken. Den ganzen

Tag zeigte sich kein einziger roter Fleck, und Robert und ich liefen uns nicht über den Weg.

Gegen halb neun kam ich nach Hause, genoss den Geruch nach Putzmitteln, der freitagnachmittags immer in meiner Wohnung hing, weil meine Putzhilfe Rodika gewaltet hatte. Ich bestellte mir eine Pizza, hockte mich vor den Fernseher und schlief vor dem laufenden Gerät ein. Irgendwann in der Nacht wachte ich auf und krabbelte ins Bett.

Meinen Geburtstag ging ich gemütlich an, zwang mich, der Arbeit fernzubleiben – immerhin war Samstag. Ich joggte am Strand entlang, drehte die Musik in meinen Ohren auf und ging anschließend im Hotel von Annikas Onkel eine Runde schwimmen, bevor ich mich den Vorbereitungen fürs Abendessen widmete. Während ich Dips und Lammkeule mit Gemüse vorbereitete, philosophierte ich wieder über mein Leben. Ein bisschen betrübte es mich schon, dass ich den Abend nur mit meinen Eltern und Marc verbringen würde. Fast fühlte ich mich wie eine verschrobene Junggesellin.

Als ich noch mit Piet verheiratet war, war es mir gar nicht so sehr aufgefallen, dass er die meisten unserer Freunde mit in die Ehe gebracht hatte. Wäre da nicht seine Mutter gewesen, die sich von Anfang an in alles eingemischt hatte, wären wir vielleicht sogar noch zusammen. Vor allem hatte ihr nicht gefallen, dass ich in der Agentur freiwillig jeden Wochenenddienst annahm. Dabei wäre das eine Sache zwischen Piet und mir gewesen. Doch irgendwann hatte es auch ihn gestört – und das war der Anfang vom Ende. Wenn man jemandem verbieten will, etwas zu tun, woran sein Herz hängt, ist das keine gute Idee. Allerdings hätte ich kompromissbereiter sein müssen – das war mir inzwischen auch klar.

Seit Annika so weit weg von mir lebte, waren Marc und Robert meine engsten Begleiter. Robert war mittlerweile ein guter Freund. Dennoch kam es überraschend, als sogar mein Chef zusammen mit Marc und meinen Eltern am Abend vor meiner Tür stand. Ich begrüßte meine Familienmitglieder mit Küsschen auf die Wangen und sah Robert verblüfft an. Mein Chef übergab mir einen Strauß weißer Lilien, in deren Mitte eine glitzernd rote 29 prangte.

»Alles Gute zum Geburtstag«, wünschte er und streifte sich die Füße an der Fußmatte ab.

Ich legte die Blumen beiseite und half mit Mänteln und Schals. Draußen wehte von der See ein eisiger Wind, der einem die Tränen in die Augen trieb.

»Ich glaube, heute wird es spannend«, raunte Mama mir zu, als wir allein in der Küche waren, wo ich die Lilien in einer hohen Vase verstaute.

Von Mama habe ich die rotblonden Locken und die hellbraunen Augen geerbt. Marc ist ebenfalls mit roten Haaren und einer hellen Haut gesegnet. Zurzeit trägt er Vollbart, wie Papa. Mein Vater ist dunkelblond und hat graue Augen. Er ist ein stiller Mann, der jetzt mit Marc und Robert im Wohnzimmer mit den Sektkelchen herumstand. Die Männer unterhielten sich leise. Vielleicht ging es um Fußball, ein Thema, bei dem Papa als HSV-Fan mitreden konnte.

»Inwiefern spannend?«, fragte ich meine Mutter und langte nach dem Tablett mit den Käsecrackern und Dips, die ich zur Vorspeise bereitgestellt hatte. Im Ofen schmorten die Lammkeule, Gemüse und Rosmarinkartoffeln – alles war ruckzuck vorbereitet gewesen. Für die

Events meiner Kunden legte ich mich zwar wahnsinnig ins Zeug. Bei meinen eigenen Feiern war ich eine Minimalistin.

»Ich meine wegen Marc und Robert.«

Überrascht sah ich meine Mutter an. »Du meinst, die beiden sind ein Paar?«

Ich hatte es schon geahnt, allerdings lebte Marc in Berlin, kam nur alle paar Wochen her, wie zum Beispiel zu meinem Geburtstag. Oder zu Weihnachten, das wir üblicherweise bei meinen Eltern feierten. Wahrscheinlich waren sie sich im Sommer nähergekommen, als ich diese Krise wegen des verbaselten Termins von Tobias Föhring hatte und tagelang im Bett lag. Marc war aus Berlin gekommen, um mir zur Seite zu stehen. Und auch Robert hatte mir einen Besuch am Krankenbett abgestattet. Einmal, um mir zu versichern, dass Fehler nun mal passieren konnten, zum anderen, um mir den Verlust in Zahlen mitzuteilen, den ihn mein Fauxpas gekostet hatte. Glücklicherweise zahlte die Versicherung. Robert hätte mir aus Konsequenz für meine Schludrigkeit kündigen können, doch das hatte er nicht getan. Ob Marc etwas damit zu tun hatte? Ich würde jedenfalls erst glauben, dass die beiden ein Paar waren, wenn die beiden es auch offiziell verkündeten.

Als ich mit Mama im Schlepptau das Wohnzimmer betrat, stimmten die drei Männer »Happy birthday« an, und auch Mama fiel mit ein.

Verlegen stellte ich das Tablett ab und griff nach meinem Sektglas. »Lieb, dass ihr gekommen seid«, sagte ich. »Was würde ich nur ohne euch machen?«

»Ich weiß schon, was«, antwortete Robert, nachdem er sein Glas geleert hatte, und übergab mir einen Umschlag. »Für dich.«

»Wow.« Neugierig betrachtete ich das rote Kuvert, auf dem in Roberts steiler Handschrift mein Name stand.

Robert und Marc setzten sich nebeneinander aufs Sofa, während Papa und Mama mir über die Schulter blickten. Ich öffnete den Falz des Briefumschlags und zog ein Blatt Papier hervor.

»Alpenlofts.at«, las ich. »Ein zweiwöchiger Aufenthalt in den Gasteiner Alpen. Ein Geschenk von Marc und Robert.« Dahinter drei Herzchen.

Fragend sah ich von Robert zu Marc. Die beiden grinsten mich an.

»Was soll das?«, fragte ich. Ich meinte damit zwei Dinge: Wieso schenkten sie mir eine Reise in die Berge? Und wieso sie beide zusammen? Hieß das wirklich …?

Mein Vater sah peinlich berührt aus, er interpretierte die Herzchen offenbar ganz richtig. Papa hatte sich schwer damit getan, als er erfuhr, dass Marc auf Männer stand. Er hatte nichts gegen Schwule, natürlich nicht, aber wenn es um den eigenen Sohn ging, sah die Sache etwas anders aus. Seinen Sohn hier mit einem Lover – noch dazu meinem Chef – zusammen zu sehen, war wohl nicht leicht für ihn. Dabei passte es doch eigentlich ideal. Marc war dreiunddreißig, Robert fünf Jahre älter.

Die Wangen meines Bruders röteten sich. »Wie – was soll das? Das ist unser Geschenk für dich. Wir haben nur zusammengelegt.«

»Jedenfalls ist es in Bad Gastein ganz toll.« Robert sah rückversichernd zu Marc.

Dieser nickte. »Wo du doch die Berge so sehr magst.«

»Seit wann mag ich die Berge?«, fragte ich. »Ich liebe die See. Ich –« Wieder sah ich auf den Voucher und riss die Augen auf. »Vom achtzehnten Dezember bis zum ersten Januar? Dann wäre ich ja Weihnachten weg! Und Silvester!« Ich sah Robert und meinen Bruder ungläubig an. »Wie stellt ihr euch das vor?«

Mein Chef stand vom Sofa auf und nahm mir den Voucher ab, den ich noch nicht vollständig studiert hatte.

»Ich stelle mir das ganz einfach vor«, antwortete er. »Ich hatte dir gesagt, du solltest mir deine Pläne mitteilen. Hast du aber nicht.« Er tippte auf den Voucher. »Guck mal, wir haben an alles gedacht. Es ist *all inklusive*. Das Flugticket nach Salzburg, der Mietwagen, Essen, Skikurs. Sieh es als Bonus für deine in diesem Jahr geleistete Arbeit.«

»Aha«, entgegnete ich, »daher weht der Wind. Weil ich Mist gebaut habe, komme ich ins Exil in die Berge.«

Marc stand ebenfalls vom Sofa auf und legte den Arm um mich. »Das hat doch mit deinem Fehler überhaupt nichts zu tun. Robert will nur, dass du dich mal entspannst und Urlaub machst. Und ich auch.«

Jetzt schaltete Mama sich ein. »Ich finde das ebenfalls keine schlechte Idee. Schau mal, Mona, du wirst bald dreißig. Du könntest die Zeit dort nutzen, um darüber nachzudenken, was du aus deinem Leben machen möchtest.«

»Gar nichts!«, rief ich. »Ich bin zufrieden mit meinem Leben, wie es ist!«

»Das kann nicht sein«, meinte Papa. »Ohne Mann, keine engen Freunde vor Ort, nur die Arbeit. Das ist doch kein Leben für eine junge, hübsche Frau.«

»Sieh zu, dass du dich erholst«, drängte Mama. »Vormittags in den Skikurs und danach einen ausgiebigen Mittagsschlaf. Was meinst du, wie schnell du da wieder zu Kräften kommst.«

Plötzlich roch es angebrannt. Die Lammkeule! Ich rannte in die Küche, riss die Ofentür auf und stand in einer Nebelschwade aus verbranntem Öl. Mist.

Bei näherem Hinsehen war der Schaden jedoch begrenzt. Es hatte nur ein bisschen vom Gemüse erwischt, das ich offenbar nicht genug eingepinselt hatte.

Ich nahm das Blech aus dem Ofen und verteilte Saft über Fleisch und Grünzeug, stellte die Temperatur zurück und schob alles wieder hinein. Tief durchatmen.

»Robert und ich würden die Feiertage gern mit Freunden in Berlin verbringen«, flüsterte Marc, der hinter mich getreten war. »Und Mama redet schon seit Jahren davon, dass sie über Weihnachten gern mal von dem ganzen Trubel hier fort wäre. Sie würde gern Heiligabend in die Oper gehen, das haben sie noch nie gemacht, und danach schön mit Papa essen. Die beiden würden das aber nie tun, wenn sie wüssten, dass sie dich allein zurücklassen.«

»Warum hast du mich denn nicht vorgewarnt?«, murrte ich. »Für mich ist dieser Urlaub eine Strafe. Ihr hättet mich fragen sollen. Wenn ihr mich schon unbedingt los sein wollt, hättet ihr mir Teneriffa schenken können. Oder die Seychellen. Aber Bad Gastein!«

Ich fasste mir an die Stirn. Vor meinem geistigen Auge sah ich Greise mit Rollator durch die Straßen manövrieren.

Marc zog mich an sich und strich mir über den Kopf. »Komm, Löckchen«, meinte er, »ich spür genau, dass es viel besser wird, als du denkst.« Jetzt nahm er mein Gesicht zwischen die Hände und sah mich ernst an. »Du hattest im Sommer versprochen, dass du kürzer trittst. Du hast es aber nicht getan. Robert ist in Sorge, dass du bei all dem Stress wieder etwas übersiehst. Du brauchst mal einen klaren Kopf. Und als du im Mai von Annikas Hochzeit in Zermatt zurückkamst, hast du von den Bergen geschwärmt. Da dachten wir, dass so ein Loft mit Kamin und integrierter Sauna zur Entspannung genau richtig wäre. Es ist ein Apartment für vier Personen, du kannst dich dort total breitmachen. Damit du dich um nichts kümmern musst, nimmst du an den Mahlzeiten im nahegelegenen Hotel teil. Das ist ein toller Schuppen, Robert hat keine Kosten gescheut.« Er schmunzelte. »Wie du dir vorstellen kannst, habe ich finanziell nicht ganz so viel beisteuern können, wie er.« Nun streichelte er mir die Wange. »Du wirst nette Leute kennenlernen, die genau deine Kragenweite sind, du wirst sehen.«

Ich wischte mir eine Träne aus dem Augenwinkel. »Mag sein«, entgegnete ich, »aber ihr hättet trotzdem fragen können. Und Ski fahren werde ich auf keinen Fall. Am Ende breche ich mir was und liege in irgendeinem von Nonnen geführten Bergspital.«

»Na, na«, sagte Marc, »male mal nicht den Teufel an die Wand. Du wirst dir schon nichts brechen. Und wenn, dann hoffentlich nur dein Herz.«

Vorwurfsvoll sah ich ihn an.

Er lachte. »Spaß, Süße, nur Spaß. Ich wünsche dir, dass du endlich mal wieder andere Dinge wichtig nimmst, als immer nur die Arbeit.«

Während des Essens stocherte ich in den Speisen herum und haderte mit allem. Ich in den Bergen! Was hatten sie sich nur dabei gedacht?

Nachdem meine Eltern und Marc mit Robert gegangen waren, hörte ich die Mailbox meines Handys ab. Es gab genau einen Anruf. Eine einzige Geburtstagsnachricht zum Neunundzwanzigsten. Sie kam von Annika. Auf Facebook waren es mehr gewesen, zugegeben. Aber dort wurden die User auch daran erinnert.

»Hallo meine Süße, alles, alles Liebe und Gute zum Geburtstag! Ich hoffe, du feierst schön und hast den Tag genießen können! Melde dich doch mal, ich hab in den letzten Wochen schon ein paarmal angerufen. Ist alles okay bei dir? Uns geht es gut. Nevio kann jetzt laufen und hat nichts anderes im Kopf als Schlittenfahren. Er sagt Mama und Papa!« Sie lachte. »Na ja, Felix ist natürlich ununterbrochen auf der Piste und gibt Skikurse. Bei mir klappt es inzwischen auch richtig gut, wer hätte das gedacht. Was machst du über die Feiertage? Feierst du wieder mit Marc und deinen Eltern? Wahrscheinlich organisierst du eine Weihnachtsfeier nach der anderen. Ach, und die Silvestergala im Kurhaus natürlich. Bitte melde dich trotzdem mal, wäre schön. Happy birthday!«

Ich sah auf die Uhr: Dafür, Annika zurückzurufen, war es schon zu spät. Ich würde es morgen tun. Sie würde Augen machen, wenn ich ihr erzählte, dass Robert mich vierzehn Tage in die Berge verbannen wollte. Aber da hatte er sich geschnitten.

3

Der nächste Tag war ein Sonntag und draußen tobte ein Sturm, der die See weit auf den Strand trieb und Berge von Treibgut hinterließ. Wenn der Wind nachließ, würden Touristenkinder auf der Suche nach Bernstein darauf herumklettern.

Ich räumte die Reste meiner kleinen Feier auf und blätterte anschließend in alten Fotoalben. Marc und ich hatten schon als Kinder ein enges Verhältnis. Ich sah stets zu ihm auf, sein Wort war Gesetz. Warum fiel er mir so in den Rücken? Bei aller Fürsorglichkeit – er hätte mich doch auch fragen können, ob ich Weihnachten bei ihm in Berlin verbringen wollte. Immerhin war ich erst einmal dort gewesen.

Aber wenn ich ehrlich war, mochte ich die Stadt nicht so sehr. Und die Leute, mit denen er zu tun hatte, waren schrill und laut und hip. Auch wenn ich viel mit Menschen zu tun hatte: Extrovertiert war ich nicht. Ich brauchte immer einen Moment, bis ich mit anderen warm wurde. Zwar kleidete ich mich lässig und metropol, manche sagten, ich sähe aus wie ein Jean-Paul-Gaultier-Model, aber im Grunde meines

Herzens war ich das Mädchen aus Rügen. Eine Bekannte von Marc hatte mich auf seiner Geburtstagsfeier vom Fleck weg für eine Fotosession engagieren wollen. Sie konnte gar nicht verstehen, dass ich nicht spontan Marcs Wohnung verließ, um mit ihr in einem abgelegenen Industriegebiet zwischen Fabrikruinen zu posen. Jede andere Frau hätte sich wahrscheinlich geschmeichelt gefühlt, aber ich wollte nur in Marcs Nähe sein. Ich brauchte nicht viele Leute, um mich wohlzufühlen. Vertraute Gesichter wie die meiner Eltern oder Annika genügten mir völlig. Erst seit meine Freundin die Insel verlassen hatte und Marc nach Berlin gegangen war, fühlte ich mich einsam. Daran würde ein Aufenthalt in Bad Gastein rein gar nichts ändern. Im Gegenteil.

Meine Familie konnte gern Weihnachten verbringen, wie es ihnen gefiel. Ich würde jemanden finden, dem ich mich anschließen konnte. Ich musste nur in meinem Email-Adressbuch meine verbliebenen Kontakte durchgehen. Jedenfalls ahnte ich, dass das eine furchtbare Reise werden würde, sollte ich sie antreten. Und auf sein Bauchgefühl sollte man sich immer verlassen.

Die Woche verging, und meine Laune verschlechterte sich von Tag zu Tag.

»Natürlich kann ich dich nicht zu deinem Glück zwingen«, erklärte Robert, nachdem ich ihm den Voucher am Freitagnachmittag mit der Begründung auf den Tisch legte, die Reise käme einfach nicht für mich in Frage. »Aber ins Büro setzt du keinen Fuß. Und sei dir bitte darüber bewusst, dass ich diesen Trip so kurz vor Reiseantritt nicht stornieren kann. Das Geld wird fällig, ob du hinfährst oder nicht.«

»Dann fahr eben selber hin«, entgegnete ich.

In diesem Moment klopfte Catalyn an die Tür und schlüpfte zu uns hinein.

»Hi.« Unsere Praktikantin kratzte sich mit einer verlegenen Geste am Kopf. »Wegen der Hochzeit am einundzwanzigsten ...«, sagte sie, und ihr Blick glitt zwischen mir und Robert hin und her. »Könnte es sein, dass wir vergessen haben, die Einladungskarten zu verschicken?«

Mein Chef runzelte die Stirn. »Wie kommst du denn bitteschön darauf?«

Catalyn trat von einem Fuß auf den anderen. »Gehen die Rückläufe nicht normalerweise bei uns ein? Die vom Hotel wollten wissen, wie viele Zusagen wir haben und dann hab ich mal geschaut ...« Wieder schaute sie zwischen Robert und mir hin und her. »Es ist noch keine einzige Karte zurückgekommen. Und das Rücksendedatum lautete erster Dezember.«

Mir wurde heiß und kalt, und ich setzte mich auf den Stuhl vor Roberts Schreibtisch. In Windeseile ging ich gedanklich meine Einladungskarten-Versenden-Checkliste durch. Ich hatte den Druck in Auftrag gegeben. Ich hatte die Adressetiketten eigenhändig auf die Umschläge geklebt. Ich hatte sie frankiert. Einhundertdreißig Stück. Ich hatte sie in einen Karton gepackt, um sie zur Post zu bringen. Die Box hatte ich in mein Auto geladen.

Herr im Himmel. Ich konnte mich nicht daran erinnern, sie in der Filiale abgeliefert zu haben!

»Mona, was ist denn?«, fragte Robert und sah mich unter hochgezogenen Augenbrauen an. »Du hast wieder diese Flecken. Du willst mir doch nicht sagen, dass du das vergessen hast. Ich hatte dich doch extra danach gefragt! Bitte, Mona, sag, dass –«

Ich sprang vom Stuhl auf und klaubte im Flur meinen Mantel vom Garderobenhaken. Unser Büro lag nicht weit von meiner Wohnung entfernt auf der Hauptstraße, die zur Seebrücke und zum Strand führte. Ich rannte die Straße entlang durch den Regen. Eine Bö hob mich fast von den Füßen. Ich schlug den Kragen hoch und zog den Nacken ein, lief zu meinem Auto in einer Seitenstraße nahe meiner Wohnung und öffnete den Kofferraum. Die Kiste mit den Einladungen hatte ich doch nicht monatelang übersehen können!? Der Kofferraum meines Kleinwagens war nicht mal besonders groß! Tatsächlich lag nichts darin als ein Regenschirm und eine Plastiktüte von Aldi.

Und da fiel es mir ein. Auf dem Weg zur Post hatte ich einen Anruf von Robert erhalten, der mich bat, beim Kurator wegen der Silvestergala vorbeizuschauen. Ich war kurzerhand abgebogen und hatte die Postlieferung auf später verschoben. Der Leiter des Kurhauses hatte mich nach unserer Besprechung gebeten, eine Handvoll Plakate zu dem Studenten zu bringen, der die Aushänge für uns erledigte. Bis dahin war die Postagentur geschlossen gewesen, ich hatte mir vorgenommen, die Einladungen am nächsten Tag wegzubringen. Die Kiste mit den Briefen hatte ich, vorsichtig wie ich war, aus dem Auto genommen, damit sie über Nacht im Kofferraum nicht feucht werden würden, und in meinem Flur abgestellt, um sie gleich am nächsten Morgen wieder mitzunehmen. Im Gang standen sie nicht mehr. Wo war die Kiste?

Mein Gott. Mir schwante Übles.

Ich schloss den Kofferraum meines Wagens und lief mit zittrigen Knien weiter zu meiner Wohnung. Der Regen peitschte mir ins Gesicht, und ich senkte den Kopf. Mein Handy klingelte, das musste Robert sein. Nicht jetzt.

Ich betete nie, aber jetzt hätte ich mich am liebsten auf den Boden gekniet und es getan. *Lieber Gott, mach, dass ...*

Der Hausmeister war gerade damit beschäftigt, eine

Lichterkette über die Buchsbäume im Vorgarten zu spannen und warf mir einen neugierigen Blick zu, als ich zum Hauseingang stürmte. In meinem Flur hetzte ich zum Garderobenschrank und öffnete die knarzende Tür. Hier deponierte meine Putzhilfe Rodika freitagnachmittags alles, was ihr im Weg herumstand.

Und da war sie. Die unberührte Kiste mit den Einladungen für die Hochzeitsfeier der Diepkens-Alberts, die in knapp einer Woche stattfinden würde. Ich hatte das Führen der Zusagenliste an Catalyn abgegeben, die heute die Sitzordnung anlegen wollte. Wir sammelten immer die Rückläufe, ehe wir die Namen auf der Liste abhakten, konnten das nicht jeden Tag tun. Tatsächlich waren wir spät dran. Und dass wir es nicht früher gemerkt hatten, lag daran, dass die Braut sich voll auf uns verließ, und nicht, wie andere, ständig nachfragte.

Ich versuchte, mich selbst zu beruhigen. Bestimmt wussten die Gäste ohnehin Bescheid. Ich meine – es würde doch mal jemand gefragt haben, wann es losging?

Ein kaltes Gefühl breitete sich in meinem Magen aus. War sie nicht die Braut gewesen, die mit ihrer Einladung den Verwandten und Freunden eine Überraschung bereiten wollte? Es gab wohl ein paar Stimmen im Umfeld, die der Meinung waren, die beiden passten nicht wirklich zusammen. Und in der Fußzeile der Einladungen stand: »Die Zusagen bitte ausschließlich an die Agentur, wir möchten uns gern überraschen lassen, wer kommt.«

Ich sank auf die von Rodika an diesem Nachmittag frisch gewienerten Fliesen vor dem Flurschrank zu Boden und heulte heiser auf. O nein, o nein. O Gott, o Gott.

Mein Handy klingelte wieder. Bestimmt tauchte Robert gleich vor meiner Tür auf, um zu erfahren, was geschehen war. Wie sollte ich ihm diese Katastrophe beichten?

Dass er mir im August verziehen hatte, war ein Wunder gewesen. Diesmal würde es keines geben, so viel stand fest. Da nutzte es auch nichts, dass er mit Marc liiert war.

Ich war nicht in der Lage, ins Büro zurückzukehren. Schlotternd stieg ich aus den regennassen Klamotten, kroch ins Bett und schlang die Decke um mich. Ich hatte versagt. Zum zweiten Mal in meiner Laufbahn in Roberts Firma hatte ich es so richtig vermasselt. Und das innerhalb weniger Monate. Was war nur mit mir los? Ich war nicht mal dreißig, das konnte doch keine Alterserscheinung sein!

Dabei ahnte ich insgeheim genau, was mit mir los war. Ich war überarbeitet. Halste mir zu viel auf, gab zu wenig ab, fühlte mich für alles verantwortlich, arbeitete fast jedes Wochenende und sonnte mich in meinem Erfolg. Papa hatte ganz recht: Ich hatte sonst nichts. Keine Beziehung, keine Kinder, kein Social Life. Auf Facebook, Instagram und Twitter war ich gut vernetzt, meine Accounts standen auf meiner Visitenkarte. Ich erntete Likes und twitterte über jedes Event, das ich organisierte. Nebenher kümmerte ich mich unentgeltlich um Feierlichkeiten meiner Eltern und ihrer Bekannten oder wuppte flugs den Fünfzigsten von Annikas Mama. Selbst in Zermatt hatte ich mich um Annikas Junggesellinnenabschied gekümmert.

Und jetzt lag ich bewegungsunfähig im Bett. Ich hatte noch nicht in den Spiegel geschaut, doch es war davon auszugehen, dass die roten Flecken sich munter ausbreiteten. Nun klingelte es schon zum fünften Mal an meiner Haustür, doch ich war unfähig, aufzustehen. Wie damals, als ich von dem Segeltörn zurückgekehrt war. Ich hatte mich verkrochen, noch nicht einmal Annika etwas von der Misere erzählt. Ich hatte mich zurückgezogen, weil ich ihr nicht eingestehen wollte, dass ich einen Fehler gemacht hatte. Annika hielt mich für perfekt. Wie so viele.

Als das Klingeln verstummte, atmete ich auf. Kurz darauf hörte ich, wie sich jemand an meiner Wohnungstür zu schaffen machte.

Zuerst klopfte es hämmernd. »Frau Espenschied, sind Sie da?«, rief eine mir unbekannte männliche Stimme. Oder doch. Gehörte die nicht dem Hausmeister?

Jemand drehte den Schlüssel im Schloss.

Es dauerte keine halbe Minute, bis Robert und der Hausmeister in meine Wohnung stürzten, laut meinen Namen riefen, bis sie mich endlich im Schlafzimmer fanden und anstarrten.

»Gott, Mona, wie kannst du mich so erschrecken?«, fragte Robert. Sein Blick wanderte zum Nachttisch und wieder zu mir. »Hast du was genommen?«

Ich hauchte ein »Nein«. Stumme Tränen liefen mir über die Wangen.

»Ich werd dich krankschreiben, miene Sööte. Zwei Wochen. Vorerst.«

Dr. Gregor, der mich bereits seit meiner Kindheit kannte, sah über den Rand seiner Brille hinweg. »Mit so etwas ist nicht zu spaßen. Es gibt Leute, die kommen nach so einer Attacke nicht wieder hoch.«

Seine Diagnose lautete »akutes Erschöpfungssyndrom«, auch bekannt unter der Bezeichnung »Burnout«. Er erklärte mir, dass dieses Syndrom ganz unterschiedlich verlaufen könne. Die Gefahr sei groß, dass es chronisch würde, wenn ich nicht sofort gegensteuerte.

Bei mir hatte dieser Zustand der völligen Abgeschlagenheit schon das ganze Wochenende angehalten. Lediglich für den Gang zur Toilette hatte ich mich aus dem Bett schälen können. Die paar Meter vom Schlafzimmer ins Bad erschienen mir dabei so lang wie meine Joggingstrecke von Binz nach Prora. Und das, wo der sechs Kilometer weite Sandstrand am Prorarer Wiek für mich normalerweise ein Klacks war. Momentan träumte ich eher davon, dass mein körpereigener Akku wieder auflud.

»Das kann schnell chronisch werden«, mahnte mein Hausarzt noch einmal. »Du brauchst dringend Ruhe. Mein Rat: kein einziges Gespräch über die Arbeit, mit niemandem.« Er hob beschwichtigend die Hände, als ich etwas einwenden wollte. »Ich hab verstanden, dass das eine üble Sache ist, die dir da passiert ist, aber darum müssen sich jetzt andere kümmern. Es ist egal, ob jemand denkt, dass du dich aus der Affäre ziehst. Fakt ist, dass du vor ein paar Monaten schon einmal hier bei mir gesessen hast und ich dir dasselbe sagte. Du dachtest, du hättest die Kurve gekriegt, aber da täuschst du dich. Du musst dringend etwas ändern, es ist kurz vor zwölf.«

Ich senkte den Kopf und kämpfte gegen die Tränen an. Wie konnte man sich nur so schwach fühlen? Ich wollte nichts anderes als schlafen. Die ganze Zeit. Nichts reden, nichts denken, nichts essen, nichts tun.

Mama hatte mich hierher gebracht. Sie hockte im Wartezimmer und las die GALA, während ich gehofft hatte, mein Arzt würde mir etwas verschreiben, mit dem ich mich besser fühlen und Robert und Catalyn unter die Arme greifen könnte. So, wie ich jetzt drauf war, war es nicht möglich. Mein Energielevel bewegte sich auf der Nulllinie.

»Am besten wäre ein Tapetenwechsel«, fuhr Dr. Gregor fort. »Hast du nicht jemanden, den du besuchen könntest?«

Annika. Zermatt. Ich hob langsam den Kopf und nickte. »Ich frag mal.«

Zu Hause angekommen, wählte Mama Annikas Nummer und hielt mir den Hörer ans Ohr. Ich war tatsächlich zu kraftlos, um mich selbst darum zu kümmern. Mit piepsiger Stimme klagte ich meiner Freundin mein Leid, erzählte ihr von Roberts Geschenk und meinem erneuten, fatalen Fehler in der Agentur. Ich wollte so gern bei ihr sein. Wie früher, als wir einander getröstet hatten, wenn es in der Schule oder mit den Jungs nicht gut lief. Auch bei der Trennung von Piet war sie für mich da gewesen. Genauso wie ich für sie, als sie schwanger wurde und sich eine Zeit lang nicht sicher war, von wem.

»Ich wüsste nicht, wo ich dich unterbringen sollte«, sagte Annika, und ich hörte ihrer Stimme an, wie sie sich wand, mir eine Absage zu erteilen. »Du hast ja unsere Wohnung gesehen, wir haben kaum Platz für uns drei, und meine Mutter kommt noch.« Annika seufzte. »Es tut mir so leid. Hättest du früher etwas gesagt, hätte ich bestimmt noch was arrangieren können. Aber im Moment kommen die Leute in Scharen, Zermatt ist ausgebucht.« Sie machte eine Pause, ehe sie fortfuhr: »Und wenn du doch nach Österreich fährst in dieses Alpenloft? Ich hab mir das eben mal angesehen, das ist der Hammer. Wenn man mir das anbieten würde, würde ich nicht zweimal überlegen.«

Ich selbst hatte noch gar nicht geschaut, wohin genau Robert und Marc mich verfrachten wollten. »Ehrlich?«, fragte ich matt. »Aber ich wäre dort ganz allein.«

»Du knüpfst schneller Kontakte, als du von dir glaubst. Denk mal, wie du dich hier im Mai sofort zurechtgefunden hast.«

Damit hatte sie zwar recht, aber zur Zeit war ich nicht die Alte. Anscheinend konnte ich das niemandem so recht begreiflich machen. Ich verstand es ja selbst nicht!

»Es tut mir wirklich leid«, wiederholte Annika noch einmal. »Wenn du absolut nicht weg willst: Versuch, dich abzuschotten. Mach es dir in deiner Wohnung gemütlich.«

Als ich aufgelegt hatte, sah Mama mich fragend an. »Bei ihr geht es nicht?«

»Nein.«

»Dann mach die Reise, die Robert und Marc dir geschenkt haben.«

Ich blinzelte wieder gegen die Tränen an und gab mich geschlagen. »Kannst du mir beim Packen helfen?«, flüsterte ich.

Mama gab mir einen Kuss auf die Wange. »Nichts lieber als das.«

4

Die nächsten beiden Tage verbrachte ich im Bett und ließ mich von Mama verwöhnen, die sich extra für mich freinahm. Mein Flug ging mittags um zehn vor zwölf von Berlin aus nach Salzburg. Sie brachte mich auch mit dem Auto zum Flughafen, wo Marc mich in Empfang nahm.

Mein Bruder begleitete mich über die Gepäckaufgabe bis zur Sicherheitskontrolle, wo er mich mit einer Umarmung und den Worten »Ich wünsch dir eine mega gute Zeit« verabschiedete.

Auf meinem Weg durch die Kontrolle wandte ich mich noch einmal um und erwischte ihn dabei, wie er mir besorgt nachsah. Ich hatte mir seit Freitag nicht die Haare gewaschen oder mich geduscht – lediglich zum Zähneputzen hatte ich mich aufraffen können. Ich trug einen Jogginganzug und Sneakers, darüber eine dunkelblaue Steppjacke mit Fellkapuze. Meine Locken hatte ich zu einem wirren Knoten zusammengebunden. Es war mir egal. Hier kannte mich niemand und in Bad Gastein erst recht nicht.

Ich hob die Hand und formte mit den Lippen einen Kuss. Dann verschwand mein Bruder aus meiner Sicht.

Den Flug verbrachte ich schlafend; nach der Landung weckte mich eine Stewardess. Wahrscheinlich hielt sie mich für betrunken.

Ermüdend lange wartete ich an der Gepäckausgabe auf meinen Koffer und schleppte mich schließlich zur Mietwagenfirma, wo man mir einen Schlüssel für einen Kleinwagen übergab.

Die Fahrt gestaltete sich als kaum zu bewältigende Herausforderung. Mit zitternden Fingern versuchte ich, das Navi in Gang zu setzen und ließ es nach mehreren Versuchen resigniert bleiben. Ich trank einen Schluck Wasser, ruhte mich aus, probierte es erneut. Jetzt ging es. Aber wie sollte ich in diesem Zustand Auto fahren?

Ich steckte den Schlüssel ins Zündschloss und drehte ihn herum. Der Motor des Fiat Panda sprang an, und kurz darauf lenkte ich den Wagen durch den Schneeregen. Verzweifelt versuchte ich, mir die alte Mona ins Gedächtnis zu rufen. Sie hätte mich ausgelacht. »Wegen einer Autofahrt von eineinhalb Stunden stellst du dich so an?«, hätte sie gefragt. »Für dich ist so etwas doch ein Klacks.«

Das Navi lotste mich auf die Autobahn. Links und rechts erstreckten sich Hügel, auf denen es grün durch weiße Schneeflecken hindurchschimmerte. Ein türkisfarbener Fluss rauschte schäumend durch die Landschaft, es folgte Tunnel auf Tunnel. Ich zuckelte mit achtzig hinter LKWs her, ein Überholvorgang hätte mir zu viel Kraft abverlangt. Zu Annika nach Zermatt war ich mit dem Zug angereist und hatte kaum aus dem Fenster geschaut, sondern bis zur letzten Sekunde an einem Event geplant. Und dann hatte ich auch dort wieder die Zügel bei der Planung ihres Junggesellinnenabschieds in die Hand genommen. Woher hatte ich die Energie genommen?

Die Landschaft veränderte sich. Es wurde bergiger, der Schneefall dichter.

Endlich ging es von der Autobahn ab ins Gasteiner Tal. Nur noch ein paar Kilometer.

Die Straße führte durch zwei Orte, bis die Bundesstraße steiler wurde und Bad Gastein in Sicht kam. Der Ort schmiegte sich mit seinen pastellfarben angelegten Prachtbauten an den Berg. Ich hatte ganz vergessen, wie bezaubernd Schneelandschaften aussahen. Die Berge ringsherum, die Bäume, die Dächer der Häuser. Es sah aus wie auf einer Postkarte. Durch die Mitte des Ortes stürzte ein Wasserfall ins Tal. Mein Weg schlängelte sich an Hotels und Lokalen vorbei. Von einigen bröckelte der Putz, als würden sie schon länger leer stehen.

Ich passierte einen Bahnhof mit daneben gelegener Gondelanlage. Auf einem Platz drängten sich Gruppen von Kleinkindern auf einem Skiübungshügel, Skifahrer bildeten Schlangen vor den Gondeln. Behäbig bewegten sich die Kabinen den Berg hinauf, Schnee flirrte durch die Luft. Und wieder kam ich an Gebäuden im Kurstil vorbei, diesmal weihnachtlich herausgeputzt. Hier erinnerte nichts an die rustikale Bauweise der Schweizer Berge.

Ein paar Kurven weiter lenkte ich den Fiat Panda auf einen Parkplatz. Das Navi vermeldete meine Ankunft am Ziel. Erschöpft zog ich die Handbremse und legte den Kopf auf dem Lenkrad ab. Hoffentlich war es nicht allzu weit bis zu diesem Loft, das Robert für mich gebucht hatte. Es musste ein wenig abseits liegen.

Ich stieg aus und lud den Koffer aus dem Kofferraum; den Schlüssel zum Auto würde ich an der Rezeption abgegeben, man hatte einen Deal mit der Mietwagenfirma.

Das Hotel selbst war ein großes, mit dunklem Holz verkleidetes Gebäude, das durch seine Erker und Balkone regelrecht verwinkelt aussah. Durch eine Glasschiebetür betrat ich die Lobby. Vor dem Fenster zum Parkplatz war ein Weihnachtsbaum aufgestellt. Er war über und über mit pastellfarbenen Kugeln behängt. Darunter lagen Attrappen von Geschenken und Säckchen. In der Lobby fanden sich außerdem einladend aussehende bunte Sessel und Sofas. Und überall Bücher. In den Regalen, auf den Tischen.

An der Rezeption klopfte ich mir den Schnee von den Schultern und wartete den Check-in einer Familie mit drei Kindern ab. Die junge Frau am Counter trug einen Rock aus gelbem Brokat.

»Herzlich willkommen«, begrüßte sie mich, nachdem die Familie versorgt war. »Was kann ich für Sie tun?«

Ihr feiner österreichischer Akzent gefiel mir. Ich reichte ihr den Mietwagenschlüssel und den Hotelvoucher. Sie bat mich mit einem Fingerzeig, auf einem der Sessel in der Sitzgruppe Platz zu nehmen. »Unser Concierge ist noch in einem anderen Haus unterwegs. Möchten Sie etwas trinken, bis er wiederkommt? Dann bringt er Sie und Ihr Gepäck nach oben.«

So wie sie »Gepäck« sagte, klang es wie »Gebäck«.

Ich winkte ab. »Mein Koffer ist nicht so schwer, und er hat Rollen. Ich würde gern so schnell wie möglich aufs Zimmer. Könnten Sie mir den Schlüssel geben? Ich finde mich bestimmt zurecht.«

Es war gelogen, in Wahrheit wäre ich lieber auf einer Trage transportiert worden. Aber ich musste mich dringend hinlegen. In ein Bett. Bis zum Abendessen wollte ich keinen Schritt mehr tun.

Zögernd erläuterte sie mir ein paar Abläufe. Das Schwimmbad war den ganzen Tag geöffnet, in meinem Loft gab es eine eigene Sauna. Das Abendessen für die Loftbewohner startete um neunzehn Uhr. Tagsüber wurden Schneewanderungen, Schlittenfahrten und andere Aktivitäten angeboten. Sie schob mir ein Blatt zu, auf dem eine Tabelle abgebildet war. Für jeden Wochentag gab es eine Spalte.

Ich nickte und streckte die Hand aus. »Sehr gut. Den Schlüssel bitte?«

Endlich schien sie zu begreifen, wie ernst es mir war. »Es ist das Apartment Pepone A.« Aus einer Schublade fischte sie einen Filzanhänger und trat um die Theke herum. Sie winkte mich hinter sich her zur Schiebetür und deutete am Hotel vorbei auf einen ansteigenden Weg.

»Sie kommen an zwei Treppchen vorbei, nehmen Sie die zweite, es geht ein wenig bergan.« Zweifelnd betrachtete sie mich. »Wollen Sie nicht doch lieber auf den Concierge warten? Oder er bringt Ihnen später Ihren Koffer.«

»Nein, nein.« Kurzentschlossen presste ich meine Handtasche enger an mich und machte mich mit dem hinter mir herklappernden Koffer auf den Weg.

»Pepone«, murmelte ich vor mich hin. Die Treppchen, die auf die zweite Ebene des Grundstücks hinter dem Hotel führten, waren steiler als gedacht. Und geräumt waren sie auch nicht. Nur plattgetreten. Meine Sneakers waren definitiv das falsche Schuhwerk.

Ächzend arbeitete ich mich Stufe für Stufe nach oben. Allmählich erschien mir die Entfernung zwischen dem Hotel und den dazugehörigen Lofts beschwerlich. Schön sahen sie ja aus inmitten der verschneiten Wiesen. Große, überdachte Holzterrassen. Riesige Fensterscheiben zu den im Gasteiner Tal liegenden Ortschaften hin. Sehr idyllisch.

Der Weg führte noch ein Stück weiter über einen Trampelpfad, der vor dem Komplex mit den Lofts endete. Von einem schmalen, überdachten Gang gingen vier Apartmenttüren ab. Zwei links, zwei rechts. Welches war meines? Es gab gar keine Markierungen. Ich betrachtete den Filzanhänger. Pepone A.

Ich pochte an die erste Tür zu meiner linken und horchte. Nichts zu hören. Der Schlüssel passte nicht ins Schloss. Also weiter zum nächsten. Wieder klopfte ich, steckte auch hier den Schlüssel in den Zylinder. Vielleicht nach rechts drehen? Ich rüttelte und drehte, doch nichts geschah.

Im selben Moment sprang die Tür auf, und ich starrte in die misstrauisch verzogenen Augen eines Mannes im Bademantel. Er hielt die Hände in den Taschen vergraben, seine blanken Füße steckten in weißen Frotteepantoffeln. Hatte ich ihn aus der Sauna geholt?

»Hal-lo?«, fragte er. »Darf ich fragen, warum Sie sich hier an meiner Tür zu schaffen machen?« Seine Stimme hatte einen leicht österreichischen Singsang.

Ich schätzte ihn auf Mitte dreißig. Sein Aussehen erinnerte an Gerard Butler. Er hatte hellbraunes kurzes Haar, graue Augen und für einen Mann beneidenswert dunkle Wimpern.

Meine Wimpern sind rotblond. Wenn ich sie nicht tusche, sehe ich aus wie ein Alien. Heute zum Beispiel.

Er betrachtete den wirren Dutt auf meinem Kopf und mein Jogginghose-Sneakers-Outfit. Mein Hartschalenkoffer wies ein Leopardenmuster auf.

Grübelnd starrte ich auf den Filz-Schlüsselanhänger in meiner Hand. »Pepone A ist wohl nicht hier?«

Er deutete auf die Schmutzmatte zu meinen Füßen und sagte: »Hier steht B.«

Ich hob die Fußspitzen, und tatsächlich war dort ein blasses B zu erkennen.

Der Mann zeigte auf die Fußmatte gegenüber. »Dort steht ein A. Das da ist Ihr Loft. Hier sind Sie falsch.«

Er sah mich in einer Art an, als wollte er sagen: »Frauen. Völlig orientierungslose Geschöpfe.«

Ich murmelte eine Entschuldigung und wandte mich ab, steckte den Schlüssel in die Tür gegenüber. Er ließ sich mühelos herumdrehen.

»Geht doch«, sagte der Mann.

Ich drehte mich um, und er hob spöttisch eine Augenbraue. Dann trat er zurück ins Innere, und die Tür fiel ohne ein weiteres Wort hinter ihm ins Schloss. Dass ich mich für meine Störung hätte entschuldigen können, fiel mir zu spät ein.

Ich nahm meinen Koffer und betrat staunend das Apartment. Direkt hinter dem Eingang begann ein riesiger Wohnbereich mit bodentiefer Fensterfront. Wow. So hatte ich noch nie gewohnt. Nicht mal auf meiner Hochzeitsreise, die Piet und mich nach Mauritius geführt hatte. Die Hütte am Strand war sehr einfach gewesen. Aber dieses Apartment war eine Wohlfühloase in hellem Holz, das einen harzigen Duft verströmte, vermengt mit einem Limettenaroma, wie ich es aus Wellnessbereichen kannte. Die Schlafzimmertür links von mir stand offen. Ich hängte meinen Anorak an den Garderobenhaken neben dem Eingang und spähte in den Schlafraum. Es war der Wahnsinn: Vom Kingsize-Bett aus würde ich durch die Glasfront über den Balkon hinweg nach draußen sehen können. Ich hätte mich am liebsten sofort hingelegt, doch für den Moment sperrte ich einfach nur den Mund auf. Wie schön es hier war!

Andächtig wandte ich den Kopf. Die Fensterfront im Wohnzimmer mit angrenzender Terrasse ging zum Berg hinaus. Der Rücken eines Sofas begrenzte den Eingangsbereich vom Wohnzimmer, gegenüber stand ein Holzofen, daneben ein Korb frisches Brennholz. Vom Wohn- und Essbereich ging es links neben dem Schlafzimmer in eine schmale, offene Küche.

Ich schlüpfte aus den Schuhen und durchquerte den Raum bis zum Badezimmer. Dunkler Granit, weiße Keramikelemente, eine Holzdecke. Es gab eine Badewanne, an deren Stirnseite ein Fenster den Blick ins Tal freigab.

Ein glücklicher Seufzer entwich meinen Lippen, und ich öffnete die Tür zur Sauna. Neben der Scheibe hing eine Bedienungsanleitung. Es bedurfte nur eines Knopfdrucks.

Zurück im Wohnzimmer schob ich eine der Balkontüren beiseite, tapste mit bestrumpften Füßen nach draußen. Der Balkon erstreckte sich über die Front des Gebäudes nach links übereck an Küche und Schlafzimmer vorbei bis zu einer Holzpalisade, die knapp neben der Balkontür meines Schlafzimmers lag. Von diesem Teil der Terrasse konnte man über das Tal hinweg bis zu den entfernt liegenden Ortschaften schauen, aus deren Richtung ich gekommen war. Ich knipste ein Foto für Mama und Annika sowie Marc und Robert, schickte ihnen eine SMS mit dem Wort **Angekommen.** Danach stellte ich das Gerät auf Flugmodus. Ich wollte abschalten und nicht chatten. Bestimmt würden sie Details von meiner Anreise hören wollen.

Ich legte die Hände auf dem kalten Geländer ab und blies weiße Atemwölkchen in die Luft.

In der Nähe rauchte jemand.

Ich ging die paar Schritte zur Palisade und lugte durch eine Ritze im Holz. Es war der Mann, den ich vor ein paar Minuten aufgescheucht hatte. Er telefonierte.

»Nein, da verhörst du dich, ich rauche überhaupt nicht«, sagte er eben und schnickte Asche übers Geländer.

Er trug noch immer den Bademantel und die weißen Hotelslipper. Seine Waden sahen durchtrainiert aus.

Ich schlang die Arme um meinen Körper und wandte mich ab, ging zurück ins kuschlig warme Wohnzimmer und ging weiter ins Schlafzimmer zu dem einladenden Bett. Ich schlüpfte aus meinen Kleidern, ließ sie zu Boden fallen und krabbelte unter die Bettdecke.

Die Matratze war wunderbar weich. Die Kissen rochen sauber und waren in der optimalen Größe.

Auf einem lag ein Täfelchen Schokolade. Ich nahm es fort und legte es in die Nachttischschublade.

Hier würde ich es mir gut gehen lassen. Ich fühlte mich jetzt schon erholter. Ich drehte mich auf die Seite und starrte durch die Scheibe der Balkontür nach draußen in die verschneite Landschaft, betrachtete die hohen Berge, über die sich die Dämmerung legte, und schloss die Augen.

5

Trompeten und bummernde Bässe holten mich aus einem Traum. Ich hatte auf Skiern vor einem Abgrund gestanden.

Benommen richtete ich mich auf und lauschte. Jemand hörte Musik. Laut.

Draußen war es bereits dunkel, und ich sah auf die Uhr. Kurz vor sechs. Um sieben gab es Abendessen. Mein Magen knurrte. Mein Kopf fühlte sich nicht mehr so schwer an.

Ich hob die Beine vom Bett und legte das Ohr an die vibrierende Wand zum Nachbarloft. Da testete wohl jemand die maximale Leistungsfähigkeit seiner Stereoanlage?

Nicht, dass ich etwas gegen Musik gehabt hätte, im Gegenteil. Ich hörte selbst gern welche, drehte sie auch auf, wenn ich wusste, dass die Nachbarn fort waren. Oder am Strand beim Joggen über meine Kopfhörer. Aber hier und bei voller Lautstärke? Das würde mir nicht einfallen. Erst mal einen Kaffee. Vielleicht hörte es ja gleich wieder auf.

Die Küche war mit allem ausgestattet, was das Herz begehrte. Es gab nicht nur einen Toaster und einen Wasserkocher, sondern auch eine Kapsel-Kaffeemaschine mit einer Auswahl an Geschmacksrichtungen, die mein Herz höher schlagen ließ. Etwas Starkes wäre gut. Ich entschied mich für den vielversprechenden Namen »Coffea arabica« und lauschte dem Rattern des Geräts, das das herzschlagartige Dröhnen aus der Nachbarwohnung nicht zu übertönen vermochte.

Als der Kaffee durchgelaufen war, umrundete ich mit der Tasse die Essecke und setzte mich auf das apfelgrüne Sofa. Vielleicht besaß ich auch eine Stereoanlage, die ich aufdrehen konnte? Auf einem schmalen Beistelltisch stand ein Fernseher, daneben ein Kasten. Vermutlich war das ein Gerät, an das man sein Handy anschließen konnte. Oder es verfügte über Bluetooth. Später vielleicht. Ich nippte am Kaffee und lehnte den Kopf zurück. Es fühlte sich surreal an, hier zu sein. Mona Espenschied allein in den Bergen. In einem luxuriösen Alpenloft!

Nebenan bummerte es weiter, die Bläser gaben alles. Was war das nur für eine Musik? Je mehr ich versuchte, mich von dem lästigen Dröhnen abzulenken, desto mehr zerrte es an meinen Nerven. Dachte dieser Kerl, er sei allein auf der Welt?

Ich hatte die Erfahrung gemacht, dass man die Dinge besser gleich zur Sprache brachte. Im schlechtesten Fall entluden sich Aggressionen wegen einer Lappalie.

Ich trank den Kaffee aus und schlüpfte im Schlafzimmer in meine am Boden liegenden Kleider, glitt in meine Sneakers und öffnete die Tür meines Apartments. Gott, war das kalt da draußen. Die Überdachung nützte überhaupt nichts. Unschlüssig blieb ich vor der gegenüberliegenden Wohnung stehen, neben mir die Wand, hinter der unsere Lofts aneinander grenzten. Es gab nicht mal eine Klingel, wie sollte der Kerl mich bei diesem Lärm hören?

Ich klopfte etliche Male, ehe die Musik verstummte und ich Schritte hörte.

Er war noch immer im Bademantel. Seine Augen waren gerötet. Sollte er bei diesem Radau geschlafen haben?

»Ja?« Er musterte mich von oben bis unten. Ich hasste es, wenn Männer das taten.

»Hören Sie«, begann ich, »ich will nicht unhöflich sein und Sie alle fünf Minuten stören, aber sehen Sie, ich stehe mit einem Fuß im Burnout, und es wäre wirklich toll, wenn Sie die Musik leiser machen könnten.«

»Burnout?« Er musterte mich noch eingehender. Las ich etwa Spott in seinem Blick? So nach dem Motto: *Das erklärt einiges.* Was für eine Unverschämtheit.

»Wir sind ja Nachbarn«, versuchte ich es dennoch versöhnlich, »wäre doch schön, wenn wir miteinander klarkämen.«

»Ich bin nicht hier, um mit irgendjemandem klarzukommen«, erklärte er und schlug mir die Tür vor der Nase zu.

Abwartend blieb ich stehen. Wenn er die Musik wieder aufdrehte, würde ich noch einmal klopfen. Wenn nötig mit den Fäusten. Ich hatte mich zu dieser Reise durchgerungen. Und jetzt, wo es mir hier gefiel, würde ich keinerlei Kompromisse eingehen.

Als die Musik ausblieb, kehrte ich zurück in mein Apartment, ging ins Bad und starrte mein Spiegelbild an. Gott, ich sah aus wie eine Irre. Das Haar hatte sich beim Schlafen aus dem Dutt gelöst und erinnerte an ein zerfetztes Hundespielzeug. Aber das war nicht das Schlimmste. In der Eile hatte ich mein Oberteil komplett falsch herum angezogen. Das rückseitige Etikett hing direkt unter meinem Kinn. An meinem Hals zeichneten sich rote Flecken ab.

Ich kicherte. Gott sei Dank konnte mir dieser Typ nicht gleichgültiger sein.

Ich zog das Shirt über den Kopf und schlüpfte aus Hose und Unterwäsche. Kurz darauf stand ich unter der Dusche. *Fuck you, Burnout*, dachte ich und ließ das Wasser aus der Regendusche über meinen Körper rinnen, bis ich meinte, jegliche Schwermut von mir heruntergespült zu haben. Tropfend trat ich unter der Dusche hervor und breitete die Arme aus, atmete mit einem vernehmlichen »Aaaah!« kräftig aus und beschloss, mich für das Abendessen ein wenig in Schale zu werfen.

Neben bequemer Winterkleidung hatte ich mein Lieblingskleid eingepackt. Es war schwarz und aus einem festen Jerseystoff. Es umschmeichelte meine Figur und reichte mir bis knapp über die Knie. Es hieß immer, Rothaarige könnten kein Schwarz tragen, doch mir stand diese Farbe ausgezeichnet. Sie verlieh meinem Teint einen rosigen Touch und meinen Haaren die Farbe halbreifer Erdbeeren. Meine Locken versorgte ich mit einer Styling-Creme, tuschte meine Wimpern, trug ein wenig farblosen Lipgloss auf und schlüpfte in das Kleid.

Die restlichen Klamotten verstaute ich im Schlafzimmerschrank und fischte einen Liebesroman aus dem Koffer, den ich für gemütliche Stunden vor dem Kamin mitgebracht hatte. Mama hatte mir ein Fernglas für die Ausflüge in die Berge und ein paar Knabbereien eingepackt. Ich verteilte alles in Küche und Wohnzimmer und sah unschlüssig nach draußen in die Dunkelheit.

Bedauerlich, dass ich den Weg durch die Kälte zum Hotel zurücklegen musste. Ich zog schwarze Wildlederstiefel und meinen Kapuzenmantel über und trat aus dem Haus. Von meinem Nachbarn war nichts zu sehen oder zu hören. Und auch in den beiden anderen Wohnungen war alles still. Vielleicht standen sie leer. Das würde sich bestimmt bald ändern.

Der Weg durch den Schnee zum Treppchen war unbeleuchtet. Ich kramte mein Smartphone hervor und leuchtete mir mit der Taschenlampenfunktion den Weg. Die Schwere der letzten Tage nagte nun doch wieder an mir, kaum dass ich diese paar Meter zurückgelegt hatte. Wann würde das endlich besser werden? Aber Umkehren war keine Option, ich hatte Hunger.

6

Stehlampen mit verschiedenfarbigen Lampenschirmen tauchten die Lobby und den Übergang zur Bar hin in ein heimeliges Licht. Den Boden schmückten Kuhfelle, am Rand waren Sitzgelegenheiten wie Sessel und Hocker verstreut. Hier warteten Hotelgäste auf ihre Familienmitglieder, blätterten in Zeitschriften oder Büchern, scrollten über die Displays ihrer Smartphones. Über die Bar gelangte man in den Speisesaal. Dabei handelte es sich um einen verwinkelten Raum, dessen Zentrum eine Insel bildete, auf der an diesem Abend das Vorspeisenbuffet aufgebaut war. Seitlich daneben waren die Haupt- und Nachspeisen aufgereiht. Es roch köstlich.

Aus den Lautsprechern schallte leise Musik. Ein Kellner erkundigte sich nach meiner Zimmernummer und winkte mich mit einem »Bitte folgen Sie mir« hinter sich her.

Er bot mir einen Platz an einem noch unbesetzten Sechsertisch.

»Sitze ich nicht allein?«, fragte ich.

Der Mann lächelte mich an. »Wir sind über die Feiertage

ausgebucht, daher stellen wir Gruppen aus Alleinreisenden und Paaren zusammen. Sechsergruppen haben sich bei unseren Loftgästen bewährt. Sie sitzen heute allerdings nur mit Herrn Brandner aus Apartment Pepone B zusammen. Ab morgen stößt dann noch ein Paar zu Ihnen. Übermorgen ein weiteres.«

»Das ist mir ehrlich gesagt nicht so recht«, wandte ich ein. »Ich würde lieber allein sitzen. Ich brauche Ruhe, wissen Sie.«

Worüber sollten Herr Brandner und ich uns auch unterhalten? Darüber, dass er ein unfreundlicher, rauchender Musikfreak war, der es weder mit der Wahrheit genau nahm, noch jemals etwas von Rücksichtnahme gehört hatte?

Der Kellner musterte mich unauffällig, als drücke mein Outfit das Gegenteil von Ruhebedürfnis aus. »Heute kann ich Ihnen entgegenkommen, aber ab morgen wird es eng.« Er wies zu einem Zweiertisch am Fenster. »Der wäre gerade noch frei.«

Behutsam bahnte ich mir den Weg zwischen den anderen Tischen hindurch und setzte mich. Von hier hatte ich einen Überblick über alle Winkel des Raums und das Buffet. Am Nebentisch saß schon eine Familie, die eben mit ihren Getränken anstieß. Ich nickte ihnen zu.

»Möchten Sie einen Aperitif?«, fragte der Kellner.

Ich schüttelte den Kopf. Dr. Gregor hatte mir geraten, jegliche Rauschmittel zu meiden. Sie könnten die Symptome verstärken, und das wollte ich auf keinen Fall. Stattdessen bestellte ich ein Mineralwasser und sah mich genauer um. Ein Teil der Wände war pink angelegt, ein anderer tannengrün. Es gab einen ausgestopften Auerhahn und mehrere Hirschgeweihe an den Wänden. Ein Gemälde zeigte Bad Gastein im Sommer, ein anderes im Winter. Das

Buffet sah reichhaltig aus. In dampfenden Servierschalen erspähte ich Fleisch, Fisch und Beilagen. Ein Koch briet auf einer heißen Platte Riesengarnelen. Mir lief das Wasser im Mund zusammen.

»Einen schönen guten Abend, herzlich willkommen bei uns«, begrüßte mich eine Dame im schwarzen Kostüm; die dunklen Haare waren zu einer Banane hochfrisiert. Ihr Revers zierte ein Schild: *Barbara Moser, Hotelwirtin.* Ich grüßte freundlich zurück, und sie ging weiter von Tisch zu Tisch. Ich vermutete, dass dies ihr Abendritual war. Annikas Onkel machte das in seinem Hotel auf Binz genauso.

Sehnsüchtig sah ich dem Kellner entgegen, der mit einem Tablett durch die Reihen lief, auf dem ich auch mein Getränk erspähte.

Hinter ihm tauchte jemand auf. Obwohl er nicht im Bademantel war, erkannte ich ihn sofort. Mein Nachbar. Bevor unsere Blicke sich treffen konnten, sah ich auf meine Hände und knibbelte an einem Fingernagel. Aus dem Augenwinkel schielte ich zu ihm hin. Der Mann sah leider zu gut aus, dafür, dass er so ein rücksichtsloser Kauz war. Zur dunkelblauen Jeans trug er ausgetretene Boots, dazu ein Hemd mit Jackett. War das etwa Brusthaar, das aus dem um einen Knopf offenstehenden Hemd hervorblitzte?

Als der Kellner mein Mineralwasser brachte, nahm ich einen großen Schluck und wappnete mich für den Gang zum Buffet. Herr Brandner bekam eben ein Glas Weizenbier vorgesetzt. Er trank und lehnte sich in seinem Stuhl zurück, schloss die Augen, als hätte er nicht einen Tag im Bademantel, sondern einen anstrengenden Job hinter sich. Sicher war er sich darüber bewusst, dass einige Damen ihn neugierig musterten.

Ich schälte mich aus meinem Sitz und nahm mir vom

Vorspeisenbuffet etwas Salat und gegrilltes Gemüse; vor der heißen Platte wartete ich geduldig ab, bis der Koch mir zwei gebratene Riesengarnelen dazugab.

Kaum war ich die ersten Schritte zurück zu meinem Platz gegangen, hielt ich inne. Mein Nachbar hatte mich entdeckt. Er hob sein Glas und prostete mir zu. Ich nickte ihm zu und lief weiter. Am besten gar nicht mehr hinschauen.

Ich bearbeitete gerade eine der beiden Garnelen mit Messer und Gabel, als er vor meinem Tisch auftauchte.

»Darf ich?«, fragte er und deutete auf den leeren Platz mir gegenüber.

Ich kaute an einem Stück Rucola und schluckte es hinunter. »Warum?«

»Ist ein bisschen komisch, dass Sie sich von mir wegsetzen, wir haben doch da drüben einen Tisch zusammen. Ich sitze seit Samstag dort allein und war eigentlich ganz froh, dass das ab heute vorbei sein sollte.« Das Weizenbierglas in seiner Hand hielt er extrem lässig.

»Aber sagten Sie nicht, Sie wären nicht hier, um mit jemandem klarzukommen? Das verstand ich so, als wollten Sie lieber Ihre Ruhe.« In Wahrheit wollte ich sie.

Er sah in die Ferne und nickte. »Das hätte man wohl missverstehen können, da gebe ich Ihnen recht«, gab er zu. »Sie haben mich vorhin nur auf dem falschen Fuß erwischt.« Nun deutete er auf den leeren Platz mir gegenüber. »Darf ich also?«

»Meinetwegen«, entgegnete ich. Eine Entschuldigung für seinen schroffen Ton war das ja nicht direkt. Eher so, als ob ich mich nicht so sehr anstellen sollte. Aber ich war schon mit ganz anderen Kerlen fertig geworden. Die aus der Musikbranche zum Beispiel strotzten meistens nur so vor

Selbstbewusstsein und waren ganz überrascht, wenn ihnen eine ebenso selbstbewusste Frau begegnete.

Herr Brandner glitt auf den Stuhl und sah mich interessiert an, wendete das Bierglas zwischen seinen Händen. »Ich war mir erst gar nicht sicher, ob Sie es überhaupt sind. Oder reisen Sie zu zweit und haben Ihre verrückte Zwillingsschwester im Zimmer eingesperrt?« Er kräuselte die Nase, als sei das ein gelungener Scherz.

Ich spießte eine Tomate auf und fixierte ihn, ohne ein Wort zu sagen. Langsam schob ich mir die Frucht in den Mund und zerkaute sie knackend. Was sollte ich ihm auf diese Unverschämtheit antworten? So etwas hatte noch nie jemand zu mir gesagt, auch niemand aus der Musikbranche. Hatte dieser Kerl sich allen Ernstes zu mir gesetzt, um mir Beleidigungen an den Kopf zu werfen? Und dann dieser Geruch. Eine Mischung aus Aftershave, Zigarettenrauch, Lederstiefeln und Bier. Ich hätte schon sehr besoffen sein müssen, um daran Gefallen zu finden.

»Ich denke, das mit dem miteinander Klarkommen wird wohl nicht klappen«, entgegnete ich schließlich, den letzten Bissen kauend.

Er nickte bedächtig, seine Augen weiteten sich amüsiert. »Ist das ein Tischverweis?«

Ich verzog das Gesicht zu einem gelangweilten Lächeln und hob die Schultern.

Herr Brandner erhob sich und ging zurück zu seinem Tisch.

Ein Abendessen allein war natürlich nicht sehr unterhaltsam. Auch wenn es einiges zu beobachten gab – zumal sich der Saal mehr und mehr füllte. Es waren auch ein paar

Kinder darunter, die sich zu viel auf ihre Teller luden und dann nach wenigen Bissen satt waren. Ich entdeckte ein, zwei alleinreisende Väter, die ich näher ins Auge fasste, denn es würde in Zukunft nicht einfacher werden, Männer ohne Anhang kennenzulernen.

Alleinreisende Singles erblickte ich außer Herrn Brandner und mir keine. Wobei ich ja nicht einmal wusste, ob er Single war. Konnte ja sein, dass er nur alleine hier war, um in Ruhe rauchen zu können.

Ich schielte zu ihm hinüber und sah ihm dabei zu, wie er einen Fisch zerlegte. Es gab Dorade, darin waren ein paar Gräten, ich hatte selbst welche erwischt und sie mir verstohlen aus dem Mund gefischt. Herr Brandner sezierte sein Essen fachmännisch. Wie mochte seine Frau aussehen, wenn es eine gab? Wahrscheinlich war sie hübsch. So ein Typ wie er suchte sich eine gut aussehende Frau. Er würde kein unscheinbares Mäuschen an seiner Seite dulden. Glatte dunkle Haare. Schlank. Kinder traute ich ihm keine zu. Dazu war er zu cool. So was band er sich nicht ans Bein, er liebte seine Unabhängigkeit.

Wenn der Kellner darauf bestand, würden wir bald zusammen mit zwei Paaren an einem Tisch sitzen und uns unterhalten müssen. Vielleicht hätte ich mich mit ihm arrangieren sollen?

Ich holte mir noch einen Nachtisch. Mousse au Chocolat, dazu Panna cotta mit Erdbeersoße. Als ich an Herrn Brandners Tisch vorbei lief, hob er den Daumen und zwinkerte.

Kurz darauf verließ er den Speisesaal.

Bald nach dem Nachtisch ging auch ich zurück zum Loft. Ich wollte kein Risiko eingehen und mich gleich am ersten Abend übernehmen. Dabei sah die Hotelbar recht einladend aus, und auch die anderen Hotelgäste machten einen netten Eindruck. Jedenfalls war meine Befürchtung, diesen Urlaub umgeben von Rentnern zu verbringen, unbegründet gewesen.

Ich nahm mir vor, am nächsten Tag, wenn ich fit genug wäre, in den Ort zu gehen. Der kurze Blick, den ich bei meiner Ankunft auf das Dorf erhaschen konnte, hatte mir gefallen. Ein alternder Kurort, der in neuem Glanz erblühte. Vielleicht würde ich bei einer der vom Hotel angebotenen Schneewanderungen teilnehmen oder eine der Anwendungen buchen. Ach, ich würde es mir schön machen. Vorausgesetzt, mein Loftnachbar ließ es zu. Aus dessen Apartment dröhnte schon wieder laute Musik, als ich meines entriegelte. Ich warf seiner Eingangstür einen grimmigen Blick zu. Sollte Herr Brandner damit erreichen wollen, dass ich nochmal bei ihm klopfte, hatte er sich geschnitten. Vielleicht sollte ich einfach in die Sauna gehen. Da drin hörte ich die Bässe bestimmt nicht. Mal sehen, wer den längeren Atem hatte.

In der Sauna schlief ich ein. Ich hatte sie auf fünfundachtzig Grad eingestellt und erwachte von meinem eigenen Schnarchen. Meine Augen waren so schwer, dass ich sie kaum öffnen konnte, der Schweiß troff von meinem Körper. Ich stolperte aus dem kleinen Raum und ließ unter der Dusche eiskaltes Wasser über meinen Körper rinnen.

Ob das Brautpaar Diepkens-Albert inzwischen Bescheid wusste, dass ich ihre Einladungen verbockt hatte? Wie mochten sie reagiert haben? Robert hätte mir diese Reise wahrscheinlich niemals geschenkt, wenn er davon etwas geahnt hätte. Was wog eigentlich schwerer: zweitausend Föhring-Fans zu verprellen oder ein Brautpaar ohne Gäste dastehen zu lassen?

Ich hielt mich an der Wand fest, wartete ab, bis der plötzlich eingetretene Schwindel nachließ und schlüpfte in den flauschigen Hotelbademantel. Auf dem Weg durchs Wohnzimmer legte ich den Kopf schräg und horchte. Keine Musik zu hören. Im Schlafzimmer kroch ich unter die Bettdecke und sank augenblicklich in einen traumlosen Schlaf.

7

Sonnenstrahlen kitzelten meine Lider, und ich öffnete verschlafen die Augen. Die Silhouette der schneebedeckten Bergkette zeichnete sich vor dem klaren Morgenhimmel ab. An einem in der Ferne liegenden Haus rauchte der Schornstein.

Ich lächelte in mich hinein und reckte Arme und Beine. Mein Magen knurrte schon wieder. Aber halt. Frühstück. Das hieß, ich würde vielleicht Herrn Brandner begegnen. Wenn ich mich ein weiteres Mal an den Zweiertisch setzte, wäre das doch ausgesprochen albern.

Ich kletterte aus dem Bett und wickelte den Bademantel enger um mich, öffnete die Balkontür zum Lüften. Augenblicklich stieg mir Zigarettenrauch in die Nase. Ich verabscheute diesen Geruch, dabei hatte ich selbst früher geraucht. Nach der Trennung von Piet hatte ich es mir abgewöhnt. Mein Exmann hatte mir jahrelang damit in den Ohren gelegen, ihm zuliebe damit aufzuhören, doch durch den Stress im Job und wegen der dauernden Auseinandersetzungen mit seiner Mutter hatte ich es nie durchgezogen.

Er betrachtete es als meine kleine persönliche Rache, es genau dann aufzugeben, als er auszog.

Im Sommer, als dieser ganze Stress wegen Tobias Föhring über mich hereinbrach, erlitt ich einen kurzen Rückfall. Ich kaufte mir ein Päckchen Gauloises und nahm auf der Strandpromenade ein paar tiefe Züge, bekam einen solchen Hustenanfall, dass mir die Tränen in die Augen traten. Es schmeckte außerdem so widerlich, dass ich die Schachtel dem nächstbesten rauchenden Passanten in die Hand drückte. Dass ich ausgerechnet in einem Wellness-Urlaub diesem Qualm ausgesetzt sein sollte, gefiel mir gar nicht. Aber was sollte ich tun? Auch auf meinem Balkontisch fand sich ein Aschenbecher, es war keineswegs verboten. Ich schloss die Tür und hob mir das Lüften für später auf.

Am Frühstücksbuffet stahl ich mir etwas Bircher Müsli sowie eine Banane und einen Apfel; alles nahm ich durch den Schnee mit zurück zu meinem Apartment. Einen Kaffee konnte ich genauso gut dort zubereiten. Hauptsache, ich begegnete diesem Herrn Brandner nicht. Sein Spruch mit der verrückten Zwillingsschwester hatte mir mehr zugesetzt, als mir lieb war. Aber was tangierte mich überhaupt die Meinung dieses Mannes? Es konnte mir egal sein, dass er mich nicht in meinem besten Zustand zu Gesicht bekommen hatte. So eitel war ich nicht. Oder ärgerte ich mich immer noch über seine Worte, dass er nicht hier sei, um mit anderen klarzukommen? Was ja vollkommen im Widerspruch zu seinem übergriffigen Auftauchen an meinem Tisch stand.

Die Sonne hatte sich inzwischen verzogen. Der wolkenverhangene Himmel verhüllte die umliegenden Bergspitzen mit Dunst. Es sah nach Schnee aus. Ab morgen begann mein Skikurs, den musste ich auch noch absagen. Ich war bereit für Neues, aber Skifahren stand nicht auf meiner To-do-Liste. Vielleicht konnte man den Skipass, den Robert dazugebucht hatte, zurückgeben?

Den Vormittag verbrachte ich mit dem Liebesroman auf dem Sofa vor dem Kaminofen. Die Protagonistin wünschte sich ein Baby. Sollte das ein Wink des Schicksals sein? Ich mochte Babys, das schon, besonders in Annikas Sohn Nevio war ich ganz vernarrt. Aber ich selbst wollte mich noch nicht dieser Verantwortung stellen.

Am frühen Nachmittag schreckte mich helles Frauenlachen auf. Ich hatte die Wohnzimmer-Balkontür einen Spalt geöffnet, um frische Luft einzulassen, der Kamin heizte ganz schön.

Offenbar war die Verstärkung im Nachbarapartment eingetroffen. Ihre Stimme klang jung. Etwa mein Alter.

»Schade, Erik!«, rief sie. »Von hier aus sehen wir nur den Berg. Wollen wir vielleicht gleich noch mal in den Ort? Ich würd' so gern zu diesem Wasserfall und ...«

Der Rest ihrer Worte war nicht mehr zu verstehen.

Vielleicht sollte ich auch in den Ort gehen, das hatte ich doch ohnehin vorgehabt. Unschlüssig sah ich nach draußen. Feine weiße Flöckchen tanzten durch die Luft. Ein paar landeten auf dem Balkongeländer wie Puderzucker auf einem Kuchen.

Ich ging hinüber ins Schlafzimmer und öffnete auch dort die Balkontür, steckte die Nase hinaus und schnupperte. Kein Zigarettenrauch wehte von hinter der Holzpalisade, die meine von der Terrasse meines Nachbarn trennte, herüber. Jetzt konnte ich lüften.

Ich schob die Tür bis zum Anschlag beiseite und trat zum Balkongeländer, um von dort ins Tal zu schauen. Mit einem tiefen Atemzug saugte ich die kalte Winterluft in mich.

In diesem Moment vernahm ich ein Geräusch. Mein Nachbar war anscheinend doch auf seinem Balkon. Aber was war das? Eine Art unterdrücktes Husten – nein, etwas anderes.

Ich legte den Kopf schräg und lauschte, nahm ein paar Schritte zur Holzpalisade. Wie tags zuvor spähte ich durch die Lücke im Holz.

Herr Brandner saß auf einer der Sonnenliegen. Er stützte die Ellbogen auf den Knien ab und verbarg das Gesicht in Händen. Seine Schultern bebten.

Meine Augen weiteten sich vor Überraschung. Tatsächlich. Er weinte.

In diesem Moment wischte er mit dem Unterarm die Tränen fort und wandte den Kopf in meine Richtung. Sein Gesicht war rot und glänzte feucht, in seinen Augen lag Verzweiflung. Erschrocken entfernte ich mich von der Wand und huschte leise wieder hinein, ließ die Tür nur einen Spalt offen. Warum weinte er? Diesem selbstbewussten und schroffen Typen traute man das überhaupt nicht zu.

Innerlich tippte ich mir an die Stirn. Weshalb interessierte mich das überhaupt? Es konnte mir nicht gleichgültiger sein – die erste Verstärkung am Sechsertisch war eingetroffen und ich würde mich gar nicht viel mit ihm abgeben müssen. Wer wo und wieso weinte, ging mich nichts an.

Den Rest des Nachmittags verbrachte ich wieder lesend auf dem Sofa und mit einem Schläfchen. Den Gedanken ins Dorf zu gehen verwarf ich wieder. Gelegentlich legte ich einen Scheit Holz nach oder steckte die Nase nach draußen, um frische Luft zu schnappen. Insgeheim horchte ich nach drüben zu Herrn Brandner, doch alles schien ruhig. Selbst die Musik blieb aus. Und auch von den anderen neuen Nachbarn hörte ich nichts mehr.

Um neunzehn Uhr verließ ich mein Apartment. Beim Betreten des Speisesaals entdeckte ich die beiden Neuankömmlinge. Sie saßen am Sechsertisch und studierten die doppelseitige Speisekarte.

Unser Kellner war so umsichtig und stellte uns einander vor. Die beiden hießen Valerie und Erik. Das dunkelblonde Haar schwang der Frau in einem lockeren Bob ums Kinn, sie trug ein eng anliegendes Strickoberteil mit silbriger Glitzerapplikation in Form eines Sterns auf der Brust. Der Mann war ein Hingucker. Dunkelhaarig, blitzende Augen, tiefe Grübchen. Wir gaben einander die Hand.

»Sind wir zu dritt?«, fragte Erik.

Ich schüttelte den Kopf. »Einer fehlt. Herr Brandner, er wohnt in Pepone B. Die anderen beiden kommen wohl morgen.«

»Wir haben unser Loft gar nicht gleich gefunden«, erklärte Valerie und griff nach Eriks Hand. »Erst mein Pfadfinder hier hat den Buchstaben auf der Fußmatte entdeckt.«

»Ging mir ähnlich«, murmelte ich und warf einen Blick in die Getränkekarte. Valerie und Erik entschieden sich für einen Hugo als Aperitif, und kurzentschlossen bestellte ich auch einen. Ein Glas würde mir nicht schaden. Ich fühlte mich um Längen besser als gestern.

Als die Getränke da waren, stießen wir miteinander an.

»Wie lange bleibt ihr?«, fragte ich.

Valerie strahlte. »Bis Neujahr. Wir werden es uns einfach nur gut gehen lassen und relaxen.«

»Na ja«, wandte Erik ein und tätschelte ihre Hand. »Zum Rumliegen sind wir nicht hier.«

Sie verdrehte die Augen. »Erik ist ziemlich sportlich. Er fährt Ski und klettert.«

»Klettern bei Eis und Schnee?«, fragte ich ihn.

Er schüttelte den Kopf. »Im Winter fahre ich nur Ski. Allerdings werde ich beim CityIce-Cup live dabei sein und das Event für den Alpenverein in Bild und Ton festhalten.«

»Du bist in einem Alpenverein?«, fragte ich ungläubig. Diesen Begriff assoziierte ich mit Wanderhüten, Spazierstöcken und alten Männern.

Er nickte amüsiert. »Ich bin schon seit Jahren dabei.«

»Und was ist der CityIce-Cup?«

»Ein Eiskletter-Wettkampf mitten im Dorf. Die Teilnehmer müssen spiegelglatte Steilstufen mit Überhang in Angriff nehmen. Das Ganze geht über dreißig Meter nach oben.«

Ich äußerte meine Überraschung darüber, dass es hier so viel Eis gab.

»Das nicht«, widersprach Erik, »aber eine Felswand wird präpariert und eingeeist.«

Mein Sitznachbar war fasziniert vom Thema, das war deutlich zu spüren. Eingehend schilderte er, dass er am liebsten selbst mitmachen würde, doch er beschränkte sich in diesem Urlaub aufs Filmen.

Wie sich herausstellte, wollte Erik seine Freundin dazu überreden, einen Skikurs zu machen, doch sie sträubte sich noch. Genau wie ich.

Wir nippten an unseren Drinks und holten uns schließlich etwas vom Vorspeisenbuffet. Während wir Salat knabberten und Humus- und Couscous-Variationen naschten, erfuhr ich, dass Erik in der Werbebranche arbeitete und Unternehmenskampagnen entwickelte. Valerie war Hotelfachfrau und in einem Frankfurter Hotel als Rezeptionistin tätig. Vor ein paar Jahren hatte sie nebenher mit dem Schreiben begonnen und sogar mal einen Roman veröffentlicht. Seither war ihr aber keine neue Story eingefallen, die es wert gewesen wäre, erzählt zu werden.

»Es war halb autobiografisch«, erklärte sie und griff nach Eriks Hand. »Darüber, wie wir uns kennengelernt haben, und dass alles mit einer Lüge –«

»Und du?«, unterbrach Erik sie. »Was verschlägt dich hierher?«

Ich ahnte, welche Frage sich hinter dieser verbarg: Was eine Frau wie mich dazu veranlasste, allein in die Berge zu reisen.

In wenigen Sätzen erklärte ich, dass mein Chef mir die Reise geschenkt hatte. Die Tatsache, dass ich mehrere Veranstaltungen verpatzt hatte, ließ ich außen vor, nicht aber, dass ich mich arbeitsmäßig übernommen hatte und etwas schwächelte. Es würde den beiden möglicherweise nicht entgehen, wenn mein Energielevel schwankte. Abschließend sagte ich: »Was mich betrifft, sollten wir also besser nicht über die Arbeit reden.«

Während des Hauptgangs sah ich mich nach Herrn Brandner um.

»Komisch, wo unser Loftnachbar bleibt?«, wandte ich mich an meine Tischnachbarn.

»Ist er schon älter?«, fragte Valerie und nahm den letzten Bissen ihrer Gemüselasagne, legte dann das Besteck beiseite.

Ich schüttelte den Kopf. »Mitte dreißig vielleicht.«

Noch einmal sah ich mich im Speisesaal um. Womöglich hatte er sich heute umgesetzt? Saß einsam an einem Zweiertisch und schmollte? Oder hockte er noch immer weinend in seinem Loft? Hatte er mitbekommen, dass ich ihn dabei gesehen hatte und genierte sich vielleicht?

Als der Kellner die Teller abräumte, fragte er uns nach unseren Dessertwünschen. Valerie und ich hielten uns die

Bäuche, Erik orderte einen Espresso und bestellte für später ein Stück Tiramisu. »Das können wir uns dann ja teilen«, sagte er zu seiner Freundin.

Dass Herr Brandner nicht gekommen war, beschäftigte mich noch immer. Wir waren zwar nicht zusammen verreist, und niemand war verpflichtet, um Punkt neunzehn Uhr hier aufzutauchen. Aber komisch war sein Fernbleiben schon – es musste ihm wohl sehr schlecht gehen.

Kurzentschlossen legte ich beide Hände auf den Tisch. »Seid mir nicht böse, aber ich verabschiede mich schon mal.«

Ich würde mal nach ihm sehen. Irgendwas stimmte hier nicht.

8

Der Schnee auf dem Trampelpfad zurück zu meinem Loft war inzwischen so tief, dass mir die weiße Masse in die Boots rieselte und ich sie fluchend wieder herausfischte.

Vor Herrn Brandners Wohnung blieb ich unschlüssig stehen. Kein Bummern, kein Weinen war zu hören. Ich sollte vielleicht einmal klopfen. Höchstens zweimal.

Zaghaft pochte ich gegen das Holz. Nichts. Und noch einmal.

Ich legte das Ohr an die Tür. Vielleicht war er auch nur früh zu Bett gegangen? Oder aber ... Er würde sich doch nichts angetan haben? Er hatte schrecklich verzweifelt ausgesehen. Auf einmal konnte ich Roberts Aktion mit dem Hausmeister nachvollziehen.

Kurzentschlossen kramte ich den Schlüssel zu meinem Apartment aus der Handtasche und entriegelte meine Tür. Den Schnee streifte ich notdürftig von den Schuhen, bog ab ins Schlafzimmer und schlüpfte nach draußen auf den Balkon. Diesmal lugte ich nicht durch die Ritze in der Holzpalisade, sondern reckte den Kopf an der Abtrennung vorbei. In seinem Schlafraum, dessen Zimmerwand an meine grenzte, brannte Licht. Auf den weißen Bettlaken erspähte ich einen Fuß. Offenbar lag er bäuchlings quer auf dem Bett. Das war keineswegs verboten – aber was, wenn er nicht nur schlief, sondern ...

Ich mochte gar nicht daran denken.

Sollte ich die Hotelleitung informieren? Das wäre mir übertrieben vorgekommen. Am Ende war gar nichts los. Aber ich musste mich vergewissern, sonst hätte ich mich im schlimmsten Fall schuldig gemacht.

An dieser Stelle des Balkons ging es zwei, drei Meter in die Tiefe. Dennoch wischte ich den Schnee von der Brüstung und schwang ein Bein an der Palisade vorbei. Hoppla. Das Geländer war verdammt rutschig. Mein Po hing in der Luft, ich saß wie ein Reiter auf dem eiskalten Metall. Klopfenden Herzens klammerte ich mich an die Holzpalisade und quiekte verzweifelt auf.

»Hilfe«, rief ich leise.

Herr Brandner hatte sich keinen Millimeter bewegt, wie ich nach einem kurzen Blick in Richtung Bett feststellte. Nun erspähte ich auch einen Teil seiner Waden und den anderen Fuß. Nichts regte sich.

Mit letzter Kraft verlagerte ich meinen Schwerpunkt zu Herrn Brandners Balkon, vollführte eine halbe Rolle vorwärts und landete krachend auf der Schulter. Regungslos blieb ich liegen und spürte dem Schmerz nach, bewegte nur die Finger, die Zehen. Alles noch heil, Gott sei dank. Ich richtete mich halb auf und sah zum Bett, blickte in diesem Moment auf die Knie meines Nachbarn. Er stand in Boxershorts hinter der Schlafzimmerscheibe und starrte mich verstört an. Eigentlich sah er recht fit aus. Und dieser Körperbau ...

Jetzt zog er seinen Bademantel vom Bett und schlüpfte

hinein, schob die Balkontür beiseite und fragte: »What the hell?«

»Ich habe mir Sorgen um Sie gemacht«, erläuterte ich, als sei das eine logische Erklärung dafür, hier auf seinem Balkon im Schnee zu liegen. Ich stand auf.

»Um *mich*? Ich glaube, ich müsste mir eher Sorgen um Sie machen.«

»Wir sind mit dem Essen durch«, stotterte ich unsinnig und streifte mir den Schnee von den Kleidern. »Ich habe geklopft, aber Sie haben nicht aufgemacht.«

»Na und? Ich habe Urlaub und schlafe viel. Gibt es beim Essen sowas wie eine Anwesenheitspflicht? Ich bin doch hier nicht auf einem Schulausflug.«

Ich nickte beflissen. »Sie haben so recht. Ich dachte nur …«

Er hob eine Augenbraue.

»Ich hatte den Eindruck, dass es Ihnen nicht gut ging.«

»Im Gegenteil, es geht mir ausgezeichnet. Ich versuche, Dinge zu tun, die mir Spaß machen. Wenn Sie mich nicht dauernd dabei stören würden, wäre alles bestens.«

Ich war mir schon lange nicht mehr so dumm vorgekommen. Aber der Typ wusste auch nicht, was er wollte. Gestern noch hatte er meine Gesellschaft gesucht.

»Tja. Also.« Zögernd deutete ich an ihm vorbei. »Dürfte ich bei Ihnen raus? Ich meine …«, ich zeigte mit dem Daumen zur Palisade, »… oder sollte ich besser auf diesem Weg wieder zurück?«

Er trat schnaubend zur Seite und gab mir den Weg frei. »Habe die Ehre.«

Einen Dank murmelnd drängte ich an ihm vorbei. Kurz darauf fand ich mich in dem überdachten Gang wieder und rubbelte mir mit beiden Händen übers Gesicht. Welche Blamage. Obendrein hatte ich mich ausgesperrt, ich würde mir einen Ersatzschlüssel besorgen müssen.

Noch einmal atmete ich tief durch. In diesem Moment hätte ich mir wirklich eine Zwillingsschwester gewünscht, der ich diesen Fauxpas in die Schuhe hätte schieben können.

AUF MEINEM WEG zurück zum Hotel zog ich mein Handy aus der Tasche und schaltete es ein – meine Familie hatte bestimmt schon versucht, mich zu erreichen. Wenn sie alle wüssten, wie sehr ich mich eben blamiert hatte ... Selbst bei der Sache mit Tobias Föhring hatte ich Haltung bewahrt. Vielleicht war es die Luftveränderung? Der mangelnde Sauerstoff? Obwohl Bad Gastein gerade mal eintausend Meter hoch lag. Hier oben hatte man sogar Empfang, was man von der Ostseeküste nicht immer behaupten konnte.

Ups. Ich hatte etliche Nachrichten erhalten. Und Anrufe in Abwesenheit. Was wollten alle von mir? Erst hieß es, ich sollte mal abschalten, und dann liefen die Leitungen heiß.

Ich hastete den Weg zum Hotel entlang und scrollte durch die Nachrichten. Sie kamen von Mama, Marc und Annika, die noch mehr Fotos von meiner Unterkunft und der Umgebung sehen wollten. Über allem natürlich die Frage: **Wie geht es dir?**

Mama schrieb außerdem: **Stell dir vor, Papa und ich haben Karten für Heiligabend in der Oper!**

Melde mich später, antwortete ich allen dreien und hörte die Mailbox ab.

»Hallo, ich bin's. Robert. Also, tja ... wegen der Hochzeit der Diepkens-Alberts. Die Braut hat die Beziehung hingeschmissen. Sie und ihr Zukünftiger haben sich so sehr in die Wolle bekommen – angeblich hätte sie etwas so Wichtiges wie ihre Hochzeit niemals in fremde Hände geben dürfen – und, na ja, es sieht nicht gut aus. Er droht mit dem Anwalt.«

Meine Schritte wurden langsamer. Ich schaute zum undurchdringlichen Himmel, blinzelte gegen die Schneeflocken an und knurrte. Nun war ich also nicht nur für das Scheitern einer Hochzeitsfeier verantwortlich, sondern auch noch für das einer Beziehung und für Schadensersatzforderungen.

Niedergeschlagen steckte ich mein Handy zurück in die Tasche und lief weiter. Ich brauchte dringend noch einen Drink, ganz egal, was Dr. Gregor gesagt hatte.

Zuerst holte ich den Ersatzschlüssel zu meinem Loft von der Rezeption, dann lief ich weiter zur Bar. Aus dem Speisesaal winkten Valerie und Erik, sodass ich meine Pläne änderte und mich bei ihnen am Tisch auf meinen Platz sinken ließ.

»Ich gebe einen aus«, verkündete ich trotzig. »Ich werde mich heute Abend betrinken.«

»Was ist passiert?«, fragte Valerie.

»Ich habe eine niederschmetternde Nachricht von der Agentur erhalten.«

Sie warf mir einen kritischen Blick zu. »Sagtest du nicht, du hättest dich arbeitsmäßig übernommen und dein Chef hätte dich in den Urlaub geschickt? Checkst du trotzdem E-Mails von der Arbeit? Das solltest du besser lassen.«

»Keine E-Mail – ein Anruf«, widersprach ich.

»Dann geh am besten nicht mehr ans Telefon.«

»Das sehe ich ein bisschen anders«, widersprach Erik. »Ab einer gewissen Position muss man immer erreichbar sein. Und so überarbeitet sieht Mona doch gar nicht aus.«

»Das täuscht«, antwortete ich. »Allein die Tatsache, dass

ich morgen früh zum Skikurs soll, stresst mich.« Warum hatte ich schon wieder vergessen, ihn abzusagen?

Ich winkte dem Kellner und bestellte für uns drei eine Runde Jägermeister. Die Zeit, bis unsere Schnäpse kamen, nutzte Erik, um wegen des Skikurses auf uns einzureden.

»Ihr könntet es doch wenigstens versuchen«, drängte er. »Danach könnt ihr ja immer noch sagen, dass es nichts für euch ist.«

»Bei manchen Dingen weiß man aber vorher schon, dass sie nichts für einen sind«, wandte ich ein. »Stell dir vor, ich würde dir vorschlagen, Tango zu lernen. Wäre das etwa dein Fall?« Ich hatte im Gespür, dass Erik nicht auch noch über tänzerische Qualitäten verfügte.

Er zuckte mit den Schultern. »Wenn ich auf der Arbeit ein Problem hätte, würde es mich zumindest ablenken.«

Valerie seufzte. »Ach, was soll's, wenn Mona dabei wäre, würde ich auch nicht mehr nein sagen.«

Jetzt sahen mich zwei Augenpaare eindringlich an.

»Komm«, quengelte Erik noch einmal. »Sag ja.«

Als unsere Getränke kamen, gab ich mit erhobenen Händen mein Einverständnis. Diese Ablenkung von meinen miesen Gedanken konnte mir tatsächlich nur recht sein.

»Hals- und Beinbruch«, sagte Erik, und wir stießen klirrend miteinander an.

9

»Wie gut, dass wir Mona getroffen haben, Schatz«, sagte Erik am anderen Morgen über den Frühstückstisch hinweg zu Valerie und köpfte sein Frühstücksei. »Ihr seid beide Anfängerinnen – dann fühlt sich keine von der anderen bedrängt und gehetzt.«

Valerie hatte sich gleich in aller Frühe telefonisch zum Skikurs angemeldet und in der Gruppe den letzten Platz ergattert.

Ich knabberte an einem belegten Brötchen und zwinkerte Valerie zu. Wir frühstückten wieder zu dritt, hatten am Abend eine Treffzeit vereinbart. Ein bisschen beneidete ich Herrn Brandner um seine Unabhängigkeit. Wenn es einem komplett egal war, was andere von einem hielten, wie viel einfacher war dann das Leben?

Am Vorabend hatte ich Erik und Valerie sogar von den anfänglichen Auseinandersetzungen mit Herrn Brandner erzählt, und dass es mich außerdem nervte, dass er auf dem Balkon rauchte. Aber das würde ich ihm besser nicht direkt ins Gesicht sagen. Er musste ja ohnehin schon den

Eindruck von mir gewonnen haben, ich sei ein Kontrollfreak.

Dass er geweint hatte, behielt ich neben meiner Kletteraktion übers Balkongeländer für mich.

Der Skibus startete um neun vorm Hotel, der Skilehrer holte uns ab. Valerie erwartete mich schon in einem figurbetonten schneeweißen Skianzug mit schwarzen Nähten, auf dem Kopf trug sie eine pinkfarbene Mütze mit fluffiger Kunstpelzbommel, die wie aufgeregt hin und her wackelte. Ich hatte mir Ohrenschützer aufgesetzt, damit kam ich wegen meiner Locken am besten klar. Ich hatte damit gerechnet, dass der Kurs in der Nähe stattfinden würde, am Stubnerkogel beispielsweise – dem Berg, dessen Talstation mitten im Dorf am Bahnhof lag. Doch als die Fahrt mit dem Bus zum Ort hinausführte, klärte uns der Skilehrer darüber auf, dass man im nahegelegenen Angertal optimale Bedingungen für Anfänger vorfand. Gleich neben Schleppliften, die auf steilere Pisten führten, gab es einen Übungshang, auf dem wir unsere ersten Fahrversuche machen würden.

Vor Ort liehen wir uns Skier, Brillen und Helme, dann ging es los.

Valerie und ich wurden in eine Gruppe mit sechs anderen Erwachsenen eingeteilt. Am Fuß eines Hangs vollführten wir Lockerungsübungen und hüpften auf und ab, um uns aufzuwärmen.

Wir lernten, einen »Schneepflug« zu fahren und glitten innerhalb kürzester Zeit hinter unserem Lehrer den Hang hinunter. Vielleicht kam es mir zugute, dass ich regelmäßig joggte und Pilates betrieb. Am liebsten hätte ich die Arme ausgebreitet und wäre den Hang Schuss hinunter gefahren. Meine Laune hob sich mit jedem Dahingleiten, und die Gedanken an Robert und die gescheiterte Fast-Ehe der

Diepkens-Alberts gerieten in den Hintergrund. Ich konnte es doch ohnehin nicht mehr ändern!

»Wir machen gar keine schlechte Figur«, raunte Valerie mir zu, als wir zum x-ten Mal das Transportband verließen, das uns immer wieder den Hang hinaufbrachte.

Zur Jause kehrten wir im überfüllten Talstation-Restaurant zu Johannisbeerschorle und Spaghetti Bolognese ein. Valerie und ich alberten herum wie Schülerinnen auf Klassenfahrt.

Wir kicherten und schäkerten gerade mit dem Skilehrer, als ich mit einer Gabel Spaghetti vor dem Mund erstarrte. Durch die Scheibe traf mich der Blick von Herrn Brandner. Er stand rauchend an einem Stehtisch, vor sich ein Weizenbierglas. Er schaute sofort wieder weg, sodass ich gar nicht sicher sein konnte, ob er mich überhaupt gesehen hatte.

Ich stieß Valerie in die Seite und zeigte mit der Gabel auf ihn. »Das ist er. Unser Nachbar aus dem Loft.« Ich steckte mir die Nudeln in den Mund und kaute.

»Dieser Herr Brandner?«, fragte sie.

Ich nickte und schluckte das Essen hinunter.

»Sieht ja ganz nett aus«, meinte meine neue Freundin.

Eben sah er schon wieder zu mir. Also erkannte er doch etwas durch die Scheibe. Ehe ich Valerie stoppen konnte, winkte sie ihm zu. Prompt drückte er die Zigarette aus und griff nach seinem Glas, setzte sich mit den schweren Skischuhen in Bewegung.

Eilig säuberte ich mir den Mund an einer Serviette – schon stand er vor uns.

»Kennen wir uns?«, fragte er Valerie, als sei ich gar nicht vorhanden.

Sie wedelte in meine Richtung. »Mona hat dich draußen entdeckt und meinte, du wohnst im Pepone B. Ich darf doch Du sagen?«

Er nickte und sah nun doch zu mir. »Geht's gut?«

Ich nahm einen Schluck Johannisbeerschorle. »Wieso nicht?«

»Setz dich nur«, forderte Valerie ihn auf und hielt ihm die Hand hin. »Ich bin übrigens Valerie. Mein Freund Erik und ich wohnen direkt neben Mona.«

Während er sich setzte, deutete ich mit dem Kinn nach draußen. »Du fährst vermutlich schon länger?«

»Seit zweiunddreißig Jahren.« Er lächelte. »David übrigens.«

David also. Ich mochte den Namen.

»Was machst du sonst so, wenn du nicht hier Urlaub machst?«, erkundigte sich Valerie und nahm eine Gabel Spaghetti.

Ich tat es ihr gleich, die Dinger wurden viel zu schnell kalt.

David sah in die Ferne. »Ich arbeite als Notfallsanitäter beim österreichischen Roten Kreuz.«

»Oh.« Valerie verzog das Gesicht, als sei das keine gute Nachricht. Schnell schob sie hinterher: »Du musst entschuldigen. Meine Mutter ist Chirurgin, mein Vater Neurologe. Ich hoffe wirklich, dass unsere Unterhaltung nicht auf Fachgespräche hinausläuft.«

David lachte auf. »Das ist mir neu. Normalerweise erzählen mir sofort alle ihre Krankengeschichte.« Er zeigte auf mich. »Und wo wir beim Thema sind: Du musst achtgeben mit deinem Burnout. Du solltest dich mehr schonen. Von waghalsigen sportlichen Aktivitäten ist jedenfalls dringend abzuraten.«

Meinte er nur das Skifahren, oder spielte er auch auf meine gestrige Kletteraktion an? Mir stieg die Röte in die Wangen.

Valerie winkte ab. »Wir üben nur ein bisschen, wie man

den Berg runter kommt, von waghalsig kann gar keine Rede sein.« Dann zwinkerte sie mir zu und sah wieder zu ihm. »Weißt du eigentlich, dass der Zigarettenrauch von deinem Balkon bis in Monas Schlafzimmer zieht?«

Ich sperrte den Mund auf. Das hatte ich ihr und Erik *im Vertrauen* erzählt.

»Tut er das?«, fragte David und sah mich amüsiert an. »Schreckt sie dadurch auch aus dem Schlaf und denkt, eine Lawine wäre auf ihrem Balkon gelandet?«

Valerie sah fragend von ihm zu mir. »Wie auch immer«, meinte sie, »du könntest ja irgendwo anders rauchen. Deine Terrasse ist doch groß.«

Er hob die Schultern. »Ich wollte es mir sowieso abgewöhnen. Das ist nur gerade ein kleiner Rückfall.«

»Das kenne ich.« Es war heraus, bevor ich mich stoppen konnte.

»Ach?«, fragte er. »Du hast mal geraucht?«

Ich grinste entschuldigend. »Seitdem vertrage ich den Qualm irgendwie gar nicht mehr.«

»Und laute Musik? Hast du dir die auch abgewöhnt?«

Ich verzog den Mund. »Techno war noch nie mein Fall.«

Er lachte. »Techno?«

»Na ja, dem Krach nach zu urteilen …«

Er lachte noch mehr. »Okay. Und ich dachte schon, du weißt keine gute Musik zu schätzen. Das waren ›Meute‹, die du da gehört hast. Die machen extrem hypnotische Instrumentalsongs, bei denen ich erstklassig abschalten kann. Aber man muss sie richtig laut hören, sonst ist das wie ein Coitus interruptus.«

Valerie gab ein grunzendes Lachen von sich und winkte dem Skilehrer zu, der eben die Kursteilnehmer zusammentrommelte. »Sehen wir uns beim Abendessen?«, fragte sie David.

Dieser sah mich fragend an. »Darf ich denn diesmal mit dir am Tisch sitzen?«

»Meinetwegen«, gab ich mich lässig.

David zwinkerte. »In dem Fall komme ich gern. Und am Tisch benehme ich mich, Frau Kontrolletti, versprochen.«

»Das ist total inspirierend mit euch beiden, weißt du das?«, raunte Valerie mir zu, als wir wieder in Helm und Handschuhen und mit Skiern an den Füßen in einer Reihe mit den anderen Kursteilnehmern am Hang standen.

Ich war noch immer mit dieser letzten Bemerkung von David Brandner beschäftigt. Da war ich ihm gerade mal fünf Minuten wohlgesonnen gewesen und er verbockte es wieder. *Frau Kontrolletti.* War das seine Art von Humor oder waren das echte Seitenhiebe? Ich konnte diesen Mann einfach nicht einordnen!

»Wirklich«, fuhr Valerie fort, »ich spüre da diese *vibrations* zwischen euch beiden.« Sie legte nachdenklich einen Finger ans Kinn. »Da kommt mir glatt eine Idee für eine neue Geschichte. Seit meinem ersten Roman hatte ich eine richtige Schreibblockade. Aber jetzt …«

Ich brummte nur und versuchte, mich auf die Ausführungen unseres Skilehrers zu konzentrieren. Anhand der Schwerpunkt-Verlagerung zum Berg hin oder von ihm weg, sollte es uns gelingen, bessere Kurven zu fahren. Noch machten wir Trockenübungen. Wir breiteten die Arme aus und beugten und streckten uns.

Inzwischen hatten sich an den umliegenden Liften Schlangen gebildet. Überhaupt herrschte Gewimmel. Von wo war David Brandner eigentlich gekommen? Er war doch bestimmt nicht mit dem Skibus hierher gefahren.

Kurz vor Ende unseres Kurses tauchte Valeries Freund

am Fuße des Übungshangs auf und winkte uns mit seinem Skistock zu.

»Wo kommst du denn her?«, rief sie.

Er deutete mit dem Stock zur hinter ihm liegenden Skipiste. »Vom Stubnerkogel«, rief er. »Das nennt man ›Skischaukel‹, du fährst von einem Skigebiet ins andere und wieder zurück.«

»Cool«, sagte ich. Wenn man es mal begriffen hatte mit dem Skifahren, war das sicher eine tolle Sache. Ich warf einen Blick zum Sessellift, der den Berg steil nach oben führte. Es war bestimmt schön, mit so einem Ding zu fahren. Aber hinunter musste man eben auch. Unser Skilehrer hatte angekündigt, dass wir morgen mit dem Schlepplift anfangen würden. Wie ich mich bei laufendem Lift auf diesen Bügel setzen sollte, war mir allerdings schleierhaft.

Erik schnallte seine Skier ab und holte sich im Restaurant ein Getränk, wartete ab, bis unser Skikurs endete. Schon jetzt machte sich Muskelkater in meinen Pobacken bemerkbar. Dazu die schmerzende Schulter von meinem Sturz auf David Brandners Balkon. Im Loft würde ich ein heißes Bad nehmen. Und danach ein Schläfchen vorm Abendessen.

Unsere Skier deponierten wir im Skistall an den Angertal-Liften. Valerie und ich waren uns einig, dass wir den Kurs fortsetzen würden. Die Sache hatte wirklich Spaß gemacht.

Als wir drei eine gute halbe Stunde später am Hotel vorbei in Richtung unserer Lofts liefen, erblickten wir David Brandner auf seinem Balkon. Er rauchte und schnickte die Asche in einen leerstehenden Blumentopf zu seinen Füßen.

»Denk dran«, rief Valerie ihm zu und hielt sich demonstrativ die Nase zu.

»Darf ich nicht mal rauchen, wenn die Madame nicht da ist?«, fragte er.

Er warf mir einen belustigten Blick zu, doch ich schaute sofort wieder weg. Erst nannte er mich »Frau Kontrolletti«, jetzt »Madame«. Anscheinend hielt er das für witzig.

»Ist das der Mann, von dem wir gestern Abend sprachen?«, fragte Erik.

Während wir die Stufen durch den Schnee erklommen, klärte Valerie ihn darüber auf, wo wir ihn getroffen hatten. »Beim Abendessen hast du also männliche Verstärkung«, bemerkte sie neckend.

Und offenbar noch weitere. Im Wohnzimmer des vorderen Lofts brannte hinter vorgezogenen Vorhängen Licht. Ein weiteres Paar, hatte der Kellner gesagt.

»Hoffentlich sind sie nett«, meinte Valerie, als wir uns verabschiedeten. »Wäre doch schön, wenn wir uns die nächsten Tage alle gut verstehen würden.«

Ich nickte. Doch insgeheim hegte ich nach Davids Brandners frechen Bemerkungen meine Zweifel. Inzwischen verspürte ich nicht mehr die geringste Lust, mit ihm zu Abend zu essen. Egal, ob seine Sprüche vielleicht nur humorvoll gemeint waren. Unverschämt waren sie trotzdem.

In meinem Loft nahm ich ein heißes Bad und genoss die augenblicklich einsetzende Entspannung. Warum ärgerte ich mich eigentlich so? Der Typ war es doch wirklich nicht wert.

Eine Stunde später stieg ich dampfend aus der Wanne und schlang den Bademantel um mich. Ich tappte hinüber zum Schlafzimmer und nahm die Schokolade vom Kopfkissen, legte sie zu der anderen in die Schublade. Ich hob die Bettdecke an, um für mein Nachmittagsschläfchen in die frisch gemachten Federn zu steigen, als ich an meiner Balkontür ein gelbes Post-it entdeckte. Es war von außen angebracht.

Ich umrundete das Bett und betrachtete die geschwungene Handschrift.

Mach besser die Vorhänge zu. Könnte ja sein, dass jemand über den Balkon klettert und dir beim Schlafen zusieht. ;)

PS: Es geht übrigens auch ohne Sturz (kann dir ein Selfie zeigen).

Ich blies die Wangen auf und schob die Balkontür beiseite, pflückte den Zettel von der Scheibe.

Da vernahm ich abermals dieses Geräusch.

Auf Zehenspitzen trippelte ich zur Palisade – und wirklich. Erneut dieses leise Schluchzen. Man hätte es noch immer mit einem Husten verwechseln können. Aber dennoch eindeutig. Der Mann weinte schon wieder. Diesmal offenbar im Inneren seines Lofts. Wahrscheinlich hatte er die Balkontür zum Schlafzimmer einen Spalt offengelassen.

Fröstelnd ging ich hinein und schloss Tür und Vorhänge.

Litt David Brandner an einer Krankheit? Vielleicht war er auch kürzlich verlassen worden und trauerte der verflossenen Liebe nach? Aber warum schwankte seine Stimmung so extrem? Immerhin hatte er mit dem Post-it noch versucht, witzig zu sein.

An Schlaf war für mich erst mal nicht mehr zu denken.

Der Korb mit dem Feuerholz im Wohnzimmer war frisch gefüllt, daneben lag eine neue Packung Anzünder. Das Feuer im Kaminofen flackerte im Nu, und ich machte es mir auf dem Sofa bequem. Ich legte mir den Liebesroman auf die Brust und schloss die Augen. Ich musste es zugeben:

Schon lange hatte mich kein Mann so beschäftigt wie dieser Brandner. Abgesehen davon, dass er mir wirklich auf die Nerven ging ... welche Last trug dieser Kerl mit sich herum?

Ein Pochen an der Apartmenttür weckte mich.

»Mona? Alles klar bei dir?« Es war Valeries Stimme.

Schlaftrunken hob ich den Kopf. Draußen war es stockfinster, der Kaminofen aus. Hatte ich etwa das Abendessen versäumt?

Als ich die Tür öffnete, betrachtete Valerie mich neugierig. Die Bommel auf ihrer pinkfarbenen Mütze wippte hin und her. »Geht's dir nicht gut?«

»Doch«, murmelte ich und fuhr mir durchs Haar, schlang die Arme um mich, es war verdammt kalt hier. »Ich hab wohl verschlafen.«

»Immer fehlt jemand«, tadelte sie. »Die anderen sind jedenfalls alle da, wir haben schon mal ohne dich angestoßen. Hat ewig gedauert, bis unsere Getränke kamen, die Restaurant-Crew hat einen personellen Engpass. Angeblich eine Grippewelle.« Sie lächelte. »Und stell dir vor: Das neue Pärchen kommt von der Küste, wie du. Nordsee allerdings. Langeoog. Sie betreiben dort eine Kneipe mit dem Namen ›Spelunke‹. Svea, so heißt die Frau, hat gerade ihren Großvater verl –«

»Könntest du mir das alles später erzählen?«, unterbrach ich sie. »Ich mach mich schnell fertig und komme nach.«

»Alles klar. Ich organisiere dir schon mal einen Teller mit Antipasti.« Valerie winkte und huschte davon.

10

In dem Glas Hugo an meinem Platz war das Eis längst geschmolzen. Auf einem Teller lagen allerlei Köstlichkeiten als Vorspeise für mich angerichtet. Meine Loftnachbarn waren schon bei der Hauptspeise angelangt.

Die Neuankömmlinge stellten sich als Jan und Svea vor. Beide waren rothaarig, wie ich. Jans Aussehen war besonders vertraut. Er war ein schlaksiger norddeutscher Hüne mit Bart und munteren Augen. »Moin«, wünschte er.

Seine Freundin Svea stocherte nach unserer Begrüßung zwischen Schweinefilet und Kartoffelgratin auf ihrem Teller herum. Traurig starrte sie in ihr Essen.

Die Gläser der anderen waren leer. Tatsächlich erspähte ich nur zwei Kellner. Für die Menge an Gästen war das viel zu wenig. Ich nahm auf dem freien Platz gegenüber David Brandner Platz.

»Um auf unser Thema zurückzukommen«, wandte dieser sich an Valerie, »hast du die Bibliothek dahinten nicht gesehen?« Er zeigte in Richtung Bar.

Links davon ging es in einen separaten Raum, in dem es auch einen Kamin gab. An den Wänden standen Bücher aufgereiht – ich hatte es im Vorbeigehen gesehen, war allerdings noch nicht darin gewesen.

»Frag doch mal an der Rezeption. Bestimmt könntest du in kleiner Runde eine Lesung abhalten«, fuhr er fort.

Valerie schüttelte den Kopf. »Das hab ich noch nie gemacht. Ich habe mein Buch außerdem gar nicht dabei.«

»Aber wer eine richtige Schriftstellerin sein will, der muss sein Buch doch auch vermarkten, oder nicht?«

Ich sah zwischen ihm und Valerie hin und her.

Erik kaute an einem Bissen Roastbeef und verdrehte die Augen. Ob wegen David oder Valerie, war für mich nicht zu erkennen.

»Ich habe doch gar nicht behauptet, eine zu sein«, berichtigte Valerie mit zarter Stimme.

»Aber warum hast du es dann überhaupt erzählt?«, fragte Erik jetzt. »Ist doch klar, dass die Leute dann nachfragen.«

Valerie presste die Lippen aufeinander und sagte kein Wort mehr.

Ich warf David einen angesäuerten Blick zu und nahm einen großen Schluck Hugo.

»Und was verschlägt euch von der Nordsee in die Berge?«, wandte ich mich an die beiden Nordlichter.

»Mein Großvater ist gestorben, ich brauchte etwas Abstand«, erklärte Svea. Sie lächelte entschuldigend. »Ich will euch mit meiner Trauer nicht die Stimmung verderben.« Ihre Stimme war bei den letzten beiden Worten dünn geworden, und nun wischte sie sich über die Augen. Unvermittelt stand sie vom Stuhl auf und lief mit gesenktem Kopf davon.

Valerie sah ihr mit offenem Mund hinterher.

»Ihr Großvater stand ihr wohl sehr nah«, mutmaßte David.

Jan räusperte sich. »Ihre Eltern sind schon vor ein paar Jahren verstorben. Opa Hannes war der Letzte, der ihr geblieben ist. Er wohnte ganz in unserer Nähe, sie haben sich jeden Tag gesehen. Für Svea ist es eine schwere Zeit.«

»Sie könnte morgen mit Mona und mir zum Skikurs kommen«, schlug Valerie vor, »das wird sie ablenken.«

Jan legte das Besteck ab und murmelte eine Entschuldigung, dann ging er seiner Freundin hinterher.

»Erzähl doch mal von deinem Buch«, sprach ich Valerie an. Auch wenn Erik nicht besonders glücklich über das Thema zu sein schien, mich interessierte es wirklich. »Du hast erwähnt, dass es davon handelt, wie ihr euch kennengelernt habt? Es ist also autobiografisch?«

»Teils, teils«, antwortete Valerie. »Ich habe wahre Begebenheiten ein bisschen aufgepeppt, damit der Leser sich nicht langweilt.« Sie warf Erik einen flehenden Blick zu.

Dieser sah mich vielsagend an. »Ich bin nicht ganz so dabei weggekommen, wie ich mich selbst sehe.«

»Das ist meistens so«, warf David ein, »dass man sich selbst ganz anders wahrnimmt, als andere das tun.«

Ich wollte ihm gerade bestätigen, dass er damit verdammt richtig lag, als hinter mir ein Tumult losbrach. David und Valerie reckten den Hals, Erik und ich wandten uns um.

O Gott. Was war mit dem Kellner los? Er lag vor dem Vorspeisenbuffet auf dem Boden und rührte sich nicht.

David umrundete in zwei Schritten den Tisch und hastete zu ihm. »Einen Arzt!«, rief er. »Jemand muss sofort einen Arzt rufen!«

Valerie fasste sich an die Brust, und auch mir raste der Puls. Etliche Leute griffen nach ihren Handys und wählten den Notruf – ich selbst hätte die Nummer für Österreich nicht einmal gewusst.

David kniete sich neben den reglosen Körper des Mannes, fühlte seinen Puls und legte das Ohr auf dessen Brust. Im nächsten Moment platzierte er beide Hände auf dieselbe Stelle und presste sie in gleichmäßigem Rhythmus auf seinen Brustkorb. Dann beatmete er ihn durch den Mund. Und wieder von vorn. Davids Gesichtsausdruck war hochkonzentriert, sein Blick auf einen Punkt in der Ferne fixiert.

Lieber Gott, betete ich, *lass ihn nicht sterben.*

Aus der Küche kamen Köche und Küchenhilfen gelaufen. Mit aschfahlen Gesichtern sahen sie auf ihren Kollegen und rangen die Hände, eine Frau weinte.

Inzwischen waren auch Gäste aufgestanden, um besser sehen zu können. Ich hasste so etwas. Warum konnten nicht alle auf ihren Plätzen bleiben und Haltung bewahren? Was auch immer gerade geschah – wir waren Außenstehende, die das überhaupt nichts anging. Doch auch ich selbst konnte meinen Blick nicht vom Geschehen wenden.

Die Zeit bis zum Martinshorn erschien mir endlos.

Wenigstens stoben die Gaffer auseinander, um Platz für die eintreffenden Rettungskräfte zu schaffen.

Ich griff nach meinem Glas und stürzte den lauwarmen Rest Hugo hinunter, sah atemlos dabei zu, wie ein Notarzt und zwei Sanitäter mit Trage die Lobby und Bar durchquerten und ihre Utensilien auspackten.

»Alle raus hier«, befahl einer. »Bitte gehen Sie und lassen Sie uns unsere Arbeit tun.«

Nichts lieber als das. Wenn hier gleich ein Defibrillator

zum Einsatz kam, würde ich umkippen. Und dem Anblick einiger Gäste nach, andere gleich mit.

Eine Küchenhilfe bat die Herumstehenden, nach draußen zu gehen. Endlich setzten sich alle in Bewegung. Auch Valerie, Erik und ich.

In der Lobby trafen wir auf Svea und Jan, beide kreidebleich.

»Was ist denn da drinnen los?«, fragte Jan.

»Unser Kellner hatte offenbar einen Herzinfarkt«, antwortete Erik. »Ich hab so was noch nie gesehen.«

Minuten später tauchte David auf. Sein Haar war in Unordnung geraten, und er trug seinen Pullover über dem Arm. Auf seinem dunkelblauen T-Shirt war der weiße Schriftzug »NIVEAU ist keine Creme« zu lesen.

Jemand klatschte. Zuerst zaghaft, dann fielen andere mit ein. Niemand sprach ein Wort. Als David bei uns ankam, sah er uns für eine Sekunde lang an, dann legte er die Hände vors Gesicht und atmete mehrere Male tief durch.

Als er sich gefasst hatte, fragte Valerie: »Wird er durchkommen?«

David hob die Schultern. »Ich hoffe es. Das Herz schlägt wieder.«

»Gott sei Dank«, hauchte ich und schaute zurück zum Speisesaal. Eben wurde der Mann auf die Trage gehoben. Er trug eine Sauerstoffmaske, in seiner Hand steckte eine Kanüle. Einer der Sanitäter hielt den Beutel mit der Infusion.

Die Küchenmitarbeiter und Servicekräfte lehnten am Buffet, flüsterten miteinander, offenbar unfähig, zu ihrer Arbeit zurückzukehren.

Der Arzt und die Sanitäter eilten an uns vorbei, einer gab David einen erhobenen Daumen, und schon waren sie aus der Schiebetür. David sah ihnen hinterher, er sah unendlich müde aus.

»Das war krass.« Erik klopfte ihm auf die Schulter. »Darauf einen Schnaps, oder?«

Erste Gäste begaben sich auf den Weg zurück an ihre Tische, und wir reihten uns ein. Hilflos sah uns der verbliebene Kellner entgegen, das Gesicht aschfahl. In seiner Miene spiegelte sich Verzweiflung. Einmal die Sorge um seinen Kollegen. Und dann die Überforderung mit all diesen Menschen, die auf diesen Schrecken riesigen Durst haben würden und weiter essen wollten. Der Mann brauchte dringend eine Pause.

»Du hast in deiner Ausbildung doch sicher gelernt, wie man Gäste bedient«, wandte ich mich an Valerie. »Und betreibt ihr beide nicht eine Kneipe?«, fragte ich Jan und Svea.

»Du meinst, wir sollten aushelfen?« Svea nickte feierlich. »Los. Das machen wir.«

Nach einer kurzen Verständigung mit dem Kellner, der unserem Hilfsangebot dankbar zustimmte, nahm Valerie zusammen mit Svea Bestellungen auf. Jan und ich zapften Bier, gossen Weine und Softdrinks ein, dazu jede Menge Schnäpse. Der Kellner, der sich nicht hatte ausruhen wollen, trug alles an die Tische.

Eine Küchenhilfe übernahm die Ausgabe von Kaffees und Espressi. Ich war unendlich froh, etwas zu tun zu haben. Wie sonst hätte ich dieses Bild von dem leblosen Menschen und David aus meinem Kopf bekommen sollen, der verzweifelt versuchte, ihn am Leben zu erhalten? Hatte er neulich vielleicht geweint, weil ihm jemand unter den Fingern weggestorben war? Ich meinte, so etwas während seiner Rettungsaktion in seinem Gesicht gelesen zu haben.

Mechanisch belud ich die Tabletts, legte die Bons zu den

Getränken und trug sie schließlich mit an die Tische. Dort erhielt ich Komplimente für David.

»Sie haben einen tollen Mann«, lobte eine Frau und legte mir die Hand auf den Arm. »Sie müssen sehr stolz auf ihn sein.«

Offenbar hielt man ihn für meinen Lebensgefährten. So, wie wir sechs beisammensaßen, konnte man das auch annehmen.

»Durchaus«, murmelte ich und deutete mit dem Kinn zu den anderen Tischen, die noch versorgt werden mussten. Dann eilte ich weiter.

Nachdem alle Getränke verteilt waren, glitten wir drei zurück auf unsere Plätze.

In diesem Moment trat die Wirtin des Hauses mit einem Tablett Champagner zu uns an den Tisch. Ihre Wangen waren erhitzt, das Haar, das sonst so sorgfältig zu einer Banane aufgesteckt war, hing wirr um ihren Kopf. Vielleicht war heute eigentlich ihr freier Tag, ich hatte sie an diesem Abend noch gar nicht gesehen.

Sie bedankte sich mit rührenden Worten für unsere Unterstützung und reichte uns die Gläser. Ihre kleine Rede ging mir zu Herzen, und auch die steile Falte auf Davids Stirn glättete sich.

»Tja«, meinte David zu Erik, als die Wirtin wieder fort war und wir die Gläser sinken ließen, »jetzt bist du der Einzige am Tisch, der noch keine Heldentat vollbracht hat.«

»Wie man's nimmt«, entgegnete Valeries Freund. »Tatsächlich könnte es sein, dass ich als Mit-Organisator des Gasteiner CityIce-Cups einspringen muss. Der, der eigentlich den Hut aufhat, ist erkrankt. Jetzt steht es auf der Kippe, ob dieses Großereignis überhaupt stattfinden kann.«

»Aber wir haben Urlaub!«, rief Valerie. »Du wolltest nur

den Wettkampf dokumentieren und heute bloß besprechen, wo du deine Kamera aufbauen darfst.«

Erik sah sie zerknirscht an. »Schon, aber das ist ein echter Notfall. Morgen treffe ich mich mit Herrn Binder, mit dem ich heute telefoniert habe, und wir wollen mal durchgehen, was bis zum Achtundzwanzigsten noch alles zu tun ist. Der Mann ist total überfordert.«

Ich sah Erik aufmerksam an. Ein Eiskletter-Cup – wow. Der würde sich ausgesprochen gut in meinem Lebenslauf machen. Schnell rechnete ich nach. Der Achtundzwanzigste war in acht Tagen. Da blieb nicht mehr viel Zeit. Augenblicklich floss Adrenalin durch meine Adern. Sportevents hatte ich zwar noch nicht oft organisiert, schon gar nicht in Österreich, aber das meiste war doch bestimmt längst erledigt. Im Grunde ging es in den letzten Tagen vor einem Großereignis nur noch darum, Listen abzuhaken.

»Soll ich mitkommen?«, bot ich an. »Möglicherweise könnte ich helfen. Als Eventmanagerin weiß ich, worauf es bei solchen Veranstaltungen ankommt.«

Valerie verschränkte die Arme. »Moment mal, heißt das, dass ihr euch morgen ausklinken wollt? Was ist denn mit dem Skikurs, Mona? Wir hatten doch so viel Spaß.« Jetzt sah sie Erik an, in ihren Augen schimmerten Tränen. »Und wir zwei wollten diesen Urlaub nutzen, um mal wieder Zeit miteinander zu verbringen und uns auf uns beide zu besinnen. Ich sehe dich schon über Listen brüten und stundenlang am Telefon hängen. Ich kenne das alles zur Genüge.«

Ich schluckte. Sie klang ein bisschen wie Piet.

»Nein, nein«, beschwichtigte ich, »Erik und du, ihr könnt ganz entspannt urlauben.« Ich hob die Schultern. »Mir fällt eh schon die Decke auf den Kopf. Und Skifahren lernen wollte ich doch eigentlich gar nicht.«

David räusperte sich.

»Was ist?«, fragte ich irritiert.

»Jetzt mal ernsthaft: Vor zwei Tagen kamst du ziemlich fertig hier an und meintest, du würdest kurz vorm Burnout stehen – jetzt hast du hier nicht nur gerade den halben Laden geschmissen, nein, du willst obendrein ein Event organisieren, das in acht Tagen stattfindet und von dem du noch nie zuvor etwas gehört hast?«

Ich winkte ab. »Im Grunde muss man nur wissen, wo alles ist. Die Urkunden oder Medaillen zum Beispiel, die Teilnehmerlisten, eventuell müssen bei der Ansprache Sponsoren genannt werden …«

Erik betrachtete mich anerkennend. »Ich sehe, du kennst dich aus.«

Ich legte meine Hand auf seinen Arm. »Na klar.«

Wir verabredeten, dass ich ihn nach dem morgigen Frühstück ins Dorf begleiten würde. Noch an Ort und Stelle rief er diesen Herrn Binder an und informierte ihn darüber. Wahrscheinlich befürchtete Erik, ich könnte es mir bis morgen früh anders überlegen.

»Eigentlich hatte auch ich mich darauf gefreut, mit dir Ski zu fahren«, meldete David sich wieder zu Wort.

Das überraschte mich. Welchen Spaß versprach er sich davon? Ich war doch Madame Kontrolletti.

Valerie nickte, sichtlich dankbar für Davids Bekräftigung. »Genau. Dass du nicht mehr am Skikurs teilnimmst, finde ich richtig doof.«

»Ich könnte vielleicht einspringen.« Svea warf ihrem Freund einen unsicheren Blick zu.

Jan hob beide Daumen. »Mach das, Schatz. Ich finde das eine super Idee.« Er zeigte nach draußen über die weihnachtlich beleuchtete Außenterrasse hinweg. »Ich gehe Vögel beobachten, erkunde ein bisschen die Umgebung.«

»Bist du Vogelkundler?«, hakte Erik nach.

Jan schüttelte den Kopf. »Wattführer – mein Hauptberuf neben der Pinte.«

»Und wie lange bleibt ihr eigentlich?«, wollte Valerie wissen.

»Bis Neujahr.« Svea sah ihren Freund an. »Die Zeit zwischen den Jahren hätte ich auf der Insel nicht ertragen.«

»Dann werden wir Weihnachten ja alle hier verbringen.« Valerie klatschte in die Hände. »Was haltet ihr davon, wenn wir an Heiligabend zusammen wichteln? Wir ziehen per Los, wer wen beschenkt, aber so, dass es keiner vom anderen weiß. Die Geschenke werden mit Namen versehen und kommen dann in einen Sack. Das könnte doch sehr nett werden.«

»Wie romantisch.« David zwinkerte mir zu.

Svea lächelte. »Ich finde das auch eine schöne Idee. Wollen wir? Die von der Rezeption können uns bestimmt einen der Jutesäcke ausborgen, die unter dem Weihnachtsbaum in der Lobby liegen.« Glücklich schaute sie in die Runde. »Ich hätte es nicht für möglich gehalten, aber kaum bin ich hier, geht es mir besser.«

David warf mir einen bedeutungsvollen Blick zu. »Das ging anderen hier, glaube ich, auch schon so. Ich bin mir nur nicht sicher, ob das so bleibt.«

Vor unseren Lofts verabschiedeten wir sechs uns voneinander und verabredeten uns für den nächsten Morgen zum Frühstück. Nach diesem schockierenden Abend wollten wir es in unseren Lofts ruhig angehen lassen.

Im Flur zog ich Jacke und Stiefel aus, als es an meiner Tür klopfte. Vorsichtig lugte ich hinaus.

»Das war toll vorhin«, sagte David. »Wie du dich eingesetzt hast, um das Personal zu unterstützen.«

»Was soll ich da zu dir sagen? Du hast jemandem das Leben gerettet«, entgegnete ich.

»Hoffentlich.« Dann grinste er verlegen. »Jedenfalls wollte ich mich dafür entschuldigen, dass ich dich ›Frau Kontrolletti‹ genannt habe.« Er hob die Schultern. »Ich habe wohl einfach ›Helfen wollen‹ mit ›Einmischen‹ verwechselt.«

Er wartete keine Antwort ab, sondern wandte sich um und ging in sein Apartment. Sprachlos sah ich ihm hinterher.

Ich tappte ins Schlafzimmer und schob nachdenklich die Vorhänge vor. Durch seinen Notfalleinsatz und seine Worte von eben hatte er mir eine menschliche, verletzliche Seite von sich gezeigt, die ich endlich mit dem Weinen in Einklang bringen konnte. Überhaupt war der Eindruck von ihm heute Abend ein ganz anderer gewesen. Als hätte sein Einsatz als Lebensretter und meiner als Servicekraft das Eis zwischen uns gebrochen.

Im Wohnzimmer schlüpfte ich aus dem Wollpulli und zog auch hier die Vorhänge vor, schaltete anschließend die Sauna ein und trank in der Küche ein Glas Wasser. Am besten, ich fertigte gleich eine Liste für das morgige Treffen mit diesem Herrn Binder an. Vielleicht fand ich im Netz ein paar Details zum Ablauf des CityIce-Cups, die ich mit aufnehmen konnte.

Ich fischte mein Notizbüchlein aus meiner Handtasche und machte es mir auf dem Sofa bequem, googelte mit dem Smartphone nach Fotos des Events aus den vergangenen Jahren und stöberte durch die Artikel. So viel Presse wegen ein bisschen Eiskletterns. Aber – wow. Das sah toll aus. War das Eis von hinten beleuchtet?

Aus der Sauna hörte ich das Holz knacken, und ich legte Notizbuch und Handy beiseite. Rasch entzündete ich im

Kaminofen ein Feuer. Nach dem Saunieren würde ich dann nur noch ein paar Scheite nachlegen müssen und konnte es mir für den Rest des Abends auf der Couch gemütlich machen. Der Ablaufplan war gewiss schnell gemacht.

In der Sauna dachte ich wieder an David. In Wahrheit interessierte es mich natürlich schon, weshalb er geweint hatte. Ich meine: Ein erwachsener Mann schluchzte wie ein Kind. Was mochte nur dahinter stecken?

Ich trommelte mit den Fingern auf meinen nackten Bauch. Was er wohl gerade machte? Ob er auch in der Sauna lag oder auf dem Sofa vorm Kamin? Eigentlich hätte ich ihn gern näher kennen gelernt. Es hatte mir imponiert, mit welchem Einsatz er diesem Kellner das Leben gerettet hatte. Und dass er sich nach all dem auch noch für seinen Spruch bei mir entschuldigt hatte, nahm mich für ihn ein.

Meine Güte, ich hatte wohl zu viel getrunken.

Ich kletterte von der Holzbank und trat ins Wohnzimmer. Gott, war das warm hier. Ich brauchte dringend Abkühlung. Ich huschte in die Dusche und drehte das eiskalte Wasser auf, blieb so lange darunter stehen, bis ich nach Luft japste. Ich schlang den Bademantel um mich und trat zurück ins überhitzte Wohnzimmer. Dort schlüpfte ich zwischen den Vorhängen hindurch und öffnete die Balkontür, trat ins Freie. Auf dieser Seite meiner Terrasse zum Berg hin war alles finster. Der Hügel hinter dem Balkon wurde von der Dunkelheit verschluckt. Am Himmel war kein Stern zu sehen. Ob wieder Schneefall aufzog? Die Holzbretter knarrten leise unter meinen Füßen.

Mit einem tiefen Atemzug sog ich die kalte Nachtluft in mich ein und trat ans Geländer, öffnete den Bademantel, um Luft an meinen Körper zu lassen, und breitete die Arme aus, reckte mich. Mein Körper dampfte.

In diesem Moment nahm ich inmitten des Schnees vor

dem Hügel eine Bewegung wahr. Die Glut einer Zigarette leuchtete auf, und ich schloss keuchend den Bademantel, huschte in einen Satz durch die Vorhänge hindurch zurück ins Apartment. Dort blieb ich atemlos stehen.

Na großartig.

Hatte ich mir nicht gerade gewünscht, David Brandner näher kennen zu lernen? Das war in der Tat schneller gegangen, als gedacht. Zumindest umgekehrt.

11

Wir trafen uns am anderen Morgen zu sechst vor den Lofts. Unser Gespräch kreiste sofort um den herzkranken Kellner, sodass sich zwischen mir und David keine Gelegenheit für eine verlegene Situation ergab. Dafür war ich so dankbar! Allein wenn ich daran dachte, wie ich mich ihm auf der Terrasse präsentiert hatte. Vielleicht war gar nicht viel von mir zu erkennen gewesen? Ich hoffte es so sehr! Er ließ sich jedenfalls nichts anmerken.

An der Rezeption erkundigten wir uns sofort nach dem Befinden des Obers. Sein Zustand war kritisch, hieß es. David presste die Kiefer zusammen und ging gleich wieder hinaus vor die Tür, qualmte eine Zigarette. Durch die Fensterscheibe konnte ich seine ernsten Gesichtszüge sehen. Plötzlich trat er gegen einen Blumenkübel und zog sein Smartphone aus der Gesäßtasche. Eilig folgte ich Valerie und den anderen in den Speisesaal, wo uns neugierige Blicke folgten. Vermutlich hatte unser Auftritt gestern für Gesprächsstoff gesorgt und tat es auch heute noch.

Bald saßen wir vor gebratenen Eiern, Obstsalat und köstlicher Avocadocreme – offenbar herrschte in der

Morgenschicht kein so hoher Krankenstand – und ich ertappte mich dabei, wie ich mich immer wieder nach David umsah. Wo blieb er? Hatte ihm die Sache mit dem Kellner noch einmal so zugesetzt, dass er zurück in sein Apartment gegangen war?

Auch Erik schien sich das zu fragen. »Kommt David nicht? Hat er denn erwartet, dass der Kellner heute schon wieder über dem Berg ist?«

»Eines ist sicher«, meinte Valerie, »schnelle Hilfe ist bei einem Herzinfarkt das A und O. Und selbst dann ist manchmal nichts mehr zu machen. Das müsste David als Notfallsanitäter wissen. Er hat den Mann mit seinem Einsatz ins Leben zurückgeholt, mehr konnte er nicht tun.«

Genau in diesem Moment tauchte David auf.

»Geht es dir wieder besser?«, fragte Svea ihn.

David hob die Schultern. »Was soll man machen«, sagte er lakonisch. »Es gibt Dinge, auf die hat man Einfluss – auf andere keinen. Ich habe mein Bestes gegeben.«

»Na also«, lobte Valerie. »Besinnen wir uns auf das Schöne. Wir wollen hier doch alle Urlaub machen. Lasst uns gleich mal die Lose fürs Wichteln ziehen. Ich habe alles vorbereitet.«

EINE STUNDE später stiegen Valerie und Svea in den Skibus, und David und Jan machten sich in verschiedene Richtungen auf den Weg in die Berge. Erik und ich begaben uns zu Fuß ins Dorf. In meiner Tasche trug ich das Wichtel-Los mit Jans Namen darauf. Dass ich ausgerechnet ihn beschenken sollte, bereitete mir Unbehagen. Ich kannte ihn doch gar nicht – wie wir alle uns ja noch fremd waren.

»Valerie meinte, ich hätte sie gestern Abend schlecht dargestellt«, bemerkte Erik, kaum dass wir auf der verschneiten Straße losgestapft waren. »Das war nicht meine Absicht. Ich finde es ja gut, dass sie einen Roman geschrieben hat. Und ich unterstütze sie auch darin, weiterzumachen.«

Ich sah ihn von der Seite an. »Ich kann es verstehen, dass man empfindlich reagiert, wenn die eigene Freundin einen in einer Geschichte mitspielen lässt und Dinge am Charakter oder an der Story verändert, die man nicht unbedingt toll findet.«

Er hob die Schultern. »Sie braucht anscheinend reale Vorbilder, um dann etwas ganz Eigenes daraus zu schmieden. So rein aus der Fantasie – da fällt ihr offenbar nichts ein.« Er zwinkerte mir zu. »Pass also auf, was du ihr von dir preisgibst. Sie findet dich sehr interessant, und du könntest in ihrem nächsten Roman landen.«

Zum Glück hatte ich ihr nichts von meiner gestrigen Striptease-Aktion auf der Terrasse erzählt. »Danke für die Warnung«, sagte ich und sah zu dem Dorf, das vor uns lag.

Bad Gastein erstreckte sich in mehreren Ebenen über den Berg. Der Wasserfall stürzte zwischen den imposanten Belle-Époque-Prachtbauten herab – die meisten davon Hotels. In der Mitte des Ortes blitzte jedoch ein Bau hervor, der aufgrund seiner Architektur überhaupt nicht hierher passen wollte. Grauer Beton, dazwischen zwei verschmutzte Glaskuppeln, die baufällig aussahen.

»Ist das ein Parkhaus?«

Erik schüttelte den Kopf. »Das Kongresszentrum. Keine Ahnung, wer diesen Bau abgesegnet hat. Wie kann man in einem so eleganten Ort einen solchen Betonklotz genehmigen? Soviel ich weiß, hat der Architekt sogar einen Preis dafür bekommen.«

Er dirigierte mich von der Hauptstraße fort ein paar Stufen hinab zu einem Parallelweg, der nur für Fußgänger zugänglich war. Wir passierten ein Café und zwei weihnachtlich dekorierte Geschäfte. Das Interieur erinnerte an den Fünfzigerjahre-Schick aus alten Filmen. Andere Schaufenster waren leer, ein paar verstaubte Kartons waren im Inneren vergessen worden.

Dem Weg folgend kamen wir an weiteren Hotels und Läden vorbei, bis wir auf eine schmale Einkaufsstraße trafen. Sie schlängelte sich an einer Kirche entlang, deren rote Spitze sich vor dem Winterhimmel abhob. Gegenüber gab es einen Andenkenladen, im Schaufenster präsentierte ein Ständer fein geschmiedeten Schmuck. Neben dem Geschäft lag ein Blumenladen, der Weihnachtsgestecke anbot. Auch hier der Schick vergangener Epochen. In Binz wären solche wie von der Zeit vergessenen Geschäfte undenkbar gewesen.

Ich entdeckte ein Plakat, das auf den CityIce-Cup hinwies. Das Foto zeigte einen Kletterer mit Eispickel. Außerdem wurde ein »Überraschungs-Stargast« angekündigt. Das angegebene Datum stimmte.

Erik lotste mich daran vorbei bis zum Wasserfall, über den eine Brücke führte. Hier waren wir mit Herrn Binder verabredet. Ich fühlte mich belebt und kraftvoll. Gerade so, wie der Wasserfall, der an dieser Stelle tosend unter uns hindurch rauschte. David konnte unken, so viel er wollte, ich tat genau das Richtige.

»Wo kann man hier klettern?«, wandte ich mich an Erik. Ein paar Eiszapfen waren zwar zu sehen. Aber wo war die Eiswand, von der er gesprochen hatte?

Erik zeigte nach weiter oben ins Dorf. Eine steile Treppe führte am Wasserfall entlang.

»Neben einem Hotel liegt ein Minigolfplatz, der nur im Sommer geöffnet ist, dahinter ein großer Felsen. Dieser wird präpariert, das Gelände abgedeckt – dort findet das ganze Spektakel statt.«

Jemand legte uns beiden je eine Hand auf die Schulter.

Ich blickte in die kleinen Augen eines älteren Herrn. Das Hemd unter der offenstehenden Schurwolljacke mit Zopfmuster spannte über seinen enormen Bauch.

»Do san jo die Herrschaften«, sagte er und streckte uns die Hand hin. »I bin der Günter, schön, dass ihr da seid.«

Eilig stellte Erik mich vor.

Günter Binders Augen blitzten, als er sich nun direkt an mich wandte. »Und jetzat sollst du uns aus der Patschen helfen, Mona? A Frau?«

»Warum nicht?«, fragte ich. »Es kommt doch auf die Erfahrung an, nicht aufs Geschlecht.«

»Ja, ja«, er klopfte mir auf die Schulter. »Nix für ungut.« Jetzt winkte er Erik und mich hinter sich her und zeigte am Kongresszentrum vorbei. »Gemma amoi in mein Büro.«

Im Treppenhaus zog ich mein Notizbuch aus der Tasche. Herr Binder bot uns einen Platz gegenüber seinem Schreibtisch an, und ich zückte den Stift.

»Was gibt es denn noch alles zu tun?« Einsatzbereit klackerte ich mit dem Kugelschreiber.

Der Österreicher hob beide Hände und lachte. Dabei zeigte sich eine Zahnlücke zwischen den Backenzähnen. »Alles.«

Ich warf Erik einen amüsierten Blick zu und sah dann wieder zu Günter Binder zurück. »Na ja, es findet ja in einer Woche statt.«

Der Mann faltete die Hände vor sich auf dem Schreibtisch. »Schaut, es ist jetzat so.« Er sah auf seine Finger. »Der Alois Gruber, der das ganze ein paar Jahre lang organisiert hat, ist ausg'fallen.« Er verdrehte die Augen. »Der hat einen

Burnout. Alles so ein neumodischer Schmarrn, wenn man mich fragt.«

Ich lächelte nachsichtig. »Aber es wird ja Aufzeichnungen geben.«

»Schon, nur ... wie soll i das jetzat sogn? Der Alois ist noch analog unterwegs. Er hat alle Unterlagen daheim. Niemand kann da dran, wir können schlecht bei ihm einbrechen. Und fragen können wir ihn auch nicht.«

Stirnrunzelnd hakte Erik nach. »Wie sollen wir das verstehen? Ihr steht ohne alles da?«

Günter Binder breitete die Hände aus. »Nur das Material hat er uns dag'lassen. Sponsorenbanner, Trikots, Megafon. Bis zu die Kuhglocken.«

»Kuhglocken?« Dass auch Kühe involviert sein sollten, war mir neu.

»Am Ziel wird a Glock'n geläutet. Wenn die Burschen oben sind, schlagen sie mit dem Eispickel dagegen.«

»Nehmen keine Frauen teil?«

Günter winkte ab. »Nur a paar.«

»Und was genau fehlt euch?«, erkundigte sich Erik.

Günter zählte an den Fingern auf. »Die Meldelisten. Der Ablaufplan. Die Liste der eingeteilten Helferteams – also wer macht was wann ...« Er holte Luft. »Eigentlich sollten die alle längst informiert sein. Die Sportler müssten ihre Startnummer für die Qualifikationsrunde kennen. Alle Uhrzeiten und Treffpunkte sollten bekannt gegeben sein, aber wie's ausschaut, weiß keiner so recht Bescheid. Es herrscht gelinde gesagt a ziemliches Orga-Chaos. Nur die Firma, die die Eiswand errichtet ist ganz sicher gebucht. Da gab es schon eine Zahlung.«

Ich klackerte wieder mit dem Kugelschreiber. »Verstehe ich das richtig: Es gibt Helferteams, aber Sie kennen deren Namen nicht? Und die Listen, auf denen steht, zu was diese

Menschen eingeteilt sind, existieren ebenso wenig? Genauso verhält es sich mit den Teilnehmern?!«

Günter Binder nickte betreten.

»Wollte dieser Alois Gruber euch schaden, indem er alles mitgenommen oder womöglich nicht einmal organisiert hat?«, fragte Erik.

Günter kratzte sich am Kopf. »Es gab seit Jahren a bissl Stress. Dass er da so überreagieren würde, damit konnt' ja keiner rechnen.«

Schnaubend blätterte ich in meinem Notizbuch und zählte auf, was ich mir notiert hatte: »Was ist mit der Polizei? Die brauchen wir für die weiträumige Straßensperrung; einen Rettungsweg; die Durchfahrten von Anwohnern ...« Ich strich mit dem Finger an meinen Aufzeichnungen entlang. »Wer verpflegt die Sportler? Gibt es einen Aufenthaltsbereich? Und dann die Presse. Es gab doch sicher schon eine Pressekonferenz? Wir müssten ein Pressezentrum einrichten, eine Fotografenzone. Was ist mit dem Siegerehrungsbereich? Wer steht den Leuten für Auskünfte zum Event zur Verfügung?« Ich lachte. »Ich sicher nicht!«

Günter Binder rang die Hände. »Herrgott, des is ja scho a bissl was, wos do noch zum tun wär. Wir bezahlen dich natürlich. Zum Beispiel übernehmen wir die Kosten für deinen Urlaub.«

»Danke, aber der ist schon bezahlt. Wissen die Anwohner Bescheid?«

»Des immerhin.«

Erik saß nur kopfschüttelnd da. »Das kann man vergessen. In einer Woche bekommt man das nicht alles hin.«

Er wusste wohl nicht, mit wem er es zu tun hatte. Ich hatte schon andere Dinge bewältigt. »Ganz langsam. Es müsste ja E-Mails geben. Die Leute haben doch sicher

Vorab-Informationen erhalten, sodass man alles Genannte anhand der versendeten Mails nachvollziehen könnte.«

Günter schnalzte mit der Zunge. »Die E-Mails hat der Alois g'löscht. Der is' so a Typ, der alles ausdruckt und ablegt. Und davon is' wie g'sagt nichts mehr zu finden.« Für eine Sekunde erschien wieder dieser resignierte Ausdruck auf Günter Binders Gesicht. Dann hellten sich seine Züge auf. »Du machst das schon.«

»Na ja.« Ich sah zur Erik. »Die Gegebenheiten sind nicht die besten. Im Grunde bräuchte man ein Team von Leuten, das sich ans Telefon klemmt und recherchiert. Es wird einen Sportverband geben, dort könnte man anrufen oder ihn anschreiben ...« Ich hob die Schultern. »Sie wissen, dass Wochenende ist?«

Das hier war eine einzige Katastrophe. Gut, ein verbaseltes Datum war genauso übel, selbst, wenn man alle Listen akribisch geführt hatte. Insofern war hier vielleicht noch etwas zu retten, im Gegensatz zum Konzert von Tobias Föhring im Sommer. Aber nicht viel.

Günter Binder kaute offenbar an meinen Worten. Hatte er Sorge, dass ich abspringen würde? Ich war niemandem verpflichtet. Andererseits widerstrebte es mir, indirekt daran beteiligt zu sein, dass ein solches Event abgesagt wurde. Da hingen Schicksale dran. Ambitionierte Sportler, die zeigen wollten, was sie drauf hatten – Profis und Amateure. Sie hatten bestimmt das ganze Jahr über für dieses Ereignis trainiert, fieberten nun diesem Tag entgegen.

Ich lehnte mich seufzend zurück. »Erzählen Sie doch erst mal grundsätzlich, wie ich mir den Ablauf dieses Ereignisses vorzustellen habe«, forderte ich ihn auf.

Günter nickte pflichtschuldig. »Am frühen Nachmittag geht es mit der Qualifikation los, und ab siebzehn Uhr treten die Größen der Eisklettererszene im Showdown gegeneinander an. Des nennt man den ›Head-to-Head-Modus‹. Es geht nach dem Knock-out-System, da zählen Hundertstelsekunden. Das Läuten der Kuhglock'n gibt den Ausschlag.«

Erik stieß mich in die Seite. »Ich liebe so etwas. Damit ist Spannung garantiert. Genau deswegen bin ich hier.«

Günter faltete die Hände über dem Bauch zusammen. »Anschließend werden die Sieger bei einer After-Contest-Party in der Red Bullet Bar gebührend gefeiert. Das ist unser besonderes Schmankerl.«

»Kann man es nicht verschieben?«, schlug ich vor. »Dass der Hauptorganisator ausgefallen ist, ist ja eigentlich höhere Gewalt.« Das hieße zwar, dass mir dieses Event entging. Aber momentan sah es doch ein wenig aussichtslos aus.

»Naa, wir müssen die Sach' unbedingt auf die Beine stellen.« Günter Binder beugte sich konspirativ nach vorn. »Die Sach' ist die, ich steck da auch persönlich mit drin. Oder eher gesagt mei Tochter. Die Josefin ist nämlich a Riesenfan von dem Künstler, der hier als Stargast auftreten wird. Wir laden immer eine bekannte Größe dafür ein, die Sponsoren loben ja nicht nur das Preisgeld für die Gewinner aus, sie finanzieren auch diesen Live-Act. Ich hatte ihn die Tage schon vorgewarnt, dass es eng werden könnt', den Termin zu halten, und wie er es da mit der Gage sieht, wenn wir alles abblasen müssten. Die würde er trotzdem bekommen, des sagt sein Vertrag. Also hab i ihn heuer ang'rufen und ihm erzählt, dass wir die Kuh vom Eis kriegen, weil jetzt eine junge Event-Managerin aus Deutschland die Organisation übernimmt. Wie der deinen Namen g'hört hat, Mona, da hat er g'sagt, er wäre ganz beruhigt, dass die Sache gelingt. Und seitdem bin ich es auch.«

Stirnrunzelnd sah ich ihn an. »Wie heißt denn dieser Star?« Auf dem Plakat war nur von einem Überraschungsgast die Rede gewesen. Ich kannte natürlich einige.

Günter Binder griff hinter sich, entrollte vor unseren Augen ein Poster. »Die sind druckfrisch – wer kommt, enthüllen wir immer erst eine Woche vorher.« Strahlend blickte er über den Rand seiner Brille hinweg. »Des ist der Tobias Föhring. Toll, oder?«

12

Erik und ich saßen eine halbe Stunde später im »Red Bullet« an einem Fensterplatz. Ich knetete mir den verspannten Nacken. Der Schmerz überlagerte den in meiner Schulter.

Seit unserer Ankunft in diesem voll besetzten Lokal telefonierten wir herum – immerhin ein paar Telefonnummern hatte Günter Binder uns geben können. Eines hatten wir inzwischen herausgefunden: Zu Alois Grubers Burnout hatte kein geringerer als Günter Binder selbst beigetragen. Die beiden waren seit der Schulzeit Rivalen, und Günter hatte seinen alten Freund mürbe gemacht, in dem er ihm andauernd unterstellte, seinen Job nicht gut genug und vor allem nicht zeitgemäß zu erledigen. Und nun hatte der Alois ihn sitzen lassen.

Womit Günter nicht gerechnet hatte: Alle Beteiligten sympathisierten mit Alois und verweigerten die Zusammenarbeit mit Günter. Was ich eine gerechte Strafe für jemanden fand, der sich des Mobbings schuldig gemacht hatte. Mit einem Mal erschien die ganze Sache jedenfalls in einem anderen Licht. Es wäre an der Zeit gewesen, den Staffelstab wieder aus der Hand zu geben. Wäre da nicht Tobias Föhring am Horizont aufgetaucht.

Seitdem ich erfahren hatte, dass *er* involviert war, trommelte mein Herzschlag im Stakkato. Inzwischen hatte ich Erik erzählt, dass der Künstler und ich schon mal miteinander zu tun hatten und es nicht so erfreulich verlaufen war.

Hätte nur Günter Binder meinen Namen ihm gegenüber nicht erwähnt! Meine Frage danach, wo Tobias und seine Bandmitglieder übernachteten, hatte der Österreicher mir nicht beantworten können. Bei meinem Glück stieg Tobias auch noch in unserem Hotel ab. Nur eines konnte Günter Binder sicher sagen: Tobias Föhring landete vormittags am Achtundzwanzigsten in Salzburg und begab sich dann auf den Weg hierher. Und hier würden wir uns begegnen.

Ich versuchte, mein Herzrasen zu ignorieren. »Wir müssen herausfinden, ob dieser Alois jemanden wie eine rechte Hand hatte. Es muss doch Aufzeichnungen geben!«

Erik sah mich skeptisch an. »Du hast ja gehört, dass der Mann offenbar im Alleingang gehandelt hat. Wenn, dann müsste man am ehesten mit ihm selbst sprechen. Angeblich ist er ja in der Kur. In diesen Heilstollen. Das hat der Günter mir jedenfalls gestern erzählt.«

Ich schnaubte. »Was ist denn ein Heilstollen?«

»Hast du dich gar nicht darüber informiert, wo du hier überhaupt bist?«, fragte Erik.

Ich sah ihn verzagt an. »Diese Reise wurde mir aufgebrummt. Ich wollte eigentlich gar nicht hierher!«

Ein Kellner trat an den Tisch und erkundigte sich nach unseren Getränkewünschen. Wir bestellten zwei Johannisbeerschorlen, und ich fragte ihn: »Wissen Sie zufällig Näheres über dieses Eisklettern, das hier nächste Woche stattfinden soll? Ist da richtig Party angesagt?«

Der junge Mann hob die Augenbrauen. »Party ist gar kein Ausdruck. Da ist kein Durchkommen mehr. Die Leut kommen zu Hunderten ins Dorf. Ich war letztes Jahr dabei, das größte Highlight ist der Auftritt des Gaststars. Manche Fans kommen sogar nur wegen dem. Zuletzt war es die Christina Stürmer; wer es dieses Jahr ist, wird erst morgen verraten. Aber es gibt schon Gerüchte.« Er zwinkerte vielsagend und raunte: »Kennen Sie den Tobias Föhring?«

Ich dankte ihm für seine Auskunft und fischte mein Handy aus der Tasche. Das mit der Übernachtung für Tobias und seine Band ließ mir keine Ruhe.

So viele Hotels gab es gar nicht in Bad Gastein. Wir telefonierten auch die in Bad Hofgastein und Dorfgastein ab, um ganz sicher zu gehen, dass uns auch keines entgangen war, bis wir schließlich entmutigt auflegten.

Alois Gruber hatte augenscheinlich keine Übernachtung für Tobias Föhring gebucht. Warum nicht? Weil der Vorschlag für diesen Künstler von der Tochter seines Erzfeindes gekommen war? Aufgrund des hohen Menschenaufkommens zu diesem Event – angefangen über die Sportler, aber auch über die Zuschauer – war vermutlich im ganzen Gasteiner Tal nicht mal mehr ein Heuschober frei.

Mir wurde schlecht.

Ich sah Erik aus brennenden Augen an. »Ich verstehe das alles nicht. Normalerweise bekommt das Künstler-Management solche Details wie Unterkunft, Anreise etc. im Vorfeld mitgeteilt. Die haken da auch mehrmals wegen der Bühne nach. Fragen nach den Anschlüssen und den Ausmaßen. Haben denn alle geschlafen? Genauso wie die Sportler. Fragt da keiner nach dem Ablauf?«

»Vielleicht ist nicht jeder so akribisch wie du«, mutmaßte Erik.

Diesmal klingelten wir bei Günter Binder durch und fragten, welches Übernachtungsbudget zur Verfügung stand, doch erwartungsgemäß konnte er uns nicht einmal das sagen.

»Das Ding muss abgesagt werden«, wiederholte Erik lakonisch, nachdem wir eine ganze Weile ratlos in unsere Saftschorlen gestarrt hatten. »Es macht zu viel Arbeit. Das ist es nicht wert.«

»Und was erzählen wir Tobias Föhring?«, fragte ich.

»Der kann dir doch egal sein. Für diese Sache bist du nicht verantwortlich. Du verbringst hier nur deinen Urlaub.«

»Aber verstehst du nicht? Mein Name ist gefallen. Und irgendwie ist es auch«, ich wedelte mich den Händen, »eine Challenge.«

»Ich bin jedenfalls raus«, erklärte Erik und trank sein Glas in einem Zug leer. »So einen Saftladen zu übernehmen, kommt für mich nicht in Frage.«

Er hatte so recht. Und dennoch nagte es an mir. Als hätte ich eine alte Wunde aufgekratzt. Ich war gut in meinem Job. Normalerweise. Zuletzt hatte ich aber sogar so ein leicht zu händelndes Event wie eine Hochzeit in den Sand gesetzt. Ich musste meine Ehre retten. Indem ich systematisch vorging und herausfand, mit wem ich sprechen könnte, der vielleicht nicht ganz so voreingenommen gegenüber Günter Binder war. Oder wenn man einen Vermittler zwischenschaltete, den alle kannten und mochten …

»Was ist denn mit der Tochter vom Günter Binder, dieser Josefin?«, fragte ich Erik, der nach unserem Kellner Ausschau hielt, um zu bezahlen.

»Was soll mit ihr sein?«

»Sie könnte uns doch helfen«, warf ich ein. »Wenn ihr so

viel an Tobias Föhring liegt und alle anderen Beteiligten mit ihrem Vater zerstritten sind, weil der den Alois in den Burnout getrieben hat, hat sie vielleicht das allergrößte Interesse, das Ding auf die Beine zu stellen. Und die richtigen Ansprechpartner vor Ort kennt sie sicher auch. Womöglich ist sie nicht mit dem ganzen Dorf zerstritten, so wie ihr Vater.«

Erik zog sein Portemonnaie aus der Tasche und zahlte unsere Rechnung. »Ist ganz lieb, dass du dich so dafür einsetzen möchtest«, entgegnete er, »aber du solltest deine Energie auf andere Dinge lenken. Skifahren lernen, mit uns anderen nette Abende verbringen – hoffentlich ohne Herzanfälle von Kellnern – einfach mal entspannen. Dass du mir angeboten hast, diese Geschichte hier zu übernehmen, war überhaupt keine gute Idee. David hat schon recht. Und dass ich deinen Namen so schnell genannt habe, war ein dummer Fehler. Da kannten wir ja noch gar keine Einzelheiten. Ich werde dafür sorgen, dass dieser Tobias Föhring erfährt, dass du rein gar nichts mit dem Scheitern dieser Veranstaltung zu tun hast.« Er lehnte sich zu mir herüber und sah mich eindringlich an. »Einverstanden?«

Auf dem Rückweg kamen wir wieder an dem Blumen- und Geschenkeladen vorbei, und ich bat Erik, schon ohne mich zum Hotel vorauszugehen. Es war erst kurz vor drei, bis zum Abendessen blieb noch Zeit, und ich wollte mir den hübschen geschmiedeten Schmuck, den ich auf dem Hinweg im Schaufenster entdeckt hatte, näher ansehen.

Ein Glöckchen bimmelte über der Tür, als ich den Laden betrat. Nur wenige Kunden befanden sich in dem weihnachtlich geschmückten Geschäft. Glaskugeln hingen an weißen Bändern von der Decke herab. Zwischen

Büchern und Urlaubsmitbringseln lagen kleine Geschenkpäckchen und glitzernde Tannenzapfen. Und ein riesiger Adventskranz stand auf dem Tresen.

Eine zierliche Frau in Haremshose und orientalisch verziertem, eng anliegendem Oberteil bückte sich dahinter nach etwas auf dem Boden. Ihre langen und mit grauen Strähnen durchzogenen Haare bändigte ein Tuch, das im Nacken zu einem Knoten zusammengebunden war. Als das Glöckchen verstummte, richtete sie sich auf und strich sich eine Haarsträhne aus der Stirn. Auf dem Tresen legte sie ein Bündel Schlüsselanhänger in Form von kleinen Skigondeln ab. Wahrscheinlich das ideale Mitbringsel für Urlauber. Ich nickte ihr zu und wandte mich zum Schaufenster. Gerade war ich im Begriff, mir ein paar in Gold eingefasste Ohrringe mit dunkelblauem Stein näher zu betrachten, als die Frau neben mich trat. »Kann ich Ihnen behilflich sein?«

Sie hatte braune Augen und einen melancholischen Zug um den Mund.

»Ich suche eigentlich nichts Bestimmtes«, entgegnete ich und deutete auf die Ohrringe, »aber diese sind wirklich sehr hübsch.« Gläserne Eiszapfen und leuchtende Schneeflocken im Schaufenster brachten den Schmuck noch mehr zur Geltung.

»Ja, nicht wahr?« Vorsichtig nahm sie einen aus seiner Befestigung auf blauem Samt. »Für diese Arbeiten habe ich mich auf meinen Reisen nach Indien inspirieren lassen«, erklärte sie.

»Indien?« Ich stellte mich vor einen Spiegel neben einer Vitrine mit Gasteiner Geschirr, hielt mir den Ohrring ans Ohr. Unauffällig schielte ich auf das klitzekleine Preisschild. Einhundertachtzig Euro. Die Anhänger waren wirklich sehr schön und harmonierten mit meiner Haarfarbe.

Die Frau nickte. »Ich habe den Laden hier erst vor zwei

Jahren übernommen. Mich irgendwo niederzulassen – das kam vorher nicht für mich in Frage. Ich wollte die Welt sehen.«

Ich gab ihr die Ohrringe zurück. »Und jetzt sind Sie wieder in der Heimat und bleiben für immer«, stellte ich lächelnd fest.

Ein kurzes Flackern überschattete ihre Augen, dann schüttelte sie den Kopf. »Ich stamme nicht von hier, sondern aus dem Allgäu.« Neugierig sah sie mich an. »Und Sie? Höre ich da einen norddeutschen Einschlag?«

»Ist das so deutlich?«, fragte ich und legte mir die Hand auf den Mund. »Ich komme aus Binz auf Rügen.«

In diesem Augenblick ging die Tür auf, und das Glöckchen ertönte wieder. Mit dem Eintreten eines Herrn verließ ein Paar den Laden. Die anderen wenigen Kunden stöberten noch immer in den Regalen.

Der groß gewachsene Herr ließ seinen Blick durch den Raum gleiten und hielt bei der Dame neben mir inne. Ein vertrauliches Lächeln erhellte sein Gesicht.

Verstohlen drehte ich den Kopf, um die Reaktion der Frau neben mir zu sehen. Eine leichte Röte war ihr ins Gesicht gestiegen. Ebenfalls lächelnd zupfte sie mit einer Hand an ihren Haaren herum, als könnte sie dort etwas richten, das im Grunde perfekt wirr saß. Das Ganze dauerte nur einen kurzen Augenblick, dann widmete sie sich wieder meinem Anliegen.

»Sie können ruhig …«, deutete ich auf den Herrn. »Vielleicht möchte er nur etwas abgeben?«

Die Wangenröte der Dame verstärkte sich. Noch einmal schaute sie Richtung Tresen, dann schüttelte sie lächelnd den Kopf. »Er kann warten. Das tut er immer«, flüsterte sie.

Ich legte den Kopf schräg und raunte: »Wenn er es immer tut, wird er des Wartens vielleicht irgendwann müde.

Riskieren Sie das lieber nicht.« Mit diesen Worten verabschiedete ich mich von ihr und sagte, dass ich mir das mit den Ohrringen noch überlegen würde.

Auf dem Weg zum Hotel grübelte ich ohne Unterlass über den CityIce-Cup nach. Die Sache war die: Sobald man mir einen Auftrag erteilte, lief ich los wie ein Apportierhund, dem man ein Stöckchen hinwarf. Ich konnte gar nicht anders, als die Dinge an mich zu reißen. Litt ich am Ende unter einem Helfersyndrom? Und wenn ja, wie fand ich aus dieser Spirale nur wieder heraus? Fest stand, dass ich mich zumindest noch mit Günter Binders Tochter unterhalten wollte.

Als ich vor der Tür zu meinem Loft ankam, gaben nebenan die Bläser alles.

»Sag bloß, er ist schon da«, murmelte ich vor mich hin und steckte den Schlüssel ins Schloss. Wieso auch nicht, immerhin war es schon nach drei.

Ich streckte den schmerzenden Nacken und knetete ihn mit einer Hand, mit der anderen öffnete ich meine Tür, als die zum Nachbarloft hinter mir aufsprang. Wahrscheinlich hatte David mich auf dem Weg kommen sehen. Hinter dem Türspion würde er wohl nicht gelauert haben.

Ich wandte mich zu ihm um. »Hi.«

»Und, wie ist es gelaufen?«, wollte er wissen.

»Mehr schlecht als recht« antwortete ich wahrheitsgemäß und knetete weiter meinen Nacken. »Erik ist jedenfalls raus, er hat jetzt schon keine Lust mehr auf die ganze Aktion«, fuhr ich fort.

»So schlimm?«

Ich seufzte. »Wie es aussieht, sind wir mitten in einer persönlichen Fehde gelandet und stoßen auf eine Wand der Auskunftsverweigerung.«

Er versenkte die Hände in den Hosentaschen. »Das klingt nach Politik.«

Ich nickte. »Es gibt vielleicht noch eine Chance, um das Ganze zu retten, aber da muss ich mich gleich noch dahinter klemmen.«

David deutete auf meinen Nacken. »Ich würde dir ja eine Massage anbieten. Ich kann das wirklich gut.«

Sprachlos sah ich ihn an. Eine Massage? Hatte er meine Peepshow auf dem Balkon etwa als Einladung interpretiert?

Nun lächelte er peinlich berührt. »Ich nehme an, du wertest mein Angebot als Belästigung?« Er lachte. »Kassiere ich jetzt eine Anzeige?«

Ich hatte schon viele Typen kennengelernt. Auch beruflich. Aber so einen noch nie.

»Vielleicht ein andermal«, entgegnete ich und ließ offen, ob ich die Massage oder die Anzeige meinte. Dann trat ich in mein Apartment und schloss mit einem Klacken die Tür hinter mir.

13

In meinem Schlafzimmer ließ ich mich aufs Bett fallen und starrte an die Decke. Nun war ich hier in diesem wunderschönen Skiort, könnte es mir gut gehen lassen – und war stattdessen mit einer ganzen Ladung Problemen konfrontiert. Wieso passierte mir das eigentlich immer wieder? Oder wagte ich nur nicht, einfach mal loszulassen, weil ausgerechnet letzten Sommer, als ich mit Annika beim Segeln *relaxen* wollte, dieser dumme Fehler geschehen war?

Und warum hatte David mir eine Massage angeboten? Das tat man doch nicht ohne Hintergedanken!

Aus der Nähe hörte ich Gelächter. Es klang wie Valeries gackerndes Lachen – wahrscheinlich war sie eben aus dem Skikurs zurückgekehrt. Sicher hatte sie schon von Erik gehört, dass für ihn das Projekt Eisklettern passé war.

Seufzend stieg ich wieder aus dem Bett, ging zur Balkontür im Wohnzimmer und öffnete die Schiebetür einen Spalt. Valerie schien auf ihrem Balkon zu telefonieren. Gerade bat sie jemanden, einer »Miri« Grüße auszurichten, und dass diese sich bestimmt bald einkriegen würde. Jede Pubertät ginge irgendwann auch wieder vorbei.

»Nein, Susa«, sagte sie jetzt, »du würdest wirklich staunen. Ich kann schon Bögen fahren. Wusch ...« Sie lachte wieder. »Erik? Nein, der fährt seine eigenen Strecken, was soll er denn auf dem Übungshang? Aber morgen fahren wir schon hoch auf den Berg. Ja! Hätte ich auch nicht gedacht, dass das so gut klappt. Gestern hatte ich ja noch die größten Zweifel. Wir teilen uns ja hier eine Wohneinheit mit mehreren. Es gibt noch ein anderes Pärchen und dann zwei Singles. Die alleinreisende Frau ist super hübsch, ihre Haarfarbe übrigens genau wie Miris – jedenfalls hält sie sich für Superwoman. Hat mich beim Skifahren ständig überholt.« Sie lauschte einen Moment, dann fuhr sie fort: »Nein, heute war die andere Frau dabei, die von dem Pärchen. Sie trauert um ihren Großvater. Es war richtig nett mit ihr. Aber auch nicht so interessant, weil die beiden Alleinreisenden wie die Faust aufs Auge ...« Sie flüsterte jetzt, und ich konnte sie nicht mehr verstehen. Ahnte sie, dass ich sie belauschte? Mir klopfte das Herz bis zum Hals. Ich fühlte mich keineswegs wie Superwoman. Und was gab es eigentlich von David und mir zu berichten?

Jetzt sprach sie wieder in normaler Lautstärke weiter: »Erik meint, das wird sie nicht hinbekommen, auch nicht mit ihrer ganzen Erfahrung als Eventmanagerin. Nicht ohne die Hilfe der Einheimischen, und die haben wohl alle einen riesigen Hals auf diesen Herrn Binder. Das Event wird ausfallen müssen.« Sie seufzte gekünstelt. »Ja, *schade*, oder? Da werden wir wohl zur Abwechslung mal über was anderes reden müssen als über *das* Ereignis des Jahres.« Valerie schnaubte. »Natürlich hätte ich mich für ihn gefreut, vor allem aber auf das Konzert von diesem Tobias Föhring, aber Gott, das ist eben höhere Gewalt.«

Sie ging hinein und schloss die Tür, ich verstand kein Wort mehr. Niedergeschlagen trottete ich in die Küche und schaltete die Kaffeemaschine ein, schob eine Kapsel in die Vorrichtung und lauschte dem vernehmlichen Brummen, als der frisch gebrühte Kaffee durchlief. Auf meinem Handy gab ich eine Nachricht an Annika ein.

Lust zu chatten?

Abwartend sah ich aufs Display und schrak zusammen, als mein Handy klingelte.

»Hi«, hauchte ich, unendlich erleichtert, dass meine Freundin die Zeit für ein Telefonat fand. Nach einer kurzen Begrüßung erkundigte ich mich nach ihrem kleinen Sohn Nevio, der das Fest zum ersten Mal bewusst erlebte. Die Kugeln am Baum waren keine Sekunde vor ihm sicher. Flüsternd erzählte meine Freundin mir, dass ihr Freund offenbar etwas Größeres plante.

»Ich hoffe, es ist kein Heiratsantrag«, flüsterte sie, »die Sache mit Louis steckt mir noch in den Knochen.«

Im Frühjahr war sie kurz davor gewesen, einen anderen zu heiraten. Ich konnte sie gut verstehen, dass sie erst einmal etwas Gras über die Sache wachsen lassen wollte.

»Und bei dir?«, fragte Annika. »Erzähl mal. Kannst du denn inzwischen deinen Urlaub genießen?«

Ausführlich umriss ich ihr die vertrackte Situation mit Tobias Föhring.

»Sag mal, höre ich richtig?«, fragte sie, als ich geendet hatte. »Du hast dich angeboten, deinen Erholungsurlaub für die Orga eines Sportevents zu opfern?« Sie schnaubte. »Bitte sag, dass du mich veräppelst. Mona, ehrlich, was soll man nur mit dir machen?«

»Wieso denn?«, fragte ich defensiv. »Ich bin schon ganz gut erholt, und natürlich wird mir das Spaß machen. Sonst würde ich es doch nicht tun! Außerdem ...«

Annikas Stimme klang besorgt. »Was denn noch?«

»Es gibt da diesen Österreicher«, gestand ich ihr. Und dann erzählte ich ihr die ganze Geschichte von Anfang an. Wie unfreundlich David gewesen war, um dann Interesse zu zeigen – und kurz darauf wieder dumme Sprüche zu reißen, für die er sich dann entschuldigte – kurz, dass das Verhalten meines Loftnachbarn mich in immer größere Verwirrung stürzte. Von seinen Heulattacken ganz zu schweigen.

»Ah. Ich verstehe«, sagte Annika schließlich in amüsiertem Tonfall.

»Was verstehst du?«

»Na ja, für mich klingt das so, als wäre dieser Mann gar nicht so uninteressant für dich.«

»Das ist Unsinn«, widersprach ich.

»Bist du sicher? Bei deinen Klagen über diesen Mann schwingt etwas mit, das genau das Gegenteil aussagt. Ganz so, als könntest du an nichts anderes denken als an ihn.«

Damit hatte sie zwar einerseits recht. Aber doch nicht, weil er mir als Mann gefiel. »Er raucht«, sagte ich bedeutungsvoll.

»Ganz schlimmes Verbrechen«, erwiderte meine Freundin. »Ein No-go. Und das sagt die Frau, die jahrelang Kette geraucht hat, während ihr Mann Nichtraucher war.« Sie gackerte belustigt.

»Mag sein, aber ich habe es aufgegeben. Mein Geruchssinn kam zurück, ich hasse es, wenn Leute nach Rauch riechen.«

»Noch was?«, fragte Annika.

»Er ist mir zu selbstbewusst. Und auf der anderen Seite das Geheule.« Ich flüsterte jetzt. »Vielleicht ist das auch pathologisch. Stell dir vor, ich habe es mit einem –.«

»... sensiblen Mann zu tun, der versucht, seine Schwäche zu überspielen?«, vollendete Annika meinen Satz.

»Ich mag mich wirklich nicht einmischen, aber lern diesen Typen doch erst mal näher kennen. Vielleicht ist er gar nicht so verkehrt. Zumindest hast du lange nicht mehr so viel von einem Mann gesprochen.« Wieder lachte sie.

Ehe ich etwas zu meiner Verteidigung sagen konnte, ertönte im Hintergrund ein ohrenbetäubendes Geheule von Nevio, und wir verabschiedeten uns schnell.

Letztlich war es mir recht so. Natürlich hatte David in meiner Achtung enorm gewonnen, seit er dem Kellner das Leben gerettet hatte. Aber was ergab es für einen Sinn, ihn näher kennenzulernen? Er lebte in Österreich.

Ich zog die Kaffeetasse unter dem Auszug hervor und ging mit dem heißen Getränk zurück ins Schlafzimmer. Was sollte ich jetzt mit dem Rest des Tages anfangen? Bis zum Abendessen waren es noch über drei Stunden. Zum Lesen hatte ich keine Lust. Jedenfalls auf keinen Liebesroman. Für Liebe war in meinem Leben überhaupt kein Platz.

Zornig nippte ich am Kaffee. Und dann dieser dumme Tobias Föhring! Wenn er bei dem Event nicht mit im Spiel gewesen wäre, hätte ich auch hingeschmissen wie Erik.

Blieb nur Günter Binders Tochter Josefin. In derselben Sekunde ließ ich die Schultern sinken. Nein. Das war eine dumme Idee. Günter Binder würde doch seine Tochter schon gefragt haben, ob sie ihn unterstützen könnte. Er konnte ja nicht ahnen, dass ich am Horizont auftauchen würde.

Dennoch, einen Versuch war es wert.

Ich trottete zurück in die Küche und wählte den Kontakt von Günter. Es tutete nur einmal in der Leitung bis, er sich mit einem bellenden »Jawoll!« meldete.

Ich brachte mein Anliegen vor und schloss mit den Worten: »Wenn also jemand das Konzert ihres Lieblingsstars retten könnte, dann Ihre Tochter.«

»Des wird die Josefin net tun«, antwortete er.

»Warum nicht?«, fragte ich verblüfft.

»Weil alle Welt meint, dass ich den Alois in den Burnout getrieben hätte«, blaffte er. »Allen voran mei' Tochter!«

»Hören Sie«, entgegnete ich, »geben Sie mir zumindest mal ihre Nummer, ich rede mit ihr. Aber ich kann Ihnen gleich sagen: Wenn ich nicht jemanden unter den Einheimischen finde, der mich unterstützt, sieht es düster aus. Zaubern kann ich nicht. Das könnten Sie dann bitte auch dem Herrn Föhring ausrichten: Dass ich nichts mit dem Scheitern Ihres Events zu tun habe. Aber rein gar nichts.«

Er schwieg einen Moment, dann hörte ich es rascheln. Kurz darauf sagte er: »I geb dir ihr Nummer. Hast du was zum Schreib'n?«

Ich stellte mein Handy auf Lautsprecher und ging zu den Kontakten, um einen neuen zu erstellen. »Wie heißt Ihre Tochter mit Nachnamen?«

»Binder, wie ich, sie ist noch nicht unter der Haube.«

»Legen Sie los.«

Er diktierte eine Telefonnummer, ich fügte die Ländervorwahl hinzu und bedankte mich bei ihm. Wie sollte ich die Frau davon überzeugen, mir zu helfen? Wahrscheinlich würde mir das nur über den Joker Tobias Föhring gelingen.

Zögernd wählte ich ihre Nummer und lauschte dem fernen Tuten in der Leitung.

»Jaaaa?«, meldete sich nach einer gefühlten Ewigkeit eine weibliche Stimme. Sie klang rauchig und lasziv – man hätte meinen können, ich hätte eine Erotikhotline gewählt. Kurz war ich aus dem Konzept. Ich musste etwas sagen. Aber wie beginnen?

Einer Eingebung folgend sagte ich: »Hallo, Frau Binder. Es ist drei Tage vor Weihnachten, und Tobias Föhring braucht Sie.«

14

Josefin Binder brachte in einer Umhängetasche frische Brötchen und Tupperdosen mit. Ein »Arbeitsfrühstück« nannte sie unser Treffen, und ich war dankbar für den Aktionismus der brünetten Mittdreißigerin. Gut, gestern am Telefon hatte ich ein bisschen geflunkert, um sie für mich zu gewinnen. Ich hatte ihr gesagt, dass Tobias Föhring sich unbändig auf dieses Event in Bad Gastein freuen würde, weil er ein großer Eiskletter-Fan sei.

»Klettert er etwa auch selbst?«, hatte Josefin in ihrer rauchigen Stimme gefragt, und ich hatte »Natürlich tut er das« gesagt. So, wie ich solche Dinge manchmal versicherte, wenn ich einen Sponsor davon überzeugen wollte, dass sein Geld bei unserer Veranstaltung bestens angelegt war. Da behauptete man eben, dass der Stargast für sein Leben gern Yogurette aß. In der Werbung funktionierte es nicht anders. Oder glaubte etwa jemand daran, dass bei der Fußballnationalmannschaft im Crewhotel nichts als ein Glas Nutella auf dem Frühstückstisch herumstand? Niemand würde nachprüfen, ob Tobias Föhring tatsächlich kletterte. Er kam ja zum Singen.

An meinem Esstisch kam Josefin Binder jedoch noch einmal darauf zurück. Sie hatte neben den Frühstückszutaten ihr Laptop mitgebracht und, klackerte unternehmungslustig auf den Tasten herum. »Dass Tobias Föhring ein Hobby-Kletterer ist, passt ja perfekt. Wir kriegen jede Menge Leute ins Boot, wenn wir denen in Aussicht stellen, dass er sein Talent nicht nur gesanglich, sondern auch kletternd unter Beweis stellt«, erklärte sie. »In dem Fall würden uns alle aus der Hand fressen.«

»Ich weiß natürlich nicht, ob er das tun würde«, versuchte ich abzuwiegeln. »Er kommt immerhin zum Singen. Und wenn er sich erkältet und die Stimme dann weg wäre ...«

Josefin schüttelte den Kopf. »Blödsinn! Dabei wird doch niemand krank, man kann sich ja dementsprechend anziehen. Der Herr Föhring hat sicher die perfekte Ausrüstung. Und bei der Gage ... da wird das wohl drinnen sein.«

War es möglich, dass ich mir mit Josefin keine Probleme vom Hals geschafft, sondern mir zusätzlich welche eingehandelt hatte? Wie sollte ich Tobias Föhring zum Klettern bewegen?

»Kennst du die Höhe des Honorars?«, fragte ich. »Gibt es Unterlagen zu dem Engagement?«

Josefin klopfte auf ihre Aktentasche. »Ist alles da drinnen. Ich war gestern Abend nämlich noch investigativ unterwegs.« Sie lachte ihr heiseres Lachen. »Mein Papa hat viele Feinde, aber die haben auch ihren Stolz. Wenn das Ganze internationale Kreise zieht, wird denen die Sache zu heiß.« Jetzt zeigte sie auf die mitgebrachten Brötchen, öffnete die Tupperdosen und förderte Butter und Bergkäse zutage, selbst gemachte Marillenmarmelade und Schinken. »Aber bevor wir loslegen, essen wir einmal gescheit, oder?«

Halbherzig griff ich nach einer Semmel. Josefin schnitt ihre mit flinken Bewegungen auf und verteilte Butter und Marmelade darauf.

Nachdenklich tat ich es ihr gleich. Vielleicht könnte ich Tobias Föhring über sein Management mitteilen lassen, dass die örtliche Presse gern ein Foto mit ihm in Klettermontur aufnehmen wollte. Und damit wäre die Sache erledigt. Wenn Josefin Binder dann darauf bestand, dass er auch seine Kletterkünste unter Beweis stellte, konnten die beiden meinetwegen miteinander diskutieren. Das war dann nicht mehr mein Bier.

Während ich meinen Überlegungen nachhing, tippte Josefin eine Nachricht nach der anderen in ihr Laptop ein, biss immer wieder in ihre Semmel und zwinkerte mir schließlich zu. »Alles arrangiert«, erklärte sie kauend und schluckte einen Brocken hinunter. »Er wird in der Quali als erster klettern und kriegt daher die Startnummer eins. Das wird eine Gaudi werden!«

Was war das für ein Surren? Kam das aus meinem Kopf?

Entschlossen legte ich beide Hände auf den Tisch. »Stopp«, warnte ich. »Wir wissen noch nicht, ob er mitspielt. Mancher Künstler ist da empfindlich und will gefra–«

»Aber du kennst ihn doch persönlich, sonst wüsstest du das mit dem Klettern ja nicht. In der Presse findest du darüber nämlich nichts«, unterbrach sie mich. »In dem Fall ist das doch kein Thema. Das macht er doch gerne, ist ja keine große Geschichte.« Sie blinzelte mir verschwörerisch zu.

»Ich werde sehen, was ich tun kann, aber versprechen kann ich nichts«, erklärte ich matt.

Josefin säuberte sich die Mundwinkel und schob ihren Teller beiseite. »Dann legen wir halt einmal los.«

Dass ich noch gar nichts gegessen hatte, war ihr offenbar entgangen. Sie konnte ja auch nicht wissen, dass ich gestern Abend nur ein paar von Mamas Keksen geknabbert hatte, weil ich einfach zu müde gewesen war, um in den Speisesaal zu gehen.

Josefin und ich ackerten den ganzen Tag. Wie sich herausstellte, war sie Angestellte in einem Reisebüro, und der Begriff »Ablauforganisation« war ihr durchaus vertraut. Sie hatte seit Freitag Urlaub und eigentlich Ski fahren wollen. Anhand meiner Checkliste und unserer geballten Erfahrungen – vor allem aber durch ihre Kontakte zu denen, die in den vergangenen Jahren in die Organisation des CityIce-Cups involviert gewesen waren – gewannen wir zügig einen groben Überblick darüber, was Alois Gruber auf die Beine gestellt hatte, bevor er ausfiel. Das mit der Hotelbuchung für Tobias offenbar nicht.

»Wenn wir nichts kriegen, schläft er eben bei mir.« Josefin zuckte mit den Achseln.

»Das geht nicht!«, rief ich und setzte eindringlich hinzu: »Er muss in ein Hotel. Tobias Föhring ist nicht irgendwer. Er und seine Bandmitglieder sind es gewohnt, gut untergebracht zu werden.«

Josefin schob ihren Stuhl zurück und zeigte auf ihre leere Tasse. »Hast du noch einen? Ich würde einmal auf deinem Balkon eine rauchen gehen.«

Während ich zwei Kaffee für uns zubereitete und endlich doch einen Bissen meines Brötchens nahm, zog Josefin ihre Jacke über und trat durch die Wohnzimmertür auf die Terrasse. Um in Richtung Tal schauen zu können, umrundete sie den Balkon, kam am Küchenfenster vorbei und winkte mir zwinkernd zu. Sie zündete sich eine Zigarette an und blies den Rauch in die Luft. Als ihr Kaffee fertig war, kam ich ihr hinterher. Dankbar nippte sie daran.

Als plötzlich David Brandners Kopf neben der Holzpalisade auftauchte, stieß sie einen spitzen Schrei aus.

»Ach so ist das, du hast Besuch«, sagte er. »Und ich dachte schon, du bist rückfällig und rauchst wieder.« Er trug mal wieder den Bademantel und sah mich an. Diese Brusthaare. Ich zwang mich, den Blick davon abzuwenden.

»Mann, hab ich mich erschrocken!« Josefin hielt ihm die Hand hin und stellte sich vor. Dann legte sie den Kopf schräg. »Ist das etwa ›Meute‹, was du da gerade hörst?«

Davids Mundwinkel hoben sich anerkennend in die Höhe. »Dass du die kennst …?«

Josefin zog an ihrer Zigarette und schnippte die Kippe übers Balkongeländer. »Ich bin ein großer Musikfan, ich kenn' fast alles.«

»Kommst du aus Gastein?«, fragte er.

Sie nickte. »Und du? Lass mich raten. Bist du aus Salzburg?«

Er legte zwei Finger an die Stirn. »Habe die Ehre.«

Josefin wandte den Kopf zu mir um. »Ich glaub's ja nicht! Wieso verschweigst du mir deinen attraktiven Nachbarn? Noch dazu, wo er ausschaut wie Gerard Butler … den wolltest du wohl für dich allein haben, oder?«

Ehe ich etwas Geistreiches entgegnen konnte, meinte sie zu David: »Wie lange bleibst du?«

Er zuckte spielerisch mit den Augenbrauen. »Bis Neujahr.«

Verabredeten die beiden sich gerade?

Der Plausch zog sich glücklicherweise nicht hinaus, denn eben klingelte Josefins Handy drinnen im Loft. »Wir sehen uns vielleicht!«, rief sie ihm zu und hob die Hand.

Davids und mein Blick ging in diesem Moment eine

Verbindung ein.

»Wo warst du denn gestern Abend? Wir haben dich vermisst«, sagte er. »Bist du so beschäftigt wegen dieses Cups?« Er deutete mit dem Kinn ich die Richtung, in die Josefin gegangen war. »Ist sie die Chance, von der du gestern gesprochen hast?

Ich nickte ihm zu und riss mich los. »Wir haben noch zu tun.«

Dann folgte ich Josefin ins Wohnzimmer.

Am Nachmittag stießen die Bad Gasteinerin und ich mit einem Glas Wein auf die geleistete Arbeit an. All die Dinge von meiner Checkliste schienen in trockenen Tüchern. Josefin kannte genügend Leute, die mit Alois Gruber in Kontakt gewesen waren und anhand ihrer Emails Details für uns hatten, mit denen wir arbeiten konnten. Der klitzekleine Nachteil bei der ganzen Sache war, dass Josefin jedem erzählte, dass Tobias Föhring in der Qualifikationsrunde mitklettern würde. Und so wie ich, die ich nur ein klein wenig übertrieben hatte, als ich behauptet hatte, dass der Künstler gelegentlich kletterte, hatte Josefin eine eigene Übertreibung obendrauf gesetzt. Inzwischen waren alle der Meinung, dass Tobias Föhring die gesamte Strecke nach oben klettern und in schwindelerregender Höhe die Kuhglocke läuten würde.

Ich konnte so viel mit den Händen wedeln, wie ich wollte – Josefin war nicht zu stoppen. Als sie mich schließlich fragte, ob die Flecken an meinem Hals ansteckend seien, wickelte ich mir einen Baumwollschal herum.

Fest stand: Ich würde mit dem Manager oder Tobias selbst telefonieren müssen. Vielleicht kletterte er ja wirklich? Das wäre natürlich die Rettung.

In diesem Augenblick klopfte es, und wir hoben die Köpfe. Bestimmt war es Valerie. Nachdem ich schon gestern Abend und heute Morgen dem gemeinsamen Essen ferngeblieben war, wollte sie vielleicht nach mir sehen. Inzwischen hatte ich mich bezüglich ihrer Bemerkungen längst beruhigt. Und Erik würde ich schon noch beweisen, dass ich durchaus in der Lage war, den CityIce-Cup zu retten.

Beim Öffnen der Tür setzte ich ein Lächeln auf, doch dieses gefror, als ich in David Brandners graue Augen blickte.

»Hi«, sagte er, »kommt ihr zum Abendessen?«

»Ihr?«

»Deine Freundin kann doch mitkommen, wenn sie mag.«

Schon tauchte Josefin neben mir auf.

»Ach, schau an, der Gerard«, sagte sie in ihrer rauchigen Stimme.

David schürzte die Lippen und wiederholte seine Frage.

Josefin wickelte eine dicke Haarsträhne um ihren Finger. »Wenn du mich so lieb bittest ...«

»Ich brauche aber noch einen Moment«, entgegnete ich und verschwand im Bad.

Währenddessen erzählten die zwei sich offenbar ihre halben Lebensgeschichten. Auf dem Weg zum Speisesaal erfuhr ich nämlich von David, dass Josefin vierunddreißig und seit kurzem wieder solo war und außerdem leidenschaftlich gern auf Konzerte ging. Sie seien sogar beide häufiger auf denselben Veranstaltungen gewesen, ohne voneinander gewusst zu haben.

Normalerweise hätte ich sofort in ihre Schwärmereien eingestimmt, immerhin hatte ich schon etliche Konzerte in Binz organisiert. Aber dann wäre das Thema vielleicht auf meinen dortigen Fauxpas gekommen, und das wollte ich nicht. Josefin berichtete außerdem, dass sie im Reisebüro auf die Fernreisen spezialisiert war. Schon schwärmten David und sie von den weißen Sandstränden der Südsee.

»Die sind nichts gegen Rügener Strände«, konterte ich, »so weit muss man gar nicht reisen. Allein der Strand zwischen meiner Heimatstadt Binz und dem ehemaligen KdF-Seebad in Prora ist ein Traum. Ich jogge zweimal pro Woche an diesem Strand entlang.«

»Ist das dort, wo sie diese flotten Eigentumswohnungen gebaut haben?«, fragte Josefin.

»Genau. Allerdings ist es Geschmacksache, ob man die schön findet«, schränkte ich ein. »Ich bin eher ein Fan der typischen Binzer Bäderbauweise. Auf meiner Joggingstrecke gibt es eine zauberhafte alte Villa, die sogar zum Verkauf steht ... Leider ist der Erwerb finanziell nicht machbar für mich.«

»Dabei arbeitest du doch so viel«, wandte David ein. »Und kannst dir hier ein Viererloft für dich allein leisten.«

Ich warf ihm einen amüsierten Blick zu. »Heißt das, dass du Millionär bist? Du wohnst immerhin auch hier.«

David hob nur eine Augenbraue.

Josefin betrachtete ihn mit aufrichtiger Bewunderung. »Du entpuppst dich ja mehr und mehr als Traummann.«

Ich meine, ich mochte sie. Sie half mir immerhin. Aber dass sie so ungeniert mit David flirtete, missfiel mir. Auch, wenn ich das nicht gerne zugab. Und Millionär – er? Sehr unwahrscheinlich. Welches Vermögen sollte ein Notfallsanitäter schon besitzen?

Von den anderen wurde meine neue Bekannte mit unverhohlener Neugierde in Empfang genommen. Rasch wurde für sie ein weiterer Stuhl für unseren Tisch organisiert, der eigentlich gerade groß genug für sechs Personen war. Entsprechend nah saß Josefin neben David, was sie sichtlich genoss. Es gab die obligatorische Runde Hugo, und wir stießen klirrend miteinander an. Natürlich forderte Erik sofort einen Bericht, wie weit unsere Vorbereitungen des Cups gediehen waren. Ich war hungrig und ging erstmal zum Vorspeisenbuffet. Das eine Brötchen war zu wenig gewesen, und mir war schwindelig. Der Hugo stieg mir mit dem Wein von Josefin augenblicklich zu Kopf, und ich klammerte mich ans Buffet.

»Hey, alles okay?«, vernahm ich Davids Stimme hinter mir.

»Geht schon«, murmelte ich und legte mir zwei Zucchinischeiben auf den Teller, nahm etwas Salat und ein paar kalte Garnelen, wandte David den Rücken zu.

Zurück an meinem Platz griff ich nach dem Besteck. David folgte mir auf dem Fuß, die anderen waren inzwischen auch am Buffet beschäftigt.

»Ich wollte mich bei dir entschuldigen«, erklärte er und nahm wieder mir gegenüber Platz.

»Wofür denn diesmal?«, fragte ich und blickte auf meinen Teller, zerlegte eine Garnele.

»Dafür, dass ich in die Unterhaltung zwischen Josefin und dir geplatzt bin. Das war irgendwie nicht die feine englische Art.«

»Ach was, nicht schlimm«, erwiderte ich und trank einen Schluck Hugo.

Er schien nicht zufrieden. »Du wirkst verschnupft, weißt du. Als hätte ich dich mit irgendetwas verärgert.«

O je. War es derart offensichtlich, dass seine Einladung an Josefin, mit uns zu essen, mich kalt erwischt hatte?

»Wirklich nicht«, sagte ich fest.

Zu meiner Überraschung reichte er mir über den Tisch hinweg die Hand. »Freunde?«, fragte er. Dabei hielt er meine Finger einen Moment zu lange fest. Genauso wie sein Blick meinen nicht loslassen wollte.

Ich schluckte, sagte eilig »Ja, ja« und griff wieder nach dem Besteck. Eben trafen auch die anderen ein.

»Na?«, fragte Valerie mit einem wissenden Lächeln auf den Lippen, »welchen geheimen Bund habt ihr beide denn gerade geschlossen?«

Mir kam Eriks Warnung in den Sinn. Auf keinen Fall wollte ich mit David zwischen zwei Buchdeckeln landen.

»Dass wir in diesem Urlaub noch mindestens einmal zusammen Ski fahren«, antwortete David an meiner Stelle und zwinkerte mir zu. »Stimmt's?«

Ich lächelte zustimmend, aber beim Stichwort »Freunde« hatte sich schon ein neuer Knoten in meinem Bauch gebildet.

Erik nahm mit einem voll beladenen Teller Platz. »Übrigens noch mal meine Anerkennung dafür, dass der CityIce-Cup nicht abgesagt werden muss.«

Ich hob eine Augenbraue. »Verblüffend, oder?« Nun zeigte ich auf Josefin, die eben auch zurück an den Tisch gekehrt war. »Allerdings nur mit ihrer grandiosen Unterstützung.«

Svea stieß Valerie in die Seite. »Darüber kannst du doch auch ein Buch schreiben, wenn sich keine Liebesgeschichte entwickeln sollte: Über eine Gruppe Mittdreißiger in Bad Gastein, die bei gutem Essen und Trinken das Klettererereignis des Jahres besuchen und dabei dem Musikidol Tobias Föhring lauschen.«

»Das klingt nach Reisebericht und nicht nach Roman«, wehrte Valerie ab. »Es muss schon was mit Liebe sein.«

»Kann es auch etwas mit Abneigung sein?«, fragte David und betrachtete sie von der Seite.

Sie nickte eifrig. »Wenn beide einander gleich verfallen,

ist es ja langweilig.«

»Vielleicht meint er auch die Abneigung gegen Leute, die über einen Geschichten schreiben wollen«, sagte Erik und sah sie vielsagend an.

Mir blieb der Bissen im Hals stecken. Wie gemein von ihm. Es war offensichtlich, dass Valerie mit den Tränen kämpfte.

»Ich habe nichts getan. Zum ersten Mal seit Jahren fühle ich, dass ich wieder etwas schreiben könnte. Alles was ich brauchte, war ein bisschen Inspiration, den Flow – aber bei dir schrillen die Alarmglocken. Wann willst du mir nur endlich verzeihen?«

David und ich warfen uns einen betroffenen Blick zu.

»Ich meinte jetzt eher der Spannung wegen«, versuchte David die Situation zu entschärfen. »Also die im Buch, nicht die zwischen euch beiden.«

Josefin sah interessiert zwischen uns hin und her und tat zur Entspannung der Atmosphäre das einzig Richtige: Sie lobte das Essen. Ich stimmte ihr zu, dennoch hielt ich mir den Bauch. Die paar Scheiben Zucchini und die Garnelen bearbeiteten meinen Magen, als hätte ich Steine darin. Der Salat blähte mich auf wie einen Ballon. Ich hatte von früh bis spät mit Josefin geackert, und auch die Dusche hatte mir keine Erholung gebracht. Jetzt wollte ich nur noch in mein Apartment und mich ausruhen. Ich schob den Stuhl zurück und tupfte mir mit einer Serviette die Mundwinkel.

»Ihr Lieben, ich bin total kaputt«, entschuldigte ich mich niedergeschlagen. »Ich glaube, ich muss mich mal hinlegen.« Ich kam mir vor wie eine Sechzigjährige, aber was sollte ich tun?

Josefin legte ich die Hand auf den Arm. »Und vielen Dank nochmal für deine heutige Hilfe.«

Mit einem kurzen Winken verließ ich den Tisch.

15

In meinem Apartment starrte ich in die auflodernden Flammen des Kamins und nippte an einer Tasse Tee. Das Feuer machte sich über das Holz her und krabbelten daran entlang, als leckten kleine Zungen an einem Eis. Es schien wie ein Sinnbild: Die seit meiner Ankunft wiedererlangte Kraft schwand dahin, so wie das harte, trockene Holz sich dem Feuer ergab und die Flammen die Oberhand gewannen.

So durfte es mir auf keinen Fall mit diesem Kletterevent ergehen. Ich konnte nicht warten, bis Tobias Föhring anreiste und alles in Brand geriet.

Nachdenklich erhob ich mich und reckte die Glieder, ging zu meiner Handtasche und fischte mein Handy heraus, klickte mich durch die Einträge – und da war sie: die Nummer von Tobias Föhring. Ich hatte sie nach unserem Gespräch via Skype im Sommer gespeichert.

Klopfenden Herzens lauschte ich in den Hörer.

»Tobias hier.«

Für zwei Sekunden war ich so erschrocken, dass mir die zurechtgelegten Worte im Hals stecken blieben.

»Hallo?«

Ich räusperte mich. »Hier spricht Mona Espenschied, hi.«

»Ach«, sagte er. »Das ist ja jetzt interessant.«

»Inwiefern?«

Er grunzte. »Ich hab die Tage schon mal deinen Namen gehört, gestern zuletzt, meine ich. Gibt's Probleme?«

»Na ja«, ich leckte mir über die Lippen, »zuallererst möchte ich klarstellen, dass ich die Orga dieses Events in Bad Gastein gerade erst übernommen habe, und zwar zusammen mit der Tochter des Herrn, mit dem du telefoniert hast.«

»Robert Meemken hat eine Tochter?«

»Was? Nein.« Ich runzelte die Stirn. »Du hast mit meinem Chef gesprochen? Vor kurzem? Weshalb?«

»Es ging um das verschobene Konzert vom Sommer, das wir nächstes Jahr nachholen wollen. Robert sagte mir, dass die Orga eine Catalyn übernimmt.«

Meine Hände kribbelten. Und meine Fußsohlen. Robert servierte mich ab. Er hatte mich hierher verbannt, um freie Hand beim Sägen an meinem Stuhl zu haben. Ob Marc darüber im Bilde war?

»Mona? Bist du noch dran?«, fragte er.

»Weißt du, wie es ist, wenn man immer alles perfekt macht, bis auf dieses eine Mal, und man danach nur an diesem einzigen Fehler gemessen wird?« Meine Stimme klang weinerlich. »Als wäre alles andere, was man jemals gut gemacht hat, durch diesen einen Patzer nichts mehr wert.«

»Kommt vielleicht auf die Größe des Patzers an«, gab Tobias zu bedenken.

»Die Größe seiner Patzer sucht man sich nicht aus«, erwiderte ich und kratzte mich am Hals. »Und Robert sind selbst schon welche passiert. Jedem Menschen passieren Fehler.«

»Ich wollte nichts in dir aufwühlen, wirklich nicht. Die Zusammenarbeit mit dir war durchaus professionell – bis auf die Tatsache, dass das Konzert abgesagt werden musste.«

Ich atmete tief durch. »Jedenfalls rufe ich wegen deines Auftritts beim CityIce-Cup an, und nicht wegen nächstem Sommer.«

»Ah. Du hast recht. Dein Name fiel diese Woche sogar schon zweimal. Da rief mich ein Herr Binder an.« Er klang belustigt.

»Ich bin jetzt erst in die Orga mit eingestiegen«, wiederholte ich. »Es gab interne Differenzen zwischen den Beteiligten, und es hat etwas Überzeugungsarbeit gebraucht, um die Leute wieder ins Boot zu holen.« Plötzlich verschluckte ich mich an meiner eigenen Spucke, und ich bekam einen Hustenanfall. Als er vorüber war, lehnte ich mich erschöpft gegen die Wand.

»Geht es dir nicht gut?«

»Nein, nein, alles bestens.« Ich räusperte mich ein letztes Mal und fuhr endlich fort: »Kannst du klettern, Tobias?«

Er lachte leise. »Soll ich aus einer Felsspalte heraus performen?«

Ich schloss die Augen. »Ganz so schlimm ist es nicht. Aber die erwähnte Tochter von Günter Binder, der dich angerufen hat und meinen Namen nannte, fände es schick, wenn du zur Eröffnung der Veranstaltung – sozusagen in vorderster Linie – die Qualifikationsrunde ein Stück mitklettern würdest.« Dass es bis ganz oben gehen sollte, war lächerlich und würde auch kein Mensch erwarten.

»Das steht so nicht in unserer Vereinbarung. Wenn

Fotos an außergewöhnlichen Orten gemacht werden sollen, braucht es vorab mein schriftliches Einverständnis.«

Da hatte er mich wohl nicht ganz richtig verstanden. »Nein, also – fotografiert wird das vermutlich tausendfach vom Publikum – aber man stellt sich vor, dass du die Teilnehmer durch ein kurzes *Erklimmen* der vereisten Steilwand motivierst …«

Tobias lachte schallend. »Das soll ein Witz sein, oder?«

Ich schwieg.

»Zu deiner Info: Ich leide unter Höhenangst. Alles ab einem Meter fünfzig bereitet mir Herzrasen und Schwindel. Also vergiss es. Ich hoffe, das wurde nicht den Zuschauern so angekündigt? Ich hatte mal an der Nordsee mit einem Spaßvogel von Veranstalter zu tun, der verbreitet hat, ich würde mit einem Seehund namens ›Arielle‹ auf der Bühne ein Kunststück vorführen. Stand aber nicht im Vertrag und gehört auch nicht zu meinen Aufgaben als ernst zu nehmender Musiker. Du glaubst doch nicht, dass die ›Toten Hosen‹ mit Seehunden auftreten würden? Und an einer Kletterwand würden die auch nicht hochkraxeln. Stell dir mal vor, es passiert was bei solchen Kunststückchen! Angenommen, so ein Vieh schnappt zu oder ich stürze in die Tiefe. Soll ich dann meine Tournee abblasen?« Er grunzte. »Also jedenfalls brüllte die Menge in Husum ›Arielle, Arielle‹ und zwar zwischen jedem fucking Stück, das ich spielte. Du verstehst bestimmt, dass ich auf so was kein zweites Mal Wert lege.«

»Natürlich«, bestätigte ich. Wenn nur die Haut an meinem Hals nicht so prickeln würde. Verstohlen kratzte ich wieder daran.

»In welchem Hotel kommen wir eigentlich unter? Wir sind zu dritt, jeder braucht ein Einzelzimmer, das weißt du? Mein Manager hat darüber immer noch keine *confirmation*.«

Ich kniff die Augen zusammen. Drei Einzelzimmer. Wo sollten wir die herbekommen? Am besten, ich rückte mit der Wahrheit heraus. Ich konnte nicht um jeden Preis an diesem Event festhalten, bei dem alle Zeichen dagegen sprachen, es auszurichten. Gut, Josefin und ich hatten alle Beteiligten wieder ins Boot geholt. Aber dann würden wir eben noch einmal den ganzen Tag telefonieren und die Sache abblasen. Sonst würde man uns am Ende vorhalten, wir hätten mit falschen Karten gespielt (was wir hatten), oder die Menge würde »Klettern, Klettern!« brüllen.

»Ich habe übrigens noch eine gute Nachricht«, erklärte Tobias Föhring in diesem Moment.

»Ja?«, fragte ich schwach.

»Ich konnte deinen Boss davon überzeugen, dir noch eine Chance zu geben. Ich hab ihm versichert, dass du durchaus in der Lage bist, solche Herausforderungen zu händeln. Wenn in Bad Gastein alles glattgeht, übernimmst du auf jeden Fall die Orga für mein Konzert nächsten Sommer – ich werde persönlich darauf pochen. Einverstanden?«

NACHDEM WIR AUFGELEGT HATTEN, starrte ich auf das Smartphone, bis es mir aus der Hand glitt und scheppernd auf den Fliesen vor dem Kaminofen landete. Womöglich war das Display gesprungen – doch ich konnte nicht einmal die Kraft aufbringen, mich danach zu bücken, um nachzusehen.

Im Bad betrachtete ich die roten Flecken an meinem Hals und fächelte mir Luft zu. Dann schlurfte ich hinüber ins Schlafzimmer und ließ mich bäuchlings aufs Bett fallen.

Von draußen schallte das tiefe Gelächter von Josefin zu mir herüber, und ich zog mir ein Kissen über den Kopf.

Leider hörte ich sie noch immer. Nun fiel auch David in ihr Lachen ein. Und was war das? Hatte ich die Balkontür einen Spalt offengelassen? Ich schob die Nase unter dem Kissen hervor und schnupperte. Tatsächlich. Zigarettenrauch. Warum rauchten sie so nah an meinem Balkon? Sie hatten doch vor seinem Wohnzimmer genügend Platz. Wahrscheinlich saßen sie dick eingemummelt in den beiden Holzliegestühlen und genossen die Aussicht aufs idyllisch verschneite Tal mit seinen rauchenden Schornsteinen und den weihnachtlich beleuchteten Fenstern.

Und jetzt hörten sie auch noch Musik.

Mir wurde die Kehle eng. Es war so ungerecht. Seit dem Sommer schien ich das Pech gepachtet zu haben – nichts klappte! Und hier, wo ich Entspannung hätte finden sollen, wurde alles nur noch schlimmer! Tobias Föhring verfolgte mich nicht mehr nur in meinen Träumen, sondern auch im richtigen Leben. Und es gab kein Entrinnen, keine Lösung aus dieser Situation.

Auf einmal war drüben alles still, stattdessen klopfte jemand gegen die Tür meines Apartments.

»Lasst mich in Ruhe!«, rief ich, doch das Klopfen wurde lauter.

»Vielleicht schläft sie«, hörte ich David brummen.

»Aber wir müssen ihr von unserer Idee erzählen!« Josefins Stimme klang ungewohnt schrill.

Zögernd richtete ich mich auf. Hatten sie etwa die Lösung für all meine Probleme? War ein Tobias-Föhring-Double aufgetaucht, das gleichzeitig Kletterprofi war?

Ich schob die Beine vom Bett, der Rest meines Körpers folgte schwerfällig. In der Geschwindigkeit einer Greisin trottete ich zur Tür.

Als ich öffnete, strahlte Josefin mich an. »Heeeyyyy«, sagte sie und betrachtete mich neugierig. Es war nicht ratsam, sich mit meinem Haar unter einem Kissen zu verkriechen.

Davids Grinsen hatte etwas Diabolisches an sich. Erst jetzt kapierte ich, was los war. Die beiden waren betrunken.

»Welche Idee hattet ihr?«, fragte ich, um Sachlichkeit bemüht. Es konnte keine gute sein, so viel war mir inzwischen klar. Einfälle von Betrunkenen hatten meistens einen Haken.

»Wir wissen, wo der Tobias Föhring unterkommt«, erklärte Josefin und lachte ihr kehliges Lachen. Sie deutete hinter sich zu Davids Loft. »Genau hier. Der David schläft dann einfach bei mir.«

»Oh, das ist ja wirklich eine ganz tolle Idee«, lobte ich. Schon wieder kitzelten Tränen in meinen Augenwinkeln. Die beiden waren sich ja schnell nähergekommen. Jetzt wollten sie schon zusammen übernachten.

David sah mich nachdenklich an. »Geht es dir nicht gut?«

»Doch, doch, absolut«, entgegnete ich. »Sonst noch was?« Ich hielt mich am Türrahmen fest. Was war denn jetzt auf einmal los? Warum verschwomm mir die Sicht?

David schaute zwischen der Gasteinerin und mir hin und her und sagte zu meiner Überraschung: »Josefin, ich würde mich an dieser Stelle gern von dir verabschieden, ich glaube, ich muss –«

Mehr hörte ich nicht.

Auf dem Sofa fand ich mich wieder. Meine Beine ruhten auf einem Stapel Kissen, die Arme lagen auf meiner Brust verschränkt. Das Feuer im Kaminofen loderte. David stand vorm Sofa und sah mich besorgt an. Mein Gott. Ich war noch nie in meinem Leben ohnmächtig geworden. Wie in einem Regency Drama.

Auf dem Tisch vor dem Sofa stand eine dampfende Tasse Tee.

»Was machst du hier?«, fragte ich und sah mich suchend um. »Wo ist Josefin?«

»Ich hab sie nach Hause geschickt.« Er verschränkte die Arme. »Du kannst einem vielleicht einen Schrecken einjagen. Wie fühlst du dich?«

Ich schloss die Augen und spürte in mich hinein. »Wie gelähmt?«

Es klang wie eine Frage, das war mir bewusst. »Wie hast du mich denn hier aufs Sofa bekommen?«, fragte ich.

»Ich bin Sani. Und du bist ein Leichtgewicht.«

Er hatte mich wie ein Baby hier herübergetragen? »Du bist betrunken«, wandte ich ein.

Sein Kehlkopf hüpfte auf und ab, und er setzte sich im Schneidersitz vor mich auf den Boden. »Dein Salto hat mich mit einem Schlag stocknüchtern gemacht.«

Eben drangen die lauten Stimmen von Erik und Valerie durch die Stille zu uns herüber. Worum es ging, war nicht zu verstehen. Ich konnte es mir aber denken.

Als das Geschrei nebenan verstummte, meinte David: »Du solltest auf dich aufpassen.« Mit dem Finger fuhr er an der Sofanaht entlang.

»Das würde ich gern«, entgegnete ich. »Aber sag das mal zu jemandem, der in einer Nussschale auf dem offenen Meer treibt.«

»So schlimm?«

»Schlimmer.«

»Warum hast du dich auf diese Sache hier eingelassen?«, fragte er jetzt.

Der Blick aus seinen grauen Augen war in diesem Moment so vielsagend, dass ich beim besten Willen nicht deuten konnte, wovon er sprach. Schon gar nicht, als er meine Hand nahm und sie so fest zwischen seine Hände presste, dass ich das Gefühl hatte, ich hätte an einer Batterie-Ladestation angedockt.

Ich stand kurz davor, ihm zu erzählen, wie groß mein Dilemma wirklich war, doch dann gestand ich ihm lediglich, dass ich nicht ganz freiwillig hier war. Dass mir mein Chef diesen Urlaub wegen meiner Erschöpfung aufgebrummt hatte. Was alles andere betraf, war ich unsicher, ob ich ihm vertrauen konnte. Ich wusste ja gar nichts über diesen Mann. Und so verabschiedete er sich nach einer Weile, in der er nur meine Hand hielt und noch einmal Feuer nachlegte.

»Du musst morgen unbedingt freimachen«, mahnte er eindringlich beim Gehen. »Ich habe Josefin gesagt, dass sie sich ab jetzt um alles Weitere allein kümmern muss. Sie hat ja gesehen, wie es dir geht.«

Natürlich ahnte keiner von beiden etwas von dem Telefonat, das ich mit Tobias Föhring geführt hatte. Dennoch schloss ich dankbar die Augen. Über all das konnte ich morgen nachdenken. Oder tatsächlich einmal Pause machen. Eine Lösung war ja sowieso nicht in Sicht.

In der Nacht wälzte ich mich hin und her. Immer wieder tauchte Davids Gesicht vor mir auf, lächelte abwechselnd liebevoll, dann diabolisch. Morgens krabbelte ich wie erschlagen aus dem Bett. Ich klaubte mein Handy vom Boden vor dem Kamin auf und stellte erleichtert fest, dass es noch funktionierte.

Irgendwo hatte ich mal gelesen, dass der Körper in Phasen erheblichen psychischen Stresses eine Art Notprogramm in Gang setzt, um die lebenserhaltenden Funktionen aufrecht zu erhalten. Wahrscheinlich waren damit solche Dinge wie Essen und Trinken gemeint, aber es gab einen weiteren wichtigen Aspekt, den es brauchte, mit

Unausweichlichem umzugehen. In meinem Fall schienen »Klettern, Klettern!«-skandierende Zuschauer vor Tobias Föhring und der endgültige Verlust meiner Reputation als erfolgreichste Rügener Businessfrau genauso unausweichlich zu sein, wie das Stuhlsägen durch eine übereifrige Praktikantin.

Der entsprechende Faktor, mit diesen Bedrohungen umzugehen, lautete: Verdrängung. Genau das wollte ich jetzt tun. Morgen war der 23. Dezember, der Tag vor Heiligabend. Auf Rügen wäre ich losgezogen, um die letzten Geschenke zu besorgen. Hier würde ich zum Skikurs gehen und einfach so tun, als wäre nichts.

16

Beim Frühstück stocherten alle in ihren Speisen herum, gesprochen wurde wenig. David tauchte erst später auf, er kam in Fitnessklamotten an den Tisch. Dass wir Händchen gehalten hatten, ließ er sich nicht anmerken.

Valerie und Svea steckten bereits in voller Skimontur, ich selbst musste mich noch umziehen, und so verließ ich den Tisch schon etwas früher.

Als ich beim Skibus ankam, war dieser bereits voll besetzt, und ich musste die Fahrt über stehen. Der Himmel war wolkenverhangen, feine Schneeflocken rieselten herab. Ich klammerte mich an einen Haltegriff und fühlte schon wieder diese Schwäche in den Knien. Ich würde doch nicht noch einmal umkippen?

Inzwischen türmte sich der Schnee links und rechts der Fahrbahn. Begrenzungspfosten lugten aus den Schneebergen hervor, sodass die Räumfahrzeuge dem Fahrbahnverlauf folgen konnten. Der wolkenverhangene Himmel ließ den Schnee grau erscheinen. Man sah nicht besonders gut, und zum ersten Mal verstand ich, warum Skikleidung oft in leuchtenden Farben hergestellt wurde. Wenn man zum Beispiel unter einer Lawine … Nein, besser nicht daran denken.

Als wir ausstiegen, ließ ich mich auf die Bank vor der Haltestelle sinken und kämpfte gegen die Übelkeit an.

Svea und Valerie, die nach mir ausgestiegen waren, gesellten sich zu mir.

»Ich sag's nicht gern, aber du bist leichenblass«, meinte Valerie. »Sollen wir deine Skier aus dem Skistall mitbringen oder möchtest du lieber umkehren?«

Ich schüttelte den Kopf. »Es wird schon gleich wieder gehen. Wenn ihr mir die Ski bringen könntet, wäre das super nett.«

Die beiden Frauen stapften davon, und ich kramte in meiner Handtasche nach einem Pfefferminzbonbon, lutschte es angestrengt, hoffte, dass der Zucker mir etwas helfen würde.

Als die beiden Frauen zurückkamen, übergab Svea mir einen dampfenden Pappbecher. »Hier, eine heiße Schokolade«, sagte sie. »Trink die mal, die wird dich beleben.«

»Hast du schlecht geschlafen?«, erkundigte sich Valerie und wippte in den Skischuhen locker auf und ab, so, wie es uns der Skilehrer beigebracht hatte. In einer Hand hielt sie ihre Skier, in der anderen meine. Schneeflocken tanzten um uns herum, und ich begann zu frösteln. Valerie sah unsicher aus. Vielleicht fragte sie sich, ob ich ihr und Eriks Geschrei mitbekommen hatte. Svea und Jan, deren Apartment gegenüber lag, hatten es bestimmt auch gehört.

»Irgendwie schon«, bestätigte ich und nippte am Kakao. Das warme Getränk tat augenblicklich gut. Ich dankte Svea für diese liebe Geste und rappelte mich auf. Gleich würde unser Kurs starten.

»Hoffentlich kommst du gut rein, wir sind schon mit

dem Lift gefahren und haben Schwünge gelernt. Man muss dann immer so schön in die Knie gehen.« Valerie lächelte zaghaft.

»Wenn nicht, gebe ich ihr eine Privatstunde«, vernahmen wir eine Stimme hinter uns.

Ich wandte mich um und starrte David ungläubig an. »Wo kommst du denn auf einmal her?«, fragte ich.

Im Skibus war er nicht gewesen, und so schnell konnte er doch unmöglich zum Stubnerkogel hinauf und nach hier drüben abgefahren sein.

»Mit dem Auto«, antwortete David und schloss zu uns auf.

Die Vorstellung, dass David mir das Skifahren beibringen wollte, war verlockend. Kaum zu glauben, wenn man bedachte, wie sehr ich ihn anfangs verabscheut hatte. Aber jemand, der einem Kellner das Leben rettete und eine ohnmächtige Frau aufs Sofa bettete, war bestimmt auch ein einfühlsamer Skilehrer. Sollte ich sein Angebot annehmen?

Wir setzten uns in Richtung Übungshang in Bewegung, und David stupste mich in die Seite. »Du musst nicht, keine Sorge. Es war nur ein Vorschlag.«

Aber er war extra hierher gekommen. Und wenn die anderen schon so viel weiter waren als ich – immerhin hatte ich nur einen Tag teilgenommen und sie schon drei – dann würde ich sie doch nur aufhalten. Oder steckte man mich in einen niedrigeren Kurs mit ganz neuen Teilnehmern?

Der Übungshügel war bereits voller Gruppen von Anfängern. Ein Lehrer fuhr mit einem Schüler durch einen Skistock verbunden weitläufige Kurven. Das sah schon mal vertrauenserweckend aus. Ob David das auch so tun würde?

»Wir könnten ja mal einen Testlauf machen«, schlug ich mit einem schüchternen Lächeln vor.

Valerie sah von mir zu ihm. »Sollen wir dem Skilehrer ausrichten, dass du wieder nicht kommst?«

»Wir könnten uns ja zum Mittagessen wiedertreffen«, schlug Svea vor.

Ich zwang mich zu einem Lächeln. »Also gut. So machen wir es.«

»Echt?«, fragte David. Er schien ehrlich erstaunt. »Du lässt dich drauf ein, dass ich dir zeige, wie man den Berg runter kommt?« Er schlug sich eine Hand auf die Brust. »Es ist mir eine Ehre.«

Valerie übergab ihm meine Skier, und ich trank den letzten Tropfen Kakao, warf den Becher in einen Mülleimer. Neben mir purzelte ein kleiner Junge von einem Schlitten in den Schnee und hob zu einem ohrenbetäubenden Geschrei an.

Mit Svea und Valerie verabredeten wir uns zum Mittagessen im Restaurant der Talstation.

Wir übten zwei Stunden am Übungshang. David war ein ausgezeichneter Coach. Wie sich herausstellte, hatte er früher in den Schulferien und neben seiner Ausbildung als Skilehrer gearbeitet. Ich konnte mir vorstellen, wie das abgegangen war. Bestimmt hatte er sich vor Verehrerinnen nicht retten können. In der Tat verhielt er sich sehr charmant. Er half mir bei der Fahrt mit dem Schlepplift, zeigte mir, wie ich Bögen fahren musste, um nicht Schuss nach unten zu brettern. Auch die Übung, bei der wir miteinander durch Skistöcke verbunden Kurven fuhren, funktionierte einwandfrei. Dass ich schwitzte, kam nicht allein vom Skifahren. Seit gestern Abend machte mich seine Nähe vollends nervös. Wie sollte ich mit ihm umgehen? Und was war da eigentlich passiert? Man hielt doch nicht einfach so mit einer Wildfremden Händchen. Oder tat man das so, unter … Freunden?

»Du siehst aus, als könntest du eine Pause vertragen«, unterbrach David meine Gedanken, nachdem wir eine weitere kurze Abfahrt erfolgreich absolviert hatten.

»Eigentlich nicht«, sagte ich und zeigte zum Sessellift. »Ich würde gern unbedingt –«

Er lachte. »Okay, aber *ich* brauche eine Pause! Darf ich dich zu einer hausgemachten Limonade einladen? Und dann nehmen wir die nächste Hürde.«

Wir schnallten die Skier ab und stapften zu der Getränkehütte neben dem Restaurant. David bestellte zwei Ingwer-Limonaden, und wir stießen miteinander an.

»Du kannst wirklich stolz auf dich sein«, sagte er anerkennend, »das hat super geklappt.«

»Das lag nur am guten Lehrer«, entgegnete ich und schielte über den Rand meines Glases.

Um das zwischen uns eintretende Schweigen zu überbrücken, in dem ich ihn am liebsten gefragt hätte, weshalb er letztens so verzweifelt geweint hatte, sagte ich: »Wie kommt es eigentlich, dass du alleine reist?« Dabei war ja diese Frage schon gewagt genug. Vielleicht konnte ich auf diesem Weg erfahren, ob er liiert war.

»Es hatte sonst niemand Zeit«, antwortete er vage. Er sah mich amüsiert an, als fordere er mich auf, nachzuhaken.

Ich grinste verwegen. »Lass dir doch nicht alles aus der Nase ziehen.«

»Du kannst mich alles fragen«, entgegnete er, »solange ich auch etwas von dir erfahre.«

Amüsiert hob ich eine Augenbraue. Dieses Spiel gefiel mir. »Einen Ehering trägst du jedenfalls nicht.«

»Bisher nicht.«

Ich legte den Kopf schräg, mein Herz klopfte so heftig, als hätte ich Angst vor der Antwort auf meine nächste Frage. »Du bist also … in festen Händen?«

»Nein, du?«

Ich nahm mehrere Schlucke Limonade, ließ erst einmal sacken, dass er solo war. Wenngleich es mir egal sein konnte. Ich wollte ja nichts von ihm. Außer ihn kennenlernen. »Ich bin seit drei Jahren geschieden.«

»Kinder?«

»Nein. Du?«

Er sah mich nachdenklich an. »Bisher ist mir nicht die Richtige begegnet, mit der ich mir das Abenteuer Elternschaft hätte vorstellen können. Aber ich mag Kinder – falls das deine nächste Frage gewesen wäre.«

Wir grinsten uns verlegen an, ich hätte schwören können, dass er rot geworden war. Gerade so, als hätte er mir angeboten, eine Familie mit ihm zu gründen. Auf einmal fühlte ich einen Lachanfall in mir aufsteigen. Nach drei Jahren Singledasein fühlte ich mich auf dem Flirt-Sektor so eingerostet wie ein altes Scharnier. Was hätten wir auch weiter reden sollen? Wir waren keine Teenies mehr, die sich nach ihren Hobbys und Geschwistern befragten. Wenn, dann sollten sich solche Details doch eher ganz ungezwungen ergeben.

David schien es ganz ähnlich zu gehen, er drehte sein leeres Glas zwischen den Händen. Plötzlich, als sei ihm gerade erst bewusst geworden, wo wir uns befanden, zeigte er zum Sessellift. »Was meinst, bist du fit genug für deine erste Abfahrt von einer der mittleren Stationen?«

Ich war heilfroh über seinen Vorschlag und nickte nachdrücklich. »Ich kann es kaum erwarten.«

Nachdem wir die Skier wieder angeschnallt hatten, reihte ich mich neben David in die Warteschlange zum Sessellift ein. Stück für Stück ging es vorwärts. Links und rechts

Skifahrer und Snowboarder, die auf einem Bein ihre Bretter voranbrachten.

»Was guckst du denn auf einmal so besorgt?«, raunte David.

Ich bemühte mich um ein zuversichtliches Lächeln.

»Komm«, neckte er, »du bist doch sonst so unerschrocken.«

Ich blickte zum grauen Himmel. Runter kommt man immer, sagte ich mir.

Als ich mit dem Po auf dem Viererlift landete, der uns nach oben bringen sollte, quiekte ich auf. Doch dann verstummte ich vor Glück. Über die Wipfel der schneebedeckten Fichten zu schweben ... so schön hatte ich mir das nicht vorgestellt. Lautlos glitten wir darüber hinweg. Beim Ausstieg brachte ich nicht nur mich, sondern auch David fast zu Fall. Ich wusste in diesem Moment nicht einmal mehr, wie man bremste.

Wild mit den Armen fuchtelnd kam ich am Pistenrand zum Stehen.

David glitt neben mich und legte mir eine Hand auf den Arm. »Alles okay?«

»Ich kann das nicht«, stöhnte ich und deutete in Richtung des Ziehwegs, der hier durch den Wald führte. Hinter uns kamen stetig Skifahrer aus dem Lift, streiften im Fahren Handschuhe und die Schlaufen ihrer Skistöcke über, als sei nichts leichter, als dies während der Fahrt zu tun.

»Du schaffst das schon«, ermunterte mich David, »es sieht schlimmer aus, als es ist. Es geht nur ein kurzes Stück durch den Wald und dann auf einer breiteren Piste weiter. Dort können wir bequem Schwünge üben.«

Mir war nicht nach Schwingen, mir war nach Liegen. Aber hier war es schlecht möglich. Außerdem begann es gerade, stärker zu schneien. Die vormals fluffigen kleinen

Flöckchen waren zu einer Größe von Gänsedaunen angewachsen.

»Kann man hier irgendwo einkehren?«, fragte ich mit zweifelndem Blick gen Himmel. Die Flocken prallten auf meine Schneebrille, und ich schloss das Helmvisier.

Um mich herum schien alles in undurchdringlichem Weiß zu versinken. Ich zog den Nacken ein und sah wieder zu David, der bedauernd die Schultern hob.

»Ich glaube, ich war etwas zu ambitioniert«, gestand er zerknirscht. »Ich wollte dir unbedingt dieses Erfolgserlebnis verschaffen und habe nicht an das Wetter gedacht.« Er deutete mit seinem Skistock in Richtung des Ziehwegs. »Je länger wir warten, desto mieser wird die Sicht. Lass uns am besten starten.«

Ich seufzte angstvoll und rutschte mit den Skiern in Position. Dann warf ich einen Blick zurück zum Lift. Noch immer waren alle ankommenden Vierersessel voll besetzt. Aber man war ja auch ein paar Minuten damit unterwegs. Unten stiegen jetzt bestimmt nicht mehr viele zu.

»Vielleicht warten wir, bis weniger los ist?«, schlug ich vor. Meine Beine zitterten. Wie sollten wir bloß heil hier herunter kommen? Ich hatte alles Gelernte vergessen!

»Ich schlage dir etwas anderes vor.« Mit diesen Worten rutschte er mit den Skiern soweit nach vorn, bis er einen Ski rechts, einen links vor mir positionierte und wieder im Rückwärtsgang auf mich zukam. Nun stand ich mit meinen Skiern zwischen seinen, Davids Rücken vor Augen.

»Und jetzt?«, fragte ich.

Er wandte den Kopf zu mir um. »Fass mich an der Hüfte und halte die Skier ganz leicht gegrätscht. Ich lenke.«

Ich tat wie geheißen und krallte mich in seine Jacke.

»Du musst überhaupt nichts machen«, versicherte er

und berichtigte sich lachend: »Du *sollst* überhaupt nichts machen. Lass dich führen.«

Ich hätte ihm fast zugerufen, dass ich erst wenige Männer kennengelernt hatte, die gut führten, besonders mich nicht, aber ich unterließ es. Inzwischen tobte der Schnee um uns herum so sehr, dass die dicken Flocken alle Geräusche verschluckten.

»Es geht los!«, rief er. Und schon glitten wir auf den Ziehweg.

Die Nadelbäume zu unserer Linken und Rechten waren durch das Schneetreiben hindurch nur schemenhaft zu erkennen. David lenkte mich in schmalen Bögen den nur leicht abfallenden Weg entlang. Eigentlich hätte es sogar Spaß machen können. Langsam entspannte ich mich etwas. Und außerdem, so sagte ich mir im Stillen, würde es gar nicht so weh tun, wenn wir hinfallen würden. Im Grunde wäre es vielleicht sogar ganz angenehm, mit David zusammen im Schnee zu landen. Oder nein. Wir trugen Helme.

Als wir den Ziehweg verließen und aufs offene Gelände kamen, versank alles um uns herum in Weiß. Wo waren die anderen Skifahrer? Ich erkannte rein gar nichts.

David ließ uns ausgleiten, bis wir zum Stehen kamen. »Puh«, sagte er, wandte den Kopf und lächelte mir durch das Visier seines Helms zu. »Ging doch ganz gut.«

Ich krallte weiterhin die Hände in seine Jacke.

Jemand fuhr wie ein Schatten an uns vorbei, und ich zuckte zusammen. Um uns herum war es – bis auf das raschelnde Niederrieseln der Schneeflocken – totenstill.

Weiß über, unter und neben uns. Ich war mal in einem Dunkelraum gewesen. Es war ein Experiment in einem Museum: Die Besucher sollten einen Eindruck davon erhalten, wie sich ein blinder Mensch fühlte. Ich war nur wenige

Meter in diesen Raum gegangen, als mich die Angst packte und war umgekehrt. Konnte mich nicht dieser Erfahrung hingeben, nichts zu sehen. Hier war es zumindest hell. Dabei war das der falsche Ausdruck. Es war genauso ein »Nichts« wie damals die Schwärze.

»Du zitterst«, stellte David fest und zog mich so nah an seinen Rücken heran, bis ich seinen Brustkorb umarmte. Gott, wie beruhigend sich das anfühlte.

»Lass uns fahren«, bat ich. »Ich will nur noch hier weg.«

»Schließ die Augen!«, rief David, und ich tat wie geheißen. Stellte mir vor, ich wäre auf einem Segelboot an einem sonnigen Tag und säße mit ausgebreiteten Armen am Bug. Der Schnee unter unseren Skiern knirschte, der Luftzug säuselte um meinen Helm. David lehnte sich nach rechts, dann wieder nach links und ich ließ mich auf seinen Rhythmus ein, folgte jeder seiner Bewegungen. Die Wärme seines Körpers ging durch unsere Schneeanzüge in meinen über, das Zittern ließ nach. Wir waren eins.

17

»Ich bewege mich keinen Millimeter mehr von der Stelle«, verkündete ich später in der Angertalbahn-Cafeteria und wärmte die klammen Finger an einer Tasse Kakao. Svea, Valerie, David und ich saßen zusammengepfercht, hatten gerade noch diesen einen freien Tisch ergattert. Der Raum war voller Menschen. Hungrige Massen in Skioutfits, vom Schneefall überrascht. Draußen versank noch immer alles im Schneetreiben. An der Essensausgabe erzählte jemand, der Busverkehr sei zum Erliegen gekommen. »Nichts geht mehr.«

Svea und Valerie konnten nicht glauben, dass wir uns mit dem Lift nach oben gewagt hatten. Ihr Skilehrer hatte das mit der Schneefront kommen sehen.

Ich hörte nur mit einem Ohr zu, war einfach erschöpft, sehnte mich nach der Sauna oder einem heißen Bad. Gleichzeitig war ich unendlich erleichtert, dass wir heil den Berg hinunter gekommen waren.

David saß mir rotwangig gegenüber. Er trank einen Tee, der schon zur Hälfte leer war. Ich sah ihm an, dass er sich über sich selbst ärgerte. Er trommelte mit den Fingern auf der Tischplatte herum.

»Bitte beruhige dich«, sagte ich, »es ist ja nichts passiert. Außer uns waren noch hundert andere da oben, auch erfahrene Skifahrer, die das ebenso wenig haben kommen sehen.«

»Eigentlich hätten die Liftbetreiber die Anlage rechtzeitig schließen müssen«, bestätigte Svea und knetete ihr glattes Haar durch. Es war vom Helm plattgedrückt, wie das von uns allen. Ich wollte gar nicht wissen, wie ich aussah.

»Ich mache mir allmählich Sorgen um Erik.« Valerie tippte auf ihrem Smartphone herum und seufzte. »Ob er wohl irgendwo feststeckt?«

»Was war da eigentlich gestern Abend bei euch los?«, fragte David. »Ihr habt ja ganz schön laut gestritten. Vielleicht ist er ja sauer auf dich und meldet sich deswegen nicht.«

Ich verschluckte mich hustend an meinem Kakao und warf ihm einen warnenden Blick zu, doch es war zu spät.

»Du hast das bis zu dir hören können?« Valerie starrte ihn mit großen Augen an, dann sah sie zu mir.

Prompt errötete ich.

Jetzt verstand sie wohl, dass er bei mir gewesen war. »Oha. So ist das also.« Sie verzog amüsiert den Mund.

Auch Svea kicherte und rührte in ihrem Pfefferminztee. »Es ist schon ein lustiger Urlaub«, bemerkte sie. »Zumindest lenkt ihr mich alle von meinem Kummer ab.«

»Na«, sagte David, »das ist uns doch eine Freude.«

Ich kaute auf der Unterlippe und schielte zu Valerie hinüber. Was spann sie sich wohl gerade zurecht, was zwischen David und mir gestern Abend geschehen war? Stellte sie sich vor, wie wir uns vor meinem Kaminofen auf einem Schaffell geliebt hatten? Wer wusste denn, was sich so eine Schriftstellerseele alles zusammenfantasierte? Offenbar fantasierte ich ja schon selbst.

»Wollen wir, solange wir hier festsitzen, nicht die Zeit nutzen und deinen nächsten Roman planen?«, fragte ich Valerie. »Vielleicht haben wir ja gemeinsam eine schöne Idee für eine Story?«

Valerie hob resigniert die Schultern. »Ich sollte die Schreiberei viel eher aufgeben. Anscheinend habe ich meine Schreibblockade doch noch nicht überwunden.«

Ich nippte an meinem Kakao. »So geht es mir immer, wenn ich ein neues Projekt angehe. Was hilft, ist ein Ablaufplan. Wenn du weißt, was in deinem Roman passieren soll, musst du es nur noch aufschreiben.«

David rieb sich die Hände. »Wir machen es anders. Jeder von uns denkt sich eine Person für Valeries Roman aus und sagt, wie sie tickt.«

»Ich brauche aber mehr als vier Leute«, wandte Valerie ein.

»Gut, dann eben jeder zwei.« Er sah in die Luft und dachte nach. Dann schlug er vor: »Was hältst du von zwei russischen jungen Frauen? Zwillinge. Ende zwanzig.«

Ich schnaubte belustigt. »Du hast ja eine lebhafte Fantasie.«

David zwinkerte mir zu.

Und so planten wir für den Rest des Nachmittags Valeries Roman. Passend zum Wetter, das draußen herrschte, sollte es ein Winterroman werden. Wir hatten einen Heidenspaß. David bestand darauf, dass Österreich darin vorkam, also schlug Svea vor, dass eine der Zwillingsschwestern auf einen Abstecher nach Wien reiste.

Fast bekam ich Lust, selbst einen Roman zu schreiben.

Es war verlockend, eine Geschichte zu spinnen, bei der alles glattging, nicht so wie bei mir.

In diesem Moment strömten etliche Skifahrer ins Freie. Offenbar hatte jemand Skibusse organisiert, die die wartenden Massen zurück in ihre Unterkünfte bringen würden. Der Schneefall hatte nachgelassen.

»Wollen wir noch etwas trinken oder auch aufbrechen?«, erkundigte sich David. »Ich nehme euch natürlich mit dem Auto mit.«

»Für mich nichts mehr«, antwortete ich kopfschüttelnd.

David griff über den Tisch hinweg nach meiner Hand. »Du bist zu fertig, oder?«

Valerie und Svea warfen sich angesichts dieser vertraulichen Geste einen wissenden Blick zu.

Ich nickte zaghaft. Mir steckte dieser Vormittag wahrlich in den Knochen. Es war nicht altersgemäß, das war mir klar. Aber ich konnte doch nichts dafür, dass ich dauernd so schnell erschöpft war.

Unsere Skier und Helme hatten wir glücklicherweise schon im Depot abgegeben, sodass wir uns sofort auf die Suche nach Davids Wagen begeben konnten. Das Fahrzeug war unter all den verschneiten Autos nicht auf Anhieb zu finden.

Wir wischten Nummernschilder frei und suchten nach einem S für Salzburg und DB85. Die meisten Kennzeichen der Nummernschilder, die wir frei räumten, waren mir geläufig.

»Woher kennst du die alle?«, fragte David, als er bemerkte, dass ich jedes Mal die Orte vor mich hin murmelte.

Ich grinste verlegen. »Mein Bruder meint, das sei ein Tick, aber in Binz vertreibe ich mir die Zeit auf meinem Fußweg zur Arbeit mit dem Inspizieren der verschiedenen

Kennzeichen. Du findest in Binz total viele. Die Touristen kommen aus ganz Deutschland und auch aus Skandinavien.« Ich zeigte strahlend auf eines, das er gerade freigelegt hatte. »Und RÜG ist aus Rügen!«

»Vielleicht ein Verehrer auf der Suche nach dir?«, neckte er.

Lachend zeigte ich ihm einen Vogel.

Endlich fanden wir Davids schwarzen BMW. Er öffnete eine der rückwärtigen Türen und machte eine einladende Handbewegung.

Valerie blickte zögernd ins Wageninnere. »Ähm«, meinte sie.

Svea und ich lugten ebenso ins Auto und fingen an zu lachen. Auf der Rückbank lagen eine Pizzaschachtel und zwei leere Getränkebecher, dazwischen mehrere Einmalhandschuhe und ein Mundschutz. Kaugummipapierchen flogen ebenfalls herum.

»Sorry dafür«, murmelte David, beugte sich hinein und klaubte alles zu einem Haufen zusammen. Er trug es durch den Schnee und zwischen den anderen parkenden Fahrzeugen hindurch zu einem überquellenden Mülleimer, stopfte seinen Unrat notdürftig dazu.

Valerie und Svea kletterten in den Fond, ich entfernte eine leere Packung Toffifee vom Beifahrersitz, setzte mich ebenfalls. Von außen befreite David das Auto mit einem Handfeger vom Schnee.

»Ich frage mich wirklich, wo Erik steckt.« Valerie tippte wieder auf ihrem Handy herum.

»Er wird irgendwo eingekehrt sein, wo er kein Netz hat«, beruhigte Svea sie. »Oder er liegt gerade in eurem Apartment in der Sauna und wärmt sich auf.«

»Dann hätte er mir aber schon geschrieben«, widersprach sie und sah nach draußen. Zwei Skibusse blockierten die Ausfahrt, und jemand hupte.

David verstaute eben den Handfeger im Kofferraum und nahm auf dem Fahrersitz Platz. »Seid ihr auch alle angeschnallt?«, fragte er.

Wir drei Frauen brummten zustimmend, und David ließ den Motor an.

Die Fahrt zurück verbrachten wir im Schneckentempo. Die Autoschlange reichte von Dorfgastein bis Bad Gastein, wir Mitfahrerinnen waren dankbar, in Davids Auto zu sitzen und nicht in einem der Skibusse herumzustehen, die sich genauso schleppend vorwärts bewegten wie wir.

Fasziniert betrachtete ich die verschneiten Berge und Häuser, die aussahen wie mit Zuckerguss übergossene Lebkuchenhäuschen. Die anderen drei diskutierten schon wieder Valeries Roman. Über ihre Unterhaltung und das Aus-dem-Fenster-Sehen wurde ich schläfrig, und so schrak ich zusammen, als Svea mich an der Schulter berührte. »Mona, wir sind da.«

Wir krabbelten aus dem Auto und warteten ab, bis David eingeparkt hatte, dann machten wir uns gemeinsam auf den Weg zu unseren Lofts.

Auf Höhe des Hotels tauchte plötzlich Josefin vor uns auf dem Weg auf. Sie sah uns wie ertappt entgegen. Hatte sie David besuchen wollen? Und wieso gab mir das schon wieder einen Stich?

»Huhu!«, rief sie und winkte. »Was für ein Zufall!«

»Was machst du denn hier?«, fragte Valerie. »Hast du uns gesucht?«

»Ich wollte eigentlich schauen, wie es der Mona geht«, erklärte sie und richtete sich an mich. »Gestern warst du ja ziemlich fertig.«

Ich nickte. »Zum Glück hab ich mich wieder berappelt.«

David zeigte zum Hotel. »Geht ihr ruhig schon vor. Ich

muss noch mal kurz an die Rezeption, eine Glühbirne im Bad funktioniert nicht. Wir sehen uns später.«

»Gute Idee«, entgegnete Svea. »Jan wartet schon auf mich.«

Ich blieb unsicher stehen. Sollte ich Josefin mit zu mir bitten? Immerhin war sie extra gekommen, um nach mir zu sehen.

»Ich schau auch mal nach Erik«, sagte Valerie und eilte Svea nach.

Josefin hob die Schultern und sah David hinterher. Sie sah aus, als wollte sie ihm ins Hotel folgen. Immerhin hatte er sie kaum beachtet. Oder war das Taktik gewesen? Wollte er, dass sie ihm folgte? Vielleicht hatte es ja zwischen den beiden gefunkt?

»Du kannst ruhig auch schon gehen, ich warte auf David«, sagte Josefin prompt zu mir. Dabei war sie doch angeblich meinetwegen gekommen.

Ich hob die Schultern und folgte den anderen.

Valerie, die über ihre Schulter gesehen hatte, blieb stehen und wartete auf mich, und auch Svea kam wieder ein paar Schritte zu uns zurück.

»Willst du etwa dieser Österreicherin das Feld überlassen?«, fragte Valerie stirnrunzelnd, als ich bei den beiden ankam.

»Welches Feld?«

Sie grinste. »Na komm, er hat in der Cafeteria nach deiner Hand gegriffen. Ich hab doch gesehen, dass da irgendetwas zwischen euch ist.«

Ich hob die Schultern. »Vielleicht flirten wir ein bisschen, ja. Aber mehr ist es nicht. Immerhin sind wir die Alleinreisenden zwischen euch Paaren, da ergibt sich das wie von selbst, wenn man sich ein bisschen sympathisch ist.«

Svea sah mich nachdenklich an. »Es könnte sein, dass du das lockerer siehst als er. Bei David hab ich ein ganz komisches Gefühl. Ich glaube, wenn der jemanden will, dann nur mit Haut und Haaren.«

18

Durch das Fenster an der Stirnseite der Wanne blickte ich über den Badeschaum hinweg nach draußen in die Dämmerung. Bad Hofgastein und Dorfgastein lagen versunken im Schnee. Konnte es etwas Romantischeres geben als diesen Ausblick? Das Rauschen der See vermisste ich keine Sekunde. Hier in meiner Badewanne vernahm ich lediglich ein leises Plätschern. Ich tauchte mit dem Kopf unter und blieb solange unter Wasser, bis mir der Atem ausging. Jetzt pustete ich einen Schaumberg von mir fort und wackelte mit den rotlackierten Zehen, fragte mich, ob Josefin wieder mit zu David gegangen sein mochte. Sveas Worte hallten in mir nach.

Hatte jemand mich schon einmal mit Haut und Haaren gewollt? Piet sicher nicht.

Und ganz ehrlich? Mit Haut und Haaren hatte auch ich ihn nicht gewollt. In erster Linie wollte ich heiraten. Nach unzähligen Hochzeiten, die ich für andere ausgerichtet hatte, wollte ich es endlich bei meiner eigenen krachen lassen. Inzwischen war mir klar, dass das als Motiv für ein »Ich will« etwas dünn war. Ich hatte Piet gemocht, lieb gehabt, aber geliebt – das hatten wir uns niemals gesagt. Unter heutiger Betrachtung hatte unsere Ehe unter keinem guten Stern gestanden.

Mich fröstelte. Das Wasser war abgekühlt, und ich ließ heißes nachlaufen, spürte, wie es meine Beine und meinen Po umspülte, und schloss die Augen. Seit der Trennung von Piet hatte ich die Frage, woran unsere Ehe gescheitert war, erfolgreich aus meinem Gehirn verbannt. Hatte nicht wissen wollen, was schiefgelaufen war. Und hier lag ich nun, in den verschneiten österreichischen Bergen in der Badewanne und sinnierte darüber.

Es war eine Menge zwischen Piet und mir schiefgegangen. Und einiges davon ging auf mein Konto. Zum Beispiel die Sache mit den Kindern. Ich hatte keine gewollt, Piet hingegen schon. Leider hatte ich ihm das vor der Hochzeit aber nie gesagt. Hatte für mich behalten, dass der Gedanke daran, für einen kleinen Menschen verantwortlich zu sein, mir eine Heidenangst einjagte. Ich war immer mehr arbeiten gegangen; wir hatten immer weniger Sex gehabt; geredet hatten wir irgendwann gar nicht mehr. Der letzte Schritt, die Trennung, hatte sich schleichend vollzogen.

Die damalige Trauer darüber, gescheitert zu sein, gepaart mit Trotz und dem eisernen Willen, die Kontrolle über mein Leben zurückzugewinnen, war eine schwierige Zeit gewesen. Es war mir schwergefallen, mich nicht nur von Piet, sondern auch von meinen Eltern abzunabeln. Nicht auf die Stimmen von Mama und Papa zu hören, die der Meinung waren, ich hätte zu leichtfertig gehandelt, nicht genug gekämpft. Aber ich war der Überzeugung gewesen, dass es sich nicht lohnte, für eine Beziehung zu kämpfen, in der man sich schon lange nicht mehr wohlfühlte. In der Zweifel die Liebe überwog. Es hätte helfen können, einen Neuanfang zu wagen. Aber Piet wollte keinen Neuanfang. Eher wollte er, dass ich beruflich kürzer trat. Das passte auch viel besser zu einem Kind, das er sich ja so sehnlichst wünschte. Für ihn wäre es selbstverständlich gewesen, dass ich das Baby versorgte – obwohl ich mehr verdiente als er. Nein. Wir hatten einander nicht mit Haut und Haaren, sondern Dinge voneinander gewollt, die wir uns einfach nicht geben konnten.

Seufzend stieg ich aus der Wanne, das Wasser tropfte von Schultern und Brüsten auf die Fußmatte, und ich trocknete mich ab. Im Schlafzimmer schlüpfte ich in einen hellblauen Wollpullover und eine Jeans. Unschlüssig blieb ich stehen, gab vor, nicht nach drüben zu Davids Apartment zu horchen – doch wem machte ich eigentlich etwas vor?

Ich öffnete die Balkontür und lauschte nach draußen. Keine Musik. Kein Gelächter von Josefin. Und doch war da ein Geräusch, das meine Aufmerksamkeit auf sich zog. Kein Schluchzen wie schon mal. Ein unterdrückter Wutschrei?

Ich tappte aufs Holz und schlich zur Palisade, spähte hindurch. Augenblicklich erfasste ein eiskalter Windstoß mein feuchtes Haar, und ich zog den Nacken ein.

In der Dämmerung erkannte ich ihn gar nicht gleich. Er trug dunkle Skiunterwäsche, sodass das aus dem Loft scheinende Licht seine Umrisse nur spärlich erfasste. Er fixierte einen Gegenstand in seiner Hand. Ein Smartphone. Eben stöhnte er gepresst auf und hob den Arm, holte aus und schleuderte das Gerät in die Weite der verschneiten Landschaft.

Verblüfft öffnete ich den Mund.

Es war kein Aufprall zu hören. Das Ding würde er im Tiefschnee niemals wieder finden. Jedenfalls nicht vor dem Frühjahr.

»Hey!«, rief ich leise. »David? Was ist denn los?«

Er legte lauschend den Kopf schräg. Es waren ein paar

Meter von ihm zu mir, vielleicht dachte er, er hätte sich verhört. Zögernd trat er an die Palisade und sah durch die Ritze zu mir herüber. Seine Augen waren gar nicht einheitlich grau, sie waren in verschiedenen Grautönen gescheckt, als hätte ein Kind mit einem Pinsel Farbe auf ein Blatt gesprenkelt.

»Willst du das wirklich wissen?«

Als ich nichts entgegnete – allein, weil ich mit einem Mal Angst bekam, dass ich es vielleicht tatsächlich nicht hören wollte – sagte er: »Nein. Das willst du nicht.«

Ich trat von der Ritze fort und tappte mit nackten Füßen durch den Schnee zum Balkongeländer. Zögernd lugte ich an der Palisade vorbei.

Mit hängenden Schultern stand er da und sah mich an. Sein Anblick schnürte mir die Kehle zu. Er sah so bekümmert aus. Ich hatte noch nie einen Mann kennengelernt, der so seine Verletzlichkeit offenbarte. Wenn ich an diese erste Begegnung mit ihm dachte, an diese Kaltschnäuzigkeit von ihm – das passte so gar nicht zu dem, was er mir jetzt von sich zeigte.

»Ich könnte rüberkommen und dir einen Tee kochen, so wie du es gestern für mich getan hast«, schlug ich zaghaft vor. O Gott, meine Füße. Der Schnee war eiskalt.

Als David nichts entgegnete, setzte ich nach: »Du kannst mir erzählen, was los ist oder es lassen, ganz wie du magst. Ich bette dir die Beine hoch und halte deine Hand.«

Seine Augen füllten sich mit Tränen. »Du wärst die Erste, die so etwas für mich tut«, sagte er.

»Dann wird es aber Zeit«, entgegnete ich.

19

Ein scheues Lächeln umspielte seine Lippen, als er mir die Tür zu seinem Apartment öffnete. »Wer muss denn nun wen versorgen?«, fragte er und zeigte auf meine Füße. »Die müssen ja eiskalt sein.«

Ich lächelte schräg. »Kein bisschen.«

Das Rot meiner Zehennägel glänzte im Schein der Wohnzimmerlampe, als David sich aufs Sofa legte und mit geschlossenen Augen murmelte: »Mich hat außer meiner Mutter noch nie jemand in Skiunterwäsche gesehen, das ist dir hoffentlich klar.«

Ich schnaubte belustigt und setzte mich neben ihn. Meine Hüfte berührte seine. »Still jetzt«, befahl ich und nahm seine Hand.

Sie war kalt, und ich rubbelte sie.

»Ich hab aufgehört zu rauchen«, bemerkte David mit geschlossenen Lidern in die Stille hinein.

Ich lachte leise. »Tatsächlich? Ich hätte schwören können, dass du mit Josefin noch eine gequalmt hast.«

Er hielt weiter die Augen geschlossen. »Habe ich nicht.

Nur sie. Ich war ehrlich gesagt etwas durchgefroren und wollte endlich ins Warme.«

Also hatte er ihren Annäherungsversuch abgewehrt?

»Meinst du, du hältst es durch mit dem Nichtrauchen?«, kam ich zum ursprünglichen Thema zurück.

Er nickte. »Du kannst dir vorstellen, dass ein rauchender Notfallsanitäter nicht besonders glaubwürdig ist, wenn er einen Herzinfarktpatienten über Gefäßverengungen aufklärt.«

»Aber es ist menschlich. Als du das erste Mal mit dem Rauchen angefangen hast, dachtest du vermutlich nicht daran, dass du mal Notfallsanitäter werden würdest. Und wenn dann die Sucht einsetzt ...«

»Warum hast du es dir abgewöhnt?«, wollte er wissen.

»Aus Rache an meinem Ex-Mann«, gestand ich lachend.

David sah mich eine Sekunde lang verblüfft an, dann verstand er und fiel in mein Lachen mit ein. »Der ist gut.« Plötzlich sah er mich feierlich an. »Ich hatte meiner Schwester versprochen, dass ich nicht wieder damit anfange, nachdem ...« Er winkte ab. »Also jedenfalls hab ich sie belogen und behauptet, ich rauche nicht.«

Also war sie es gewesen, mit der er am ersten Tag telefoniert hatte. »Stehst du ihr sehr nahe?«

Er lächelte. »Stefanie ist meine jüngere Schwester, aber in Wahrheit bin ich wohl viel eher der ›kleine Bruder‹. Sie ist meine Stütze und meine Freundin – besonders, seit vor zwei Jahren unsere Eltern verunglückt sind.«

»O nein«, sagte ich, und er fuhr fort: »Ein Geisterfahrer auf der Autobahn Richtung Innsbruck hat von einer Sekunde auf die andere ihrem Leben ein Ende gesetzt und einen landwirtschaftlichen Betrieb mit zweihundert Tieren und sieben Mitarbeitern führungslos hinterlassen.« Er sah mich traurig an. »Wir haben den Hof an einen Konkurrenten verkauft, der unserem Vater schon seit Jahren damit in den Ohren lag, den Laden übernehmen zu wollen.«

Wir saßen einen Moment schweigend beisammen, in dem ich nicht wusste, was ich dazu sagen sollte – es erschien mir unpassend zu erwähnen, dass meine Eltern sich bester Gesundheit erfreuten – dann zeigte ich auf seinen Kaminofen. »Soll ich den anmachen?«

Er nickte, und ich ließ seine Hand los. Vor dem Kamin kniend reihte ich Anzünder auf dem Rost auf. David drehte sich auf die Seite und sah mir dabei zu, wie ich Holzscheite darüber legte.

»Ich bekam vorhin einen Anruf von meinem Anwalt«, sagte er.

Ich wandte den Kopf zu ihm um und griff nach einer Schachtel Streichhölzer. »Ach ja?« Andächtig entzündete ich die Reihe Brandbeschleuniger.

»Ich habe vor zehn Tagen ein Kind mit dem Auto angefahren.« David sprach so leise, dass ich erst mit Verzögerung begriff, was er gesagt hatte.

Erschrocken sah ich ihn an. »Ist es –«

»Nein. Aber das Mädchen wurde schwer verletzt. Es liegt im Krankenhaus.« Er schloss die Augen. »Es war eine Spielstraße in der Nähe meiner Wohnung. Ich war zu schnell unterwegs. Viel zu schnell. Es muss kein Geisterfahrer sein, der Scheiße baut. Ein Notfallsanitäter kann das auch.«

Das lodernde Feuer griff von den Anzündern auf die Holzscheite über, und ich kehrte zum Sofa zurück, setzte mich wieder zu David.

»Was genau ist mit dem Kind?«, fragte ich vorsichtig.

»Mehrere Knochenbrüche.« Seine Augen schwammen in Tränen. »Sie flog ein paar Meter weit.«

»O Gott.« Ich wollte mir gar nicht ausmalen, wie es den

Eltern ging. »Welche Nachricht hatte dein Anwalt denn heute für dich?«, fragte ich leise.

»Dass die Gegenseite mich wegen fahrlässiger Körperverletzung anzeigt.« Er schluckte. »Ich habe eine Anzeige verdient, das ist es nicht. Was ich getan habe, war unverantwortlich. Es war verschneit und glatt, ich war zu schnell, konnte nicht mehr rechtzeitig bremsen, als das Mädchen vor mir auftauchte. Da war es auch schon passiert.« Er senkte den Blick. »Mein Arbeitgeber denkt über die Kündigung nach. Eine Lebensrettungs-Gesellschaft kann sich keinen Sani leisten, der ein Kind wegen zu schnellen Fahrens schwer verletzt. Dass das Mädchen nicht gestorben ist, war pures Glück.«

Trotz des Kaminfeuers fröstelte mich. »Was sagen die Eltern denn? Sie müssen doch wissen, dass du es bereust.«

Er sah mich überrascht an. »Ich habe nicht persönlich mit ihnen gesprochen.«

»Hast du dich nicht entschuldigt?«

»Wie soll man denn für so etwas um Verzeihung bitten? Es ist passiert und lässt sich nicht rückgängig machen; eine Entschuldigung wäre für die Eltern doch ein Schlag ins Gesicht.«

Ich runzelte die Stirn. »Kommt darauf an, wie man sie vorbringt. Ist es nicht eher ein Schlag ins Gesicht, wenn der Unfallfahrer sich nicht meldet und alles über seinen Anwalt regeln lässt?«

»Aber das ist normal. Wenn im Dienst etwas passiert, dann –«

»War es im Dienst?«, fragte ich ungläubig.

»Nein, das nicht …«

»Also warst du als Privatperson unterwegs und hast ein Kind verletzt. Man besucht es im Krankenhaus und bringt ein Geschenk vorbei, sagt, dass einem das Ganze entsetzlich leidtut.« Ich legte den Kopf schräg. »Es geht dir doch sehr nahe. Ich habe dich die letzten Tage öfter weinen hören.«

David sah mich bestürzt an, dann wischte er sich die Augenwinkel. »Natürlich tut es mir leid. Aber es klingt entsetzlich lahm. Damit ist nichts aus der Welt.«

»Das nicht. Aber es ist eine Geste, die der Familie bestimmt etwas bedeuten würde. Du könntest zeigen, wie betroffen dich das Ganze macht. Das würde ihnen in ihrem Kummer vielleicht helfen. So sind sie auch noch konfrontiert mit ihrer Wut und ihrer Enttäuschung.« Begriff er das denn nicht?

David sah in die Ferne. »So habe ich das noch gar nicht betrachtet.«

»Aber das müsstest du doch wissen. Du bist Ersthelfer. Du hast viel mit Menschen zu tun, die unter Schock stehen.«

Er nickte. »Ich dachte nur …«

»Ja?«

»Wenn ich mit einem Geschenk ankomme, meinen sie vielleicht, ich wollte die Sache herunterspielen. So nach dem Motto: alles halb so schlimm. Nimm das Stofftier, und wir vergessen das Ganze. Und ehrlich gesagt würde ich es auch am liebsten vergessen. Darum bin ich hierher gekommen. Ich fahre doch sonst jeden Tag an dem Unfallort vorbei!«

»Es ist Angelegenheit der Eltern, wie sie das verstehen. Wenn du dich entschuldigst, wird es dir guttun, du wirst sehen.«

David atmete tief durch. »Ich werde darüber nachdenken.«

»Hast du darum dein Handy weggeworfen?«, fragte ich. »Wegen des Anrufs von deinem Anwalt?«

»Das hast du gesehen?«

»Ich sehe einiges.«

Er grinste anzüglich. »Aber nicht so viel wie ich, vermute ich.«

Mist. Er spielte auf meine Peepshow an. Also doch. »Wie dem auch sei«, sagte ich errötend. »Morgen ist Heiligabend. Die beste Gelegenheit für ein Geschenk.«

»Du meinst, ich sollte ein paar Blumen schicken?«

Also hatte er nicht einmal das getan. Es wäre das Mindeste gewesen. »Lass uns hinfahren!«, schlug ich vor.

»Wie bitte? Du willst nach Salzburg?«

»Ja! Lass uns morgen früh in die Klinik gehen, nach dem Kind sehen und ihm ein Geschenk vorbeibringen.«

»Wo sollen wir denn auf die Schnelle ein Mitbringsel herbekommen? Vor allem weiß ich nicht einmal, was. Und dann die Strecke nach Salzburg und zurück ...«

Ich wischte seinen Einwand beiseite. »Wie alt ist das Mädchen?«

»Zwölf.«

»Und was hatte sie in der Spielstraße gemacht?«

»Eine Schneeballschlacht.« David schluckte. »Mit ihrem kleinen Bruder.«

»Musste der das Ganze mit ansehen?«, wisperte ich.

Davids Kehle entwich ein Schluchzen. »Ich werde niemals das Gesicht dieses Kleinen vergessen, als seine große Schwester durch die Luft flog«, flüsterte er.

Und dann wurde David so sehr vom Weinen geschüttelt, dass ich mich zu ihm aufs Sofa legte und seine Hand hielt, bis es ihm besser ging.

SPÄTER ORDERTEN wir telefonisch Abendessen aufs Zimmer und kuschelten uns während der Wartezeit nebeneinander aufs Sofa, sahen uns »Der kleine Lord« im Fernsehen an.

David berührte versehentlich meinen nackten Fuß und streichelte ihn dann verstohlen, betrachtete ihn auf einmal im Schein des Kaminfeuers. Die Augenbrauen so konzentriert verzogen, als sei er bei der Arbeit und untersuche einen Fuß auf Blessuren. Das Rot meiner Zehennägel leuchtete, und David fuhr jeden einzelnen mit dem Finger nach. Ich musste achtgeben, dass ich nicht zuckte.

»Du hast schöne Füße«, murmelte er und sah mich an.

Mir stockte der Atem. Dieser Blick von ihm. Was wollte er mir damit sagen? Ich blinzelte und leckte mir über die Lippen.

David rückte ein Stück näher, seine Augen ließen meine nicht los. Langsam beugte er sich zu mir herüber, legte seine Hand in meinen Nacken und gab mir einen zarten Kuss. Sah mich wieder an. Sein Streicheln hatte mich erregt, sein kurzer zarter Kuss Lust in mir entfacht, und ich reckte mich ihm entgegen, unsere Lippen trafen sich wieder. So süß und weich. Davids Bartstoppeln kitzelten an meiner Haut.

In diesem Moment pochte es an der Apartmenttür, jemand rief »Roomservice!« und wir rückten auseinander, als hätten wir uns gegenseitig verbrannt, lächelten scheu.

»Was für ein Timing«, murmelte David und stand auf, nahm an der Tür das Essen entgegen und kehrte dann ins Wohnzimmer zurück. Er trug die Styroporverpackungen zum Tisch, und ich rappelte mich vom Sofa hoch, holte Besteck und Gläser aus der Küche.

David schlängelte sich an mir vorbei, brachte eine Flasche Wein an unsere Plätze und goss uns einen Schluck ein.

Verlegen setzten wir uns einander gegenüber. Noch immer hatten wir kein Wort gesprochen.

David hob sein Glas, seine Wangen waren gerötet. »Sorry dafür«, sagte er. »Vielleicht war das keine gute Idee.«

Der intime Moment auf dem Sofa war wie weggepustet. Enttäuscht nippte ich am Rotwein.

Aber bestimmt war es besser so, dass nicht mehr geschah. Vielleicht hätten wir es sonst bereut. Das mit uns hatte keine Zukunft, wir lebten viel zu weit auseinander. Und nur für eine Nacht wollte ich keinen Mann mehr – wie hätten wir davon abgesehen einander die nächsten Tage begegnen sollen? Wir hatten uns entschieden, Freunde zu sein. Und das sollte so bleiben.

Nach dem Essen verabschiedete ich mich bald, und David hielt mich auch nicht zurück. Las ich Bedauern in seinem Gesicht? Ich war nicht sicher.

Mit einem hohlen Gefühl im Bauch stieg ich ins Bett. Bei aller Vernunft fühlte es sich an, als hätten wir etwas begonnen und nicht richtig zu Ende gebracht.

20

Morgens begaben wir uns als erstes auf die Suche nach Davids Handy. Er klopfte bei mir und bat mich, ihm zu helfen. Viel Hoffnung, dass das Gerät noch funktionierte, hatte er zwar nicht. Aber es konnte ja nicht bis zum Frühjahr auf der Wiese herumliegen. Über das, was am Abend zuvor zwischen uns vorgefallen war, verloren wir kein Wort.

Mit aller Macht verdrängte ich meine Gedanken und positionierte mich auf dem Balkon, dirigierte David durch den Tiefschnee zu der Stelle, an der ich das Gerät vermutete. Es hatte wieder geschneit, und im frisch gefallenen Schnee war keine Einschlagstelle auszumachen. Eigentlich war es ein aussichtsloses Unterfangen. Glücklicherweise kannte David seine Mobilnummer auswendig. Und so wählte ich die Ziffernkombination mit meinem Apparat – und siehe da, es klingelte. David lief ein paar Schritte, wühlte im Schnee und tauchte mit beiden Armen in die weiße Masse ein. Kurz darauf hielt er triumphierend das Handy in die Höhe. »Es funktioniert!«, rief er.

»Apple sei Dank«, murmelte ich und sah ihm dabei zu,

wie er zurück um das Gebäude stapfte. Als ich ihm öffnete, strahlte er mich glücklich an. »Dann kann ja heute nichts mehr schiefgehen.«

Das sah ich insgeheim ein bisschen anders. Jedenfalls konnte ich mich an keinen Heiligabend erinnern, an dem ich morgens so wenig geahnt hatte, wie er enden würde. Würde David noch einmal versuchen, mich zu küssen oder bereute er wirklich, was geschehen war? Und was würde unser Besuch in Salzburg bewirken? Würde er sich danach besser fühlen? Oder gar schlechter? Was, wenn er den Anblick des Mädchens nicht ertrug? Wie schwer waren ihre Verletzungen wirklich?

Diese Gedanken spukten in meinem Kopf herum, während wir nebeneinander her zum Hotel gingen. Die anderen waren wahrscheinlich schon dort, jedenfalls hatten sie nicht auf unser Klopfen geantwortet.

In der Lobby winkte mich die Rezeptionistin mit den Worten »Frau Espenschied, Post für Sie!« zu sich.

Verdutzt trat ich näher. Sie übergab mir einen cremefarbenen Umschlag. Der Handschrift nach handelte es sich bei dem Absender um eine Frau. *Melanie Diepkens*. Ups.

David hob fragend die Augenbrauen. »Du siehst nicht begeistert aus.«

»Nee«, antwortete ich und wog den Umschlag in meiner Hand. Welche persönliche Nachricht mochte die Braut, deren Hochzeit ich versemmelt hatte, für mich haben? Eine Kostennote für entstandenen Herzschmerz? Vorsichtig schob ich den Daumen unter den Falz und lugte in den Umschlag. Es war bloß ein kleiner Zettel von einem Abrissblock.

Liebe Frau Espenschied, was ich noch sagen wollte: Sie haben mich vor einem riesigen Fehler bewahrt. Danke dafür. Ihre Melanie Diepkens

Ich sah David ungläubig an, dann wendete ich den Zettel. War die Nachricht ironisch gemeint? Doch Weiteres schrieb Melanie Diepkens nicht.

Es war ein eigenartiges Gefühl, für einen Fehler einen Dank zu erhalten. Und so unerwartet. Aber es hob meine Laune augenblicklich. Ich hatte von Anfang an gespürt, dass das Brautpaar nicht zusammenpasste. Hatte ich die Kiste mit den Einladungen etwa absichtlich vergessen?

Nein. Wenn ich so ticken würde, hätte ich sicher den Auftritt eines ganz anderen an der Strandpromenade verhindert – nicht den von Tobias Föhring.

Natürlich hatte ich mit dem verpatzten Konzertdatum Schuld auf mich geladen. Doch wie nichtssagend war das im Gegensatz zu dem, was David geschehen war? Und was die Problematik mit dem nicht vorhandenen Hotelzimmer für Tobias und seine Bandmitglieder betraf: Würde ich mir ewig Vorhaltungen machen, wenn der Künstler abends nach Salzburg zurückmusste, um dort zu schlafen? Oder wenn die Menge »Klettern, Klettern!« brüllte? Sicher nicht. An beidem war ich nicht einmal Schuld.

Selbst wenn ich meinen Job an Catalyn verlieren sollte, weil Tobias Föhring bei Robert kein gutes Wort für mich einlegte – davon ging meine Welt nicht unter. Wenigstens nicht so wie Davids, falls das Mädchen nicht mehr auf die Beine kommen würde.

Ich stopfte den Zettel in meine Handtasche. »Ich geb einen aus«, sagte ich und zupfte an Davids Arm. »Komm, die anderen warten bestimmt schon.«

Beim Frühstück überraschten wir unsere Loftnachbarn nicht nur mit einem Glas Sekt für alle, sondern auch mit der

Nachricht, dass David und ich nach einem kurzen Abstecher ins Dorf nach Salzburg aufbrechen würden.

Natürlich wollten sie wissen, was wir dort so Dringendes zu erledigen hatten. Die unausgesprochene Frage nach unserer Abwesenheit beim gestrigen Abendessen schwebte über allem.

David berichtete ihnen in Kurzform von seinem Unfall und was ich ihm geraten hatte. Betroffen sahen die anderen uns an.

»Das ist ja schrecklich«, sagte Valerie, nachdem wir geendet hatten.

»Ihr wisst aber schon, dass die Straßen heute voll werden«, wandte Erik ein. »Außerdem weiß man nicht, ob das Wetter nicht noch mal umschlägt.«

»Im Auto ist es ja warm«, entgegnete David und schob sein Brötchen von sich, das er kaum angerührt hatte. Auch an dem Sekt hatte er nur einmal genippt, was bestimmt mit der bevorstehenden Autofahrt zusammenhing.

Insgeheim freute ich mich auf die Fahrt mit ihm. Ich konnte ihm von Rügen erzählen. Vielleicht würde er mich dort ja mal besuchen kommen. Als Freund.

Bevor wir nach Salzburg aufbrachen, mussten wir aber noch die Geschenke für das Mädchen und ihren kleinen Bruder besorgen. Ich schlug David vor, in den Geschenkeladen zu gehen, in dem ich samstags gewesen war, und so waren wir wenig später zu Fuß dorthin unterwegs. Der Schnee unter unseren Stiefeln knirschte, die kalte Luft fuhr uns in die Lungen. Ich zog meinen Schal enger und rubbelte mir über die Arme.

»Komm.« David umarmte mich von hinten, wie ich es tags zuvor bei ihm getan hatte, als wir in den Schneesturm geraten waren. Wir liefen mit ausholenden Schritten wie ein Marshmallowmännchen die Straße entlang, unser Atem formte weiße Wölkchen in der kalten Winterluft, und ich fragte mich, ob mein Körper sich für ihn auch so gut anfühlte wie seiner für mich. Als wir aus dem Rhythmus gerieten, ließ David von mir ab und grinste mich verlegen an. »Mir war danach.«

Mir war ehrlich gesagt noch nach mehr, nach einem Kuss wie gestern Abend zum Beispiel, aber ich fühlte mich unsicher wie eine Teenagerin, die sich fragte, ob man nun nur befreundet oder Verliebtheit im Spiel war, und irgendwie genoss ich das auch.

Spontan zeigte ich zu der Kirche, die eben in Sicht gekommen war. Der graue neugotische Bau lag genau gegenüber dem Geschenkeladen. Auf dem steilen Kirchturm war der Schnee abgebröckelt und bedeckte den Weg. Geschickt umrundeten wir die Schneehaufen.

»Wollen wir kurz reinschauen?«, fragte ich mit Blick aufs Kirchenportal. »Ich mag katholische Kirchen, besonders zur Weihnachtszeit.«

»Wenn sie geöffnet ist.«

Am Eingang des alten Gotteshauses studierte ich ein Hinweisschild. »Sankt Preimskirche«, las ich. »Erbaut im Jahr 1876.«

Andächtig drückte ich die Klinke. Die Tür ging auf.

Mit offenem Mund trat ich ein. Wow. Ich hatte schon mit der für katholische Kirchen üblichen Pracht gerechnet. Mit Gemälden an Decke und Wänden. Aber nicht mit diesem Prunk und so vielen lebensgroßen Engels- und Heiligenfiguren auf einem Haufen. Die überwiegenden Farben: Azur und Gold. Ein Weihnachtsbaum stand neben der Kanzel. Es roch nach Weihrauch und Tannennadeln.

»Eindrucksvoll«, murmelte David.

In den Bänken knieten Gläubige, andere Besucher schauten sich um wie wir.

»Sollen wir eine Kerze für das Mädchen entzünden?«, flüsterte ich.

David zog die Nase kraus und sah zur reich verzierten Kirchendecke. »Ich bin leider nicht gläubig.«

»Ich auch nicht, aber ist doch egal«, hielt ich dagegen. »Man kann trotzdem eine anzünden. Es schadet ja nicht und heißt nur, dass man an den anderen denkt.«

»Das tue ich schon ununterbrochen«, flüsterte er, »auch ohne Kerze.« Er zuckte mit den Schultern. »Aber wenn du möchtest …«

Ich steckte ein Teelicht an. »Wie heißt das Mädchen eigentlich?«, fragte ich und warf einen Euro in die Kasse.

»Hannah«, sagte er leise.

Andächtig stellte ich die Kerze zu den anderen und starrte in die Flammen, bis mir die Augen tränten. »Wenn du nur bald wieder auf den Beinen bist, Hannah«, flüsterte ich im Stillen. »Und wie gut, dass du lebst.«

Nicht auszudenken, wenn das Kind bei dem Unfall gestorben wäre.

David neben mir tupfte sich die Augen.

»Nicht weinen«, sagte ich. »Du bist viel schöner, wenn du lachst.«

David lächelte schräg. Schweigend verließen wir die Kirche.

Die Verkäuferin vom Samstag war in dem Geschenkeladen auch heute wieder mit Kisten hinter dem Tresen beschäftigt.

Als sie mich erblickte, hellte sich ihr Gesicht auf. Sie trat hinter dem Tresen hervor. »Was Sie da vor ein paar Tagen gesagt haben, also … dass ich auf meinen Verehrer zugehen soll«, sie lächelte David unsicher zu, »das war sehr heilsam.«

Ich betrachtete sie verblüfft. »Das freut mich.«

Jetzt straffte sie die Schultern. »Was kann ich für Sie beide tun?«

Nun schaltete David sich ein. »Ich suche ein Geschenk für ein zwölfjähriges Mädchen und einen etwa sechsjährigen Jungen. Das Mädchen liegt im Krankenhaus.«

»Erfahrungsgemäß kommen Genesungskarten immer sehr gut an. Persönliche Worte sagen mehr als Geschenke«, erklärte die Frau und lächelte warmherzig. Sie deutete auf einen Ständer mit Glückwunschkarten. »Hier haben wir ›Gute Besserung‹ und auch ›Get well soon‹. Dazu dann ein passender persönlicher Text ...«

David griff nach einer Karte und klemmte sie sich unter den Arm, dann fragte er: »Tja, also, was könnte man denn zusätzlich mitbringen?«

»Zwölf Jahre, meinten Sie? Im Krankenhaus ist es wahrscheinlich arg langweilig.« Die Frau winkte David hinter sich her zu einer Wand mit Bastelmaterialien und beratschlagte mit ihm.

Zweifelnd betrachtete ich von meinem Standort aus die Malen-nach-Zahlen-Sets und Perlen in allen Größen und Farben. Ein zwölfjähriges Mädchen besaß bestimmt ein Smartphone, damit war es beschäftigt. Außerdem gab es vermutlich einen Fernseher im Zimmer. Und Besuch von Schulfreundinnen. Ich glaubte nicht, dass Langeweile ihr Thema war. Eher Schmerzen. Angst davor, dass nichts mehr wieder so wurde wie zuvor.

Ich schaute mich weiter um. Die Ohrringe, die mir so gut gefallen hatten, waren noch da. Und sie sahen immer noch genauso bildschön aus wie vor ein paar Tagen. Dann fielen mir einige Traumfänger im Schaufenster auf. Und ich dachte daran, dass das Mädchen vielleicht Albträume nach ihrem furchtbaren Erlebnis hatte.

»So einen fände ich hübsch und sehr passend für Hannah.«

Die beiden wandten sich zu mir um. David zwinkerte mir zu.

»Gute Idee«, bestätigte er und griff auf einem Ständer nach einem Kissen. Auf der Vorderseite war ein lachendes, auf der Rückseite ein trauriges Smiley zu sehen. »Und das.« Dann ging er einen Schritt zum Bastelregal. »Vielleicht bastelt der Bruder ja gern.«

Es gab ein Flugzeug-Set aus Holz, dazu Farben zum Bemalen. Davids Entscheidung gefiel mir gut. Ich wählte einen Traumfänger aus und legte ihn dazu.

David zahlte, und wir verabschiedeten uns von der Frau, wünschten frohe Weihnachten. Draußen zog ich meinen Schal enger um den Hals und lief einen Schritt schneller.

»Wir sollten wirklich langsam los«, sagte ich mit Blick auf die Uhr.

Es war schon elf. Wenn wir rechtzeitig zum Weihnachtsdinner zurück sein wollten, mussten wir uns beeilen.

David tastete seine Jackentaschen ab. »Moment mal«, murmelte er ratlos und griff sich an den Kopf. »Geh nur schon vor«, sagte er und wandte sich zurück zum Laden, »ich glaube, ich habe mein Portemonnaie auf dem Tresen liegen lassen.«

»Ich kann auch mitkommen.«

»Musst du nicht«, sagte er über seine Schulter hinweg. »Ich hol dich schon wieder ein.

Kopfschüttelnd sah ich ihm nach. Seine Zerstreutheit zeigte, wie die Sache mit dem Mädchen ihm zusetzte. Wie sehr ich mir für ihn wünschte, dass alles gut ausgehen würde.

Als er rotwangig wieder zu mir aufschloss, war ich nicht sehr weit gekommen.

»War dein Portemonnaie noch da?«, fragte ich ihn.

»Ja, alles okay.«

Der Aufstieg auf dem schmalen Weg oberhalb des Kurparks war mit den dicken Stiefeln beschwerlich. Ich fächelte mir Luft zu, und David legte mir seine Hand in den Rücken, schob mich an wie einen alten Esel.

»So richtig viel Ausdauer hast du nicht, kann das sein?«, neckte er. »Dass du kilometerlange Strecken am Strand entlang joggst, kann man kaum glauben.«

»Habe ich nicht bei unserer ersten Begegnung erwähnt, dass ich nahe am Burnout stand? Diese akute Erschöpfung scheint sich zwar wieder verabschiedet zu haben – aber manchmal flackert sie eben doch noch auf.«

»Das Witzige ist«, antwortete er, »dass ich dich nicht mehr mit der Person in Einklang bringe, die vor knapp einer Woche an meiner Zimmertür gerüttelt hat und nicht kapierte, dass es nicht am Schlüssel lag, dass sie nicht reinkam, sondern am Schloss.«

»Wie philosophisch«, scherzte ich – dabei war mir gar nicht nach Scherzen zumute. Ich konnte mich selbst kaum an diese Fremde erinnern. Gott, war ich fertig gewesen. Hatte an meiner Daseinsberechtigung gezweifelt, weil mir im Job Fehler passiert waren. Als definierte ein Mensch sich dadurch, perfekte Events zu planen. Dabei gab es so viel wichtigere Dinge im Leben. Freundschaft zum Beispiel. Wie die zu Annika. Für jemanden so da zu sein wie für meine beste Freundin im Mai oder jetzt gerade für David war doch viel wertvoller. Ich war so froh, dass ich gestern Abend gegangen war, bevor doch noch mehr zwischen David und mir geschehen konnte. Wir beide hätten heute einen ganz anderen Tag verlebt, wenn wir einander noch näher gekommen wären. Und dies war doch sein wichtiger Tag.

David wirkte ebenfalls nachdenklich. Als hätte er Angst,

unser Vorhaben in die Tat umzusetzen. Und so war schließlich ich es, die ihn zum Auto schob.

»Ich müsste noch die Karte für das Mädchen schreiben«, wandte er ein. »Das mache ich lieber in Ruhe.« Er zeigte zum Hotel. »Kommst du kurz mit in die Lobby? Dort hab ich wenigstens einen Tisch.«

»Ich schüttelte den Kopf und zeigte ins Wageninnere. »Ich warte hier.«

David kaute auf seiner Unterlippe und nickte schließlich. »Okay, ich bin gleich wieder da.« Er reichte mir den Schlüssel mit den Worten: »Falls dir kalt werden sollte, mach den Motor an.«

Ich nutzte die Zeit und rief bei Mama an, versicherte ihr, dass es mir gut ginge und mir alles viel besser gefiele als gedacht. Besonders das Skifahren. Mama, die selbst noch nie auf Brettern gestanden hatte, wollte alles genau wissen. David und den CityIce-Cup erwähnte ich dabei mit keinem Wort. Als David noch immer nicht wieder auftauchte, klingelte ich bei Annika durch. Leider nahm sie nicht ab, also schrieb ich ihr eine WhatsApp mit Emojis aus Tannenbäumen, Geschenken und einem Herz.

Ich steckte das Handy wieder weg und warf einen Blick zum verhangenen Himmel. Endlich sah ich David über den Parkplatz auf mich zukommen.

»Wieso lässt du denn nicht den Motor laufen, du frierst dich hier doch zu Tode«, sagte er, als er auf den Fahrersitz rutschte.

»Das ist Umweltverschmutzung«, hielt ich dagegen. »Ich konnte ja nicht ahnen, dass du Romane schreibst.«

Er zwinkerte und ließ den Motor an. Dann fuhren wir endlich los.

21

Das Universitätsklinikum, in dem das Mädchen untergebracht war, lag mitten in Salzburg. Dem halbrunden verglasten Bau war ein quadratisches Gebäude vorangestellt, auf dessen Dach ein Hubschrauber parkte. Der Anblick eines solchen Helikopters verursachte mir stets Unbehagen. Auch Davids Gesicht war blass, als er vor dem mehrgeschossigen Gebäude einparkte und die Handbremse anzog.

Auf der Fahrt war er nicht sehr gesprächig gewesen. Wir hatten hauptsächlich einem Radiosender gelauscht, der Weihnachtslieder rauf und runter spielte. Gerade lief »Driving home for christmas« von Chris Rea. David schaltete das Radio aus.

»Mir ist schlecht«, gab er seinen Gefühlen Ausdruck.

Mir war ehrlich gesagt auch ein wenig übel. Hätte er bei den Eltern des Mädchens um Erlaubnis fragen müssen, ob er sie besuchen durfte? Dieser Gedanke war mir auf der Fahrt gekommen, allerdings hatte ich nicht gewagt, sie zu stellen. Sie würden ihn sicherlich nicht dafür verklagen, wenn er es tat.

Auf dem Weg vom Parkplatz zum Eingang hätte ich gern seine Hand genommen, doch ich hakte mich lieber nur unter.

David sah mich dankbar an. »So etwas hat noch niemand für mich getan, weißt du das?«

»Was?«, wollte ich wissen. »Dich dazu überredet, jemanden im Krankenhaus zu besuchen?«

»Nein. Mich bei einem schweren Gang begleitet. Ich habe Angst, aber das Mädchen und seine Eltern sollen wissen, dass es mir entsetzlich leidtut. Vielleicht tröstet sie das ein bisschen.«

Ich hoffte, dass dem so sein würde. Was, wenn die Familie und das Kind sich verhöhnt fühlten? Dann würde er aus dem Weinen vielleicht gar nicht mehr heraus kommen.

Am Empfang erfragte David die Station und das Zimmer des Mädchens, und wir nahmen den Fahrstuhl in den dritten Stock. Es roch nach Desinfektionsmitteln, Meister Proper und Essen. Mit jedem Meter, den wir uns dem Zimmer des Mädchens näherten, hämmerte mein Herz heftiger in meiner Brust. War Hannah alleine im Zimmer? Oder die Eltern bei ihr? Ich warf David einen Seitenblick zu. Die Tüte mit den Geschenken hielt er fest umklammert.

»Na dann«, sagte er, als wir vor der Tür anlangten.

»Ich warte hier«, meinte ich und deutete auf eine Sitzgruppe ein paar Türen weiter.

Er nickte zögernd. Vielleicht hatte er sich nicht getraut, mich darum zu bitten. Wo ich schon den ganzen Weg mit ihm hierher gekommen war.

Ich nahm seine Hände und drückte sie kurz. »Du schaffst das.« Schnell huschte ich zu der Sitzecke und ließ mich auf einen Stuhl fallen.

David klopfte leise und öffnete die Tür zum Krankenzimmer. Dann trat er ein.

Um mich abzulenken, griff ich nach einem Stapel Zeitungen auf einem Beistelltischchen. Obenauf lag die »Kronen Zeitung« – der Aufmachung nach das österreichische Pendant zur »BILD-Zeitung«. Tobias Föhrings Name auf der Titelseite sprang mir sofort ins Auge. Sein Auftritt in Bad Gastein war offenbar auch hier in aller Munde.

Stirnrunzelnd überflog ich den Artikel. Besonders schmeichelhaft ging man darin nicht mit dem deutschen Musiker um. Und oh. *Falls* etwas an dieser Geschichte dran war, konnte Tobias froh sein, wenn die Menge bei seinem Auftritt nur »Klettern, Klettern!« skandierte.

Nachdenklich legte ich die Zeitung ab. Wahrscheinlich waren das nur Gerüchte. Solche Medien bauschten alles entsetzlich auf. Was nichts daran änderte, dass sie eine große Leserschaft hatten. Vermutlich auch unter seinen Fans.

Fast konnte Tobias Föhring mir leidtun.

Es dauerte keine Viertelstunde, bis David wieder aus dem Krankenzimmer trat. Sein Gesicht war gerötet. Er hob die Hand und kam zu mir herüber.

»Und?«, fragte ich, »wie ist es gelaufen?«

Er lächelte zaghaft. »Ganz gut.«

»Magst du erzählen? Was hat sie gesagt? War sie allein?«

Er nickte. »Sie war sehr überrascht. Ihre Eltern sind der Meinung, ich sei ein kaltschnäuziger Arsch, der sich einen Dreck um sie schert.«

Ich hob eine Augenbraue.

»Aber sie selbst ist wohl eher der Meinung, dass …«, er hob die Schultern, »… sie eine Teilschuld trägt.«

»Ach?«

»Sie sagte, sie wäre immerhin in einem Wahnsinnsspeed

rückwärts gelaufen, um den perfekten Schneeball auf ihren Bruder abzufeuern und hätte dabei überhaupt nicht auf den Verkehr geachtet. Über das Geschenk hat sie sich sehr gefreut. Sie sagt, so ein Traumfänger sei genau ihr Ding, und das Flugzeug-Set für den Kleinen gibt sie ihm wenn er kommt.«

So gute Neuigkeiten. Sie hatte ihm verziehen! Mir war danach, ihn zu umarmen, aber dann ließ ich es bleiben. »Wann darf sie denn wieder nach Hause?«

Nun verdunkelte sich Davids Miene. »Das wird wohl noch dauern. Sie muss absolut ruhig liegen.« Er zählte an den Fingern auf: »Die Milz ist beim Aufprall gerissen; eine Fraktur im Oberschenkel, die mit Schrauben gerichtet wurde; ein gebrochener Fuß und ein gebrochener Arm.«

Eine Frage brannte mir schon die ganze Zeit auf der Seele. »Wie schnell warst du denn nur unterwegs?«

David sah zu Boden. »Der Sachverständige von der Versicherung geht davon aus, dass ich etwa vierzig gefahren bin.

»O nein.«

Jetzt glitzerten doch wieder Tränen in seinen Augen. »Wenn ich es nur ungeschehen machen könnte. Ich fahre dort sonst immer langsam. Vielleicht keine Schrittgeschwindigkeit, aber nicht schneller als zehn km/h.«

»Und warum warst du an dem Tag schneller?«

Er runzelte die Stirn. »Hab ich das nicht erzählt?«

»Nein.«

»Ich musste zum Dienst. Und war zu spät dran.« David fuhr sich mit beiden Händen durchs Haar. »Und dann kamen meine Kollegen und ...« Er sah mich müde an. »Du kannst dir nicht vorstellen, wie das ist, wenn deine eigenen Berufskameraden ein Mädchen auf der Straße versorgen, dessen schwere Verletzungen du zu verantworten hast.«

»Hast du ihr geholfen?«

David starrte mich zornig an. »Nein«, presste er hervor. »Ich war unfähig mich zu bewegen. Als ich bei unserem Kellner Erste Hilfe geleistet habe, habe ich an nichts anderes denken können, als daran, wie sehr ich versagt habe.«

Ich streichelte ihm sachte über den Arm. »Es hilft nichts, wenn du dir Vorwürfe machst. Das war der Schock. Du bist auch nur ein Mensch.« Dann fiel mir etwas ein. »Und den Führerschein hat die Polizei nicht einbehalten wollen?«

»Nein, es waren ja kein Alkohol und keine Drogen im Spiel – allerdings könnte es sein, dass die Staatsanwaltschaft in der Hauptverhandlung beantragt, dass er mir als Teil meiner Strafe entzogen wird.« Er seufzte. »Jedenfalls hab ich Hannah gefragt, ob ich sie noch öfter besuchen darf, solange sie hier ist. Wir könnten Karten spielen oder Vier gewinnt.« Sein Kinn zitterte.

Blieb zu hoffen, dass ihre Eltern damit einverstanden waren.

In diesem Moment näherten sich von der anderen Seite des Flurs vier Personen. Ein Paar mit einem kleinen Jungen und eine ältere Dame. Die jüngere Frau hatte einen bitteren Zug um den Mund. Ihr blondes Haar trug sie hochgesteckt. Alle waren festlich gekleidet. Das musste die Familie des Mädchens sein.

David und ich wechselten Blicke.

»Hannah hat gesagt, dass ihre Familie noch kommt und dass ich doch warten sollte«, flüsterte er, »aber mir ist das zu heikel. Eins nach dem anderen.«

Die Gruppe beachtete uns nicht. Die Eltern sprachen miteinander, der Sohn hopste an der Hand seiner Mutter neben ihnen her. Der Mann trug eine große Tüte mit sich. Vermutlich Geschenke für die kranke Tochter.

»Komm, lass uns gehen«, drängte David, nachdem die vier die Tür zum Krankenzimmer hinter sich geschlossen hatten.

Zögernd erhob ich mich und versuchte, seinem Stechschritt zu folgen. Ob es klug war, zu flüchten?

Doch kaum waren wir auf Höhe von Hannahs Zimmer angekommen, trat die Frau zurück in den Flur. Sie wedelte mit Davids Genesungskarte aus dem Geschenkeladen.

»Ist die von Ihnen?«, fragte sie ihn.

David sah sie unsicher an.

»Und das Geschenk? Was bezwecken Sie damit?«

Er schien nach einer Antwort zu suchen, doch kein Wort kam über seine Lippen. Ich sah die Frau erstaunt an. Nahm sie ihm wirklich übel, dass David sich mit den Geschenken entschuldigen wollte?

Sie war in zwei Schritten bei ihm und sprach jetzt sehr leise. »Sie denken wohl, damit sei die Sache erledigt. Hat ihr Anwalt Ihnen dazu geraten, hier schön Wetter zu machen? Ich sage Ihnen, dazu ist es leider zu spät. Wir sind nicht käuflich.«

David schüttelte den Kopf. »So war es wirklich nicht gemeint. Es tut mir aufrichtig leid, dass ich mich nicht früher gemeldet habe, aber es hat leider so lange gedauert, bis diese junge Dame hier«, er zeigte auf mich, »mich davon überzeugt hat, dass niemandem geholfen ist, wenn ich mich vor lauter Scham und Entsetzen über meine Tat gar nicht melde. Ich will mit meinem Geschenk nichts beschönigen, sondern Hannah nur eine kleine Freude machen. Und um Verzeihung bitten für das, was ich Ihnen und Ihrer Tochter angetan habe.«

Die Frau musterte ihn von oben bis unten, schien unschlüssig, was sie ihm auf sein Geständnis entgegnen sollte.

»Es geht mir nicht um die Anzeige«, schob David leise nach. »Sie sind vollkommen im Recht, dass Sie mich angezeigt haben.«

Eben trat der kleine Junge zu uns in den Flur und sah neugierig von David zu mir. Dann stupste er seine Mutter an und flüsterte, gerade so für uns hörbar: »Hannah würde sich vielleicht Lady Gaga wünschen, Mama.«

Ich sah David fragend an. Hatte er das in die Karte geschrieben? Dass er sie zu einem Popkonzert einlud, wenn sie wieder auf den Beinen war? Das war ja eine reizende Idee.

David rieb sich die Nase. »Es müsste wohl jemand sein, der nicht ganz so weit weg lebt«, erklärte er dem Jungen.

»Hannah will aber Lady Gaga«, beharrte der Kleine. »Sie hat ihr in dem Film so gut gefallen.«

»Was meinst du denn mit ›Sie will Lady Gaga‹?« Gespannt sah ich ihn an.

»Wie heißt das noch?«, erkundigte der Junge sich bei seiner Mutter.

»›Wünsch dir was‹«, erklärte David. »Das ist ein Verein, der Herzenswünsche erfüllt.«

»An Lady Gaga kommen die womöglich nicht ran«, bemerkte ich trocken. Das Mädchen war ja außerdem nicht sterbenskrank. Musste man nicht nachweisen, dass es sich um eine Art letzten Wunsch handelte?

»Ich sehe, dass es Ihnen leidtut«, sagte Hannahs Mutter jetzt versöhnlicher. »Sie könnten da vielleicht wirklich etwas für uns tun. Lady Gaga ist natürlich eine Liga zu groß.« Sie sah von ihrem Sohn zu David, und ihre Gesichtszüge wurden milder. »Aber Tobias Föhring, Sie kennen ihn bestimmt, kommt nächste Woche nach Bad Gastein. Meine Tochter und ich sind große Fans, wir hatten sogar Karten für den CityIce-Cup, weil wir dort seit Jahren hinfahren. Und als wir davon hörten, dass *er* der diesjährige Stargast ist, waren wir natürlich untröstlich, dass wir nun wegen Hannahs Unfall doch nicht hinkönnen. Wenn Sie aber über diesen Verein arrangieren könnten, dass er meine Tochter im Krankenhaus besucht ...?«

David gab ein hustendes Lachen von sich und warf mir einen Blick zu.

Ich starrte zurück. *Hallo?* Nein. Das konnte er doch nicht ...?

»Wissen Sie«, beantwortete er den Vorschlag der Frau, »ich könnte mir sogar vorstellen, dass sich das auch ohne diesen Verein arrangieren ließe.«

Zurück im Auto bebte ich vor Ärger. »Wenn ich bedenke, mit was ich Tobias Föhring konfrontieren muss, wenn er kommt!«, rief ich aufgebracht und zählte an den Fingern auf: »Seine Band und er haben keine Bleibe. Außerdem werden die Leute von ihm erwarten, dass er klettert, obwohl er das noch nie gemacht hat. Drittens soll er ein Mädchen in Salzburg besuchen, deren Mutter die Anzeige gegen den Notfallsanitäter, der ihre Tochter angefahren hat, wahrscheinlich nur fallen lässt, wenn die Sache klappt.« Ich brüllte jetzt: »Und das wird die Sache nicht!«

Ich war vermutlich verflucht. Alles, was ich anfasste, verwandelte sich in Tobias Föhring!

»Was hast du dir denn nur dabei gedacht?«, zeterte ich nach kurzem Luftholen weiter, während dem David nicht einmal den Versuch unternahm, etwas zu entgegnen. »Du schenkst ihr ein Treffen mit einem Star. Pathetischer ging es wohl nicht mehr?«

»Es war ein spontaner Einfall«, verteidigte David sich und setzte den Blinker, um einen voll besetzten Reisebus zu überholen. »Ich hab mal im Fernsehen einen Bericht darüber gesehen. Dass sie gleich nach internationalen Stars verlangt, konnte ich doch nicht ahnen. Ich dachte an Christina Stürmer, die hätte sich möglicherweise bereit erklärt.«

»Auch die nicht«, widersprach ich. »Denkst du, diese viel beschäftigten Künstler kommen jeder wohltätigen Anfrage nach? Die würden nichts anderes mehr tun. Ich habe mich mal mit jemandem aus dem Business unterhalten. Es gibt Leute, die erhoffen sich einen Zuschuss für ihre neuen Zähne, wenn sie ihren Schwarm lieb um Hilfe bitten. Und Hannah ist zumindest nicht todsterbenskrank, das musst du zugeben. Sie hatte Glück im Unglück und wird wieder ganz gesund, stimmt's?«

»Das weiß man noch nicht«, widersprach David und schaute stur aus der Windschutzscheibe.

Ich sah ihn von der Seite an. »Wieso?«

»Es ist noch nicht sicher, ob sie ihr Bein je wieder so belasten kann wie früher. Und das, wo sie schon bedeutende Skirennen in ihrer Altersklasse gewonnen hat. Vielleicht muss sie dieses geliebte Hobby nun an den Nagel hängen. Und so einen Traum aufzugeben ist schon ein bisschen wie sterben.«

»Ach du lieber Himmel«, erwiderte ich seufzend.

Er nickte. Dann sprachen wir nichts mehr. Mir fiel auch wahrhaftig nichts mehr ein.

Um kurz vor vier trafen wir wieder bei unseren Lofts ein. Kaum, dass wir den überdachten Gang betraten, sprangen die Türen bei Valerie und Svea auf. Die beiden sahen uns erwartungsvoll an.

»Wie geht es dem Mädchen? Was hat sie gesagt?«, wollte Svea wissen.

»Wie hat sie deine Entschuldigung aufgenommen?«, fragte Valerie.

»Boah«, sagte David, »ihr zwei geht mir verdammt auf die Eier.« Mit diesen Worten sperrte er seine Tür auf und knallte sie hinter sich ins Schloss.

Ich zuckte die Schultern und warf den Mädels einen ratlosen Blick zu. »Es lief gar nicht so schlecht«, erklärte ich kryptisch. »Jedenfalls mit dem Mädchen. Was uns beide betrifft, bin ich nicht so sicher.«

22

Zwei Schritte nach vorn, einer zurück – das schien mein neues Lebensmotto zu sein. Sahen die Dinge für einen Moment verheißungsvoll aus, stand ich kurz darauf wieder vor neuen Komplikationen. Dass heute Heiligabend war, machte die Sache nicht besser. Ich war in Salzburg gewesen, in der Hoffnung, dort Davids Heil, vielleicht sogar mein eigenes zu finden – mit dem Ziel, einen erfüllenden Heiligabend feiern zu können. Doch danach stand mir nun wirklich nicht mehr der Sinn.

Während der Autofahrt hatte ich so lange vor mich hin geschimpft, bis mein Ärger halbwegs verraucht war – jetzt war David beleidigt. Wie oft sollte das so weitergehen? Da waren diese nahen Momente, in denen wir uns buchstäblich festhielten, einander die Hände reichten oder den Rücken stärkten, und dann war da wieder diese unsichtbare Wand zwischen uns.

Im Grunde war es natürlich egal, in ein paar Tagen würde ich diesen Mann nie mehr wiedersehen. Genauso wenig wie Svea und Valerie. Vermutlich würde ich nicht einmal erfahren, ob aus Valeries Roman etwas geworden war und ob sie ihn so umsetzen würde, wie von uns geplant.

Die Dinge, die ich im realen Leben plante, ließen sich jedenfalls nicht mühelos verwirklichen. Außerdem hatte ich das mit den Wichtelgeschenken total vergessen. Mist. Dabei war ich zwei Mal in diesem Geschenkeladen gewesen! Was sollte ich auf die Schnelle für Jan besorgen? Er war ein so stiller Vertreter, dass ich ihn die meiste Zeit kaum wahrnahm. Was ihm schenken? Und vor allem: Woher jetzt noch nehmen?

Es gab da natürlich die einzeln verpackten Schokolädchen, die jeden Mittag, nachdem der Zimmerservice da war, auf meinem Kopfkissen lagen und die ich in meiner Nachttischschublade verstaute.

Aber die konnte ich Jan wohl kaum überreichen. Genauso wenig den Liebesroman, den ich nicht einmal zur Hälfte gelesen hatte. Was allein daran lag, dass hier zu viel los gewesen war.

Fluchend ließ ich mich aufs Sofa fallen. *Du könntest ihm ein persönliches Treffen mit Tobias Föhring spendieren,* raunte eine bösartige Stimme mir zu. Leider konnte ich über meinen eigenen Witz nicht im Geringsten lachen.

Ich trommelte auf die Sofalehne und starrte hinaus in den Schnee. Ein Vogel landete in einem der Büsche und putzte sich das Gefieder. Hatte Jan eigentlich während seiner Zeit hier – abgesehen von dem einem Mal Kellnern – etwas anderes getan, als Piepmätze zu beobachten?

In diesem Augenblick fiel mir das perfekte Geschenk für ihn ein. Das Fernglas von Mama! Bislang lag es unberührt in meinem Koffer. Zugegeben, es war nicht gerade rühmlich, darauf zurückzugreifen. Aber was sollte ich machen?

. . .

Aufgeregt begab ich mich auf den Weg zum Heiligabend-Dinner. Ich trug das schwarze Kleid vom ersten Abend, hatte mir viel Mühe mit meinem widerspenstigen Haar gegeben und die Kringel mit Lockencreme in Form gebracht. Die Wimpern hatte ich getuscht und meine helle Haut mit etwas gebräuntem Puder versehen, sodass ich frisch und ausgeruht aussah. Tatsächlich hatte ich sogar noch eine Stunde geschlafen. Aus den Nachbarapartments war kein Laut zu mir herüber gedrungen.

Über meiner Schulter trug ich meine Handtasche mit dem Wichtelgeschenk für Jan. Ich hatte das Fernglas in eine weihnachtliche Serviette eingeschlagen und mit seinem Namen beschriftet – mehr Verpackungsmaterial war im Loft nicht vorhanden gewesen. In meinen Ohren dudelte seit der Autofahrt »Driving home for christmas«, ein Ohrwurm, von dem ich ahnte, dass er mich die nächsten Tage begleiten würde.

Dennoch konnte er mich nicht von meinen Gedanken an David ablenken. Würde er mir noch böse sein? Ein bisschen wütend war ich ja auch noch. Er konnte doch nicht von mir erwarten, mich darum zu kümmern, dass Tobias Föhring in der Salzburger Uniklinik erschien? Ich war ein guter Mensch, aber kein Samariter. Ich konnte unmöglich alle retten, die in Schwierigkeiten gerieten; vor allem dann nicht, wenn ich selbst schon genug in der Bredouille steckte.

David starrte mich schon von weitem an, als ich den Speisesaal betrat. Ich zupfte an meinem Kleid und wich seinem Blick aus, verfluchte die Tatsache, dass ich mich ihm gegenüber setzen musste. Der Gedanke, dass wir uns schon zweimal so nahe gewesen waren, Händchen gehalten und eng umschlungen miteinander Ski gefahren waren – vor allem aber uns geküsst hatten –, tanzte in meinem Kopf herum. Genauso wie die Frage, ob auch er ständig daran dachte.

»Moin«, grüßte Jan, und Svea winkte mir zu.

Valerie und Erik hoben kaum den Blick. Anscheinend war wieder irgendetwas los.

»Frohe Weihnachten«, entgegnete ich und stupste Erik mit dem Ellbogen an. »Ist was passiert?«

»Ich habe heute den ganzen Tag geschrieben«, erklärte Valerie seufzend. »Diese Geschichte, die wir uns gestern ausgedacht haben, will raus.« Sie sah ihren Freund mit schräg gelegtem Kopf an. »Das stört ihn.«

»Aber du warst doch auch die ganze Zeit mit deinen Sachen beschäftigt«, sagte Svea zu Erik. »Zuerst wegen des Kletterevents, dann wolltest du in deinem Tempo Ski fahren, gestern warst du verschollen ...«

»Genau, wo warst du eigentlich, als wir an der Angertalbahn eingeschneit wurden?«, schaltete David sich in die Unterhaltung ein.

»Er war tatsächlich in der Sauna«, beantwortete Valerie seine Frage. »Er hat sich eine Aromaöl-Massage gegönnt und ist später auf dem Sofa eingeschlafen, hat ganz vergessen, sich bei mir zu melden.«

»Echt?«, fragte ich Erik, der noch immer zu allem schwieg. »Hast du dir keine Sorgen um Valerie gemacht? Sie wollte dir Bescheid sagen, wo sie steckt und du gingst nicht ran.«

Erik schürzte die Lippen. »Es ist ja keine Lawine abgegangen. Bei ein bisschen Schnee mache ich mir noch keine Sorgen.«

Valerie warf mir einen bedeutungsvollen Blick zu.

Der Kellner überreichte jedem von uns einen Weihnachtspunsch, und wir alle hoben die Gläser. Eine zweite Bedienung verteilte die Vorspeisen. Es gab Forelle mit

Kresse und ein schmackhaft mit Käse und Spinat gefülltes Stück Pfannkuchen. Ich war froh über die Unterbrechung, und den anderen schien es genauso zu gehen. Als ich zum Besteck griff, hob ich den Blick und sah direkt in Davids graue Augen. Sein Gesichtsausdruck bat mich um Verzeihung.

Ich gab ihm mit den Augen ein Zeichen, das so viel wie »Meinetwegen« heißen sollte. Erleichtert nahm ich den ersten Bissen.

Während wir aßen, erzählten Svea und Jan von ihrem letzten Weihnachtsfest mit Sveas Großvater und dessen Nachbarin.

»Die beiden haben sich bald ihr ganzes Leben gekannt, und sie hat ihn bis zum Schluss angehimmelt, aber der alte Dickkopf hat sich nie erweichen lassen, auch nicht nach dem Tod meiner Großmutter«, schilderte sie.

Jan nickte. »Aber er hat sich trotzdem gern von ihr bekochen lassen.«

Svea zog die Nase kraus. »Und das kann sie gut. Außerdem macht sie die beste Sanddorntorte der Welt.«

»Und ihr?«, fragte ich Valerie und Erik. »Wie habt ihr letztes Weihnachten verbracht?«

Valerie nahm einen Schluck Punsch. »Wir feiern seit ein paar Jahren mit meiner besten Freundin Susa und ihrer Familie. Sie und ihr Mann haben zwei Kinder. Das ist immer sehr nett.«

»Aber dieses Jahr wolltet ihr hierher?«

Erik wandte sich mir zu. »Es kriselt in der Ehe von Susa und ihrem Mann, und die Tochter ist in der Pubertät.« Er hob beide Hände. »Ich war nicht ganz so scharf darauf.«

»Außerdem wollte Erik eben gern mal wieder Weihnachten in die Berge«, setzte Valerie nach.

»Und du?«, wandte ich mich an David. »Was machst du normalerweise Heiligabend?«

Er fuhr sich mit der Zunge über die Lippen und grinste schräg. »Rate mal.«

»Rufbereitschaft?«, tippte Jan.

David grunzte. »Volltreffer.«

»Wirklich?«, fragte ich.

Er wischte sich den Mund mit seiner Serviette ab und legte sie beiseite. »Wir feiern in der Garage bei den Einsatzfahrzeugen. Es brennen Kerzen, und jemand bringt Plätzchen mit.« Er hob beide Hände. »Ich gebe zu bedenken, dass an Heiligabend Herzinfarkt-Hochsaison ist.«

Das Abendessen plätscherte dahin, und ich entspannte mich etwas. Auch Eriks und Valeries Stimmung besserte sich langsam wieder. Svea und Jan schlugen nach dem Essen vor, eine Partie Kniffel zu spielen. Im Kaminzimmer gab es Spielesammlungen. Wir machten es uns dort in einer Sitzecke bequem. Erik ging gleich in der ersten Runde in Führung. Valerie freute sich richtig für ihn, sie warf ihm anerkennende Blicke zu, auch wenn es bei diesem Gesellschaftsspiel nur auf Glück ankam.

Fast hätte ich das Wichteln vergessen, hätte David nicht plötzlich daran erinnert.

Svea holte den versprochenen Sack aus ihrer Handtasche, und wir ließen ihn herumgehen, sodass jeder von uns verstohlen sein Päckchen hineingeben konnte.

Wir beschlossen, die Wichtel-Zeremonie bei einem Cocktail an der Bar zu vollziehen. Um diese Zeit waren wir dort noch einigermaßen ungestört, das würde sich später sicher ändern.

»Wer möchte als erstes?«, fragte Svea, nachdem wir dort in den bequemen Sesseln Platz genommen hatten, und schwenkte spielerisch den Jutesack hin und her.

»Ich«, platzte ich heraus und griff nach dem Sack. Mit einem Mal war ich aufgeregt wie ein Kind, ließ die Hand hineingleiten und tastete hin und her. Ich spürte den Stoff der Serviette, der sich schon von dem Fernglas zu lösen drohte und zog dann ein anderes Päckchen hervor. Es war lang und schmal.

»Für Svea«, las ich das Kärtchen an dem professionell verschnürten Geschenk und übergab es ihr.

Svea betrachtete die Schachtel, als sei eine Bombe darin eingewickelt. »Das ist so spannend«, meinte sie und knabberte auf ihrer Unterlippe.

»Pack schon aus!« Valerie sah sie erwartungsvoll an.

»Was mag das sein?«, murmelte Svea wieder und wendete das Päckchen in ihrer Hand.

»Ein Messer«, erwiderte David lakonisch. »Das kannst du dann Valerie zu Recherchezwecken für einen Krimi leihen, sollte sie mal einen schreiben.«

»Habe ich nicht vor«, antwortete diese kopfschüttelnd und sah wieder zurück zu Svea. »Spann uns doch nicht so auf die Folter.«

Endlich band Svea das Geschenkband ab und löste die Klebestreifen. Es war ein Kugelschreiber. Er steckte auf einer samtigen Unterlage. Der untere Teil war durchsichtig und mit glitzernden Partikeln gefüllt. So wie Erik dreinschaute, war es von ihm. Die Kulis glaubte ich im Geschenkeladen gesehen zu haben.

»Sehr hübsch, danke«, lobte Svea und nickte anerkennend in die Runde. »Normalerweise benutze ich Werbekugelschreiber von Brauereien oder Fischlieferanten.«

Valerie zog ein Päckchen handgefertigte Gasteiner Pralinen und verteilte sie sofort unter uns anderen, weil sie keine Schokolade aß. David erhielt einen Gutschein für eine Pferdeschlittenfahrt. Ich grinste in mich hinein. So verzweifelt, wie er guckte, schien das genau sein Ding zu sein. Valerie zog Jans Geschenk, und mir klopfte das Herz bis zum Hals. Bisher hatten alle ihre Präsente gekauft. Nur meines war etwas Gebrauchtes. Eigentlich megapeinlich.

Jan zog mühelos die Serviette von dem Fernglas und sah es für wenige Sekunden sprachlos an. Schließlich warf er einen Blick in die Runde. »Von wem auch immer das ist – soll das eine Anspielung sein?«

»Worauf?«, fragte ich verblüfft.

»Dass ich mich mehr mit Kultur befassen sollte?«

»Mit Kultur?« Ich sah ihn verständnislos an. »Damit kann man die Natur beobachten.«

Er grinste. »Das, liebe Mona, ist ein Opernglas.«

David lachte auf. »Das nimmt der Vogelkundler jetzt aber genau.«

Jan kratzte sich am Kopf. »Schon. So ein Theaterglas ist nicht besonders robust.«

Das zierliche Gerät sah in seinen großen Händen tatsächlich ziemlich zerbrechlich aus. Außerdem fiel mir in diesem Augenblick ein, dass es möglicherweise nur aus Versehen in meinem Koffer gelandet war. Mama würde es heute vermissen. Wir hatten heute Morgen gar nicht mehr über ihren bevorstehenden Opernbesuch gesprochen.

Svea unterbrach meine Gedanken. »Ihr solltet seinen riesigen Feldstecher sehen. Das ist der reinste Totschläger.« Sie betrachtete das Opernglas und fing an zu kichern.

Ich seufzte leise. Sicher war jetzt jedem hier am Tisch klar, von wem dieses Geschenk stammte.

Erik bekam eine Stirnlampe, über die er sich ungefähr so sehr freute wie Jan über das Opernglas. Vermutlich besaß er bereits Hunderte.

Ich war als Letzte übrig. Alle sahen mir erwartungsvoll dabei zu, wie ich das Päckchen auswickelte. Es war klein, gerade einmal handtellergroß. Eine lindgrüne Schmuckschatulle.

Vorsichtig hob ich den Deckel und legte mir die Hand auf den Mund. Es waren die Ohrringe aus dem Geschenkeladen. Die mit dem blauen Stein.

Überrascht sah ich zu David, der an seinen Hemdsärmeln herumzupfte. Dieser Lump. Er musste sie geholt haben, als er zurück in den Laden gelaufen war. Von wegen Portemonnaie vergessen.

Mein Herz raste. Dieses Geschenk war – wie dieser zarte Kuss gestern Abend – zu viel für meine Nerven. Was hatte das alles zu bedeuten? Am liebsten hätte ich David zur Seite genommen und um ein klärendes Gespräch gebeten.

Ich klappte das Kästchen wieder zu. »Das kann ich nicht annehmen«, verkündete ich.

Valerie schnappte nach der Schatulle und öffnete sie, Svea beugte sich zu ihr hinüber und sagte: »Die sind wunderhübsch.«

In Valeries Augen schimmerten Tränen. Sie starrte Erik an, als wollte sie ihn mit Blicken durchbohren. Dann schob sie das Kästchen zu mir herüber. »Zieh doch mal an.«

»Genau«, bestätigte David, »zieh doch mal an.«

Ich wagte nicht, ihm in die Augen zu sehen. Meine Finger zitterten.

»Hat sie dir den Tipp gegeben?«, fragte ich endlich. »Die Frau?«

»Vielleicht. Vielleicht habe ich aber auch gesehen, wie du dir die Ohrringe angesehen hast und so einen sehnsüchtig verklärten Blick bekamst.«

Valerie wischte sich eine Träne von der Wange. »Du bist ein guter Beobachter.«

Nun betrachtete ich wieder die Ohrringe, und auch Svea forderte: »Jetzt zieh sie endlich an.«

Zuerst entfernte ich meine eigenen Ohrstecker und legte sie auf dem Tisch ab. Sie waren hübsch, aber nichts Besonderes. Zwei glitzernde Steine Modeschmuck in silberner Fassung.

Andächtig löste ich einen Anhänger aus der Verankerung, öffnete den Verschluss und legte die Ohrringe an.

»Wow«, sagte Jan. »Die stehen dir aber gut.«

Endlich wagte ich einen Blick zu David. Die Wärme in seinen Augen bewog mich dazu, sein Geschenk doch anzunehmen. »Danke schön.«

Seine Augen hielten mich fest. »Ich habe zu danken«, entgegnete er.

Dass David mir diese Ohrringe geschenkt hatte, machte mich unendlich befangen. Da war dieser Moment, in dem ich mich zu ihm beugen und ihn endlich noch einmal küssen wollte. Lang und zärtlich und gleichzeitig mit so viel Wucht, dass es mich ängstigte. Ich war im Begriff, mich Hals über Kopf zu verlieben. Dabei hatte er sich mit den Ohrringen doch nur bei mir bedankt. Oder was hatte es zu bedeuten, dass er mich auch noch zu der morgigen Kutschfahrt mit einlud? Sein Blick dabei so vielsagend, dass mir heiß und kalt wurde.

Ich ahnte, wem wir dieses romantische Event zu verdanken hatten. Einer Frau, die es viel nötiger gebraucht hätte als wir.

Vielleicht kam ihr gerade selbst dieser Gedanke, denn Valerie griff nach Eriks Hand und bat ihn darum, gemeinsam zu gehen, was diesen augenscheinlich erleichterte. Kaum waren sie aufgestanden, liefen andere Bargäste herbei und schoben die Sessel, auf denen die beiden gesessen hatten, mit sich fort.

Im selben Moment tauchte Josefin in der Lobby auf und holte mich damit endgültig in die Gegenwart zurück.

»Was machst du denn hier?«, fragte ich perplex.

Josefins Wangen waren erhitzt, und sie schlüpfte aus einem hellgrauen Steppmantel. »Ich bin vor mei'm Bapa auf der Flucht. Mein Gott, so ein Heiliger Abend mit ihm allein ist wirklich a Strafe. Bin ich froh, dass ihr alle noch hier seid.«

David rutschte zur Seite und klopfte neben sich auf den breiten Sessel. Josefin quetschte sich zu ihm auf die Sitzfläche und kraulte ihn einen Dank murmelnd unterm Kinn. Svea warf mir einen bedeutungsvollen Blick zu, und Jan sah aus, als müsste er sich ein Lachen verkneifen.

Ich versuchte, die Fassung zu bewahren, und ließ mich von Josefin auf den neuesten Stand bezüglich des CityIce-Cups bringen. Dabei musste ich feststellen, dass sich an der Lage um Tobias Föhring rein gar nichts geändert hatte. Die Plakate mit Hinweis auf seine Klettereinlage hingen inzwischen im ganzen Gasteiner Tal aus, ein Hotelzimmer gab es immer noch nicht. Wir traten einfach auf der Stelle.

Josefins Auftauchen und diese Aussichtslosigkeiten wegen Tobias lösten in mir mit einem Mal ein regelrecht grippales Gefühl aus. Ich sehnte mich nur noch nach meinem Bett.

David hob an, etwas zu sagen, doch ich legte meine Hand auf seinen Arm. »Es war ein langer Tag, sorry, ich verabschiede mich für heute. Ich bin todmüde.«

»Dabei wird es doch grad erst schön«, wandte Josefin ein und rutschte von Davids Sessel in meinen. Mit einem »Tschühüs, mach dir nicht zu viele Sorgen« winkte sie mir hinterher.

Beim Hinausgehen meinte ich, Davids und die Blicke der anderen in meinem Rücken zu spüren.

Zurück in meinem Apartment lief ich hin und her,

inspizierte im Spiegel die Ohrringe, deren Stein im Schein der Lampen funkelte.

Schließlich telefonierte ich noch einmal mit meinen Eltern und mit Marc. Mama und Papa waren gerade aus der Oper gekommen und nun zum Abendessen in ein todschickes Hamburger Hotelrestaurant unterwegs, wo sie auch übernachteten. Papa klang aufgeräumt, sprach davon, dass sie sich heute mit dem »Nussknacker« einen Traum erfüllt hätten. Das Opernglas erwähnten sie glücklicherweise mit keinem Wort.

Marc klang angetrunken, als er mir ein allzu fröhliches »Merry Christmas« entgegenrief. Robert richtete mir Grüße aus, er war angeblich zu sehr auf Rügen eingespannt und hatte nicht nach Berlin zu Marcs Feier kommen können.

»Womit ist er denn so beschäftigt?«, fragte ich meinen Bruder.

»Seine beste Mitarbeiterin ist ausgefallen, und jetzt dreht er am Rad«, scherzte er.

Ein wenig freute es mich natürlich schon. Trotzdem juckte es mich in den Fingern, Robert anzurufen und ihm meine Hilfe anzubieten. Wie sollte er das denn ohne mich schaffen? Nachdenklich starrte ich das Handy an.

Doch dann schaltete ich entschlossen das Smartphone aus und legte es weg.

23

Am nächsten Vormittag wagte ich mich kaum aus dem Loft. Die Kutschfahrt mit David rückte näher, und ich wurde immer nervöser. Sollte ich mich ihm gegenüber setzen oder neben ihn? Würden wir uns eine Decke teilen oder getrennt voneinander einmummeln? Ohne es zu wollen, dachte ich an Disneyromantik: Vielleicht blies uns rauer Wind um die Ohren, der dazu führen würde, dass wir eng aneinander rutschten und Davids Körper meinen wärmte wie ein Ofen. Das hatte er schon mal getan. Allein bei dem Gedanken daran wurde mir warm ums Herz. Wir würden uns Zeit lassen, es ruhig angehen. Jede Sekunde miteinander genießen, bis wir nicht mehr anders konnten und uns ...

Als es um kurz nach elf an meiner Tür klopfte, straffte ich die Schultern und öffnete klopfenden Herzens die Tür. Zu meiner Überraschung war David nicht allein. Neben ihm standen Svea und Jan, dick eingemummelt und mit strahlenden Gesichtern.

»Moin«, wünschte Jan.

»Ich hoffe, du hast nichts dagegen, wenn unsere Nordlichter mitkommen.« David legte den Kopf schräg. »Als die beiden gestern überlegten, was sie heute anfangen sollten, habe ich ihnen vorgeschlagen, dass sie sich uns einfach anschließen könnten. Wir haben bei dem Fuhrunternehmen angerufen, und es war noch Platz.«

Ich musste achtgeben, dass das Lächeln auf meinem Gesicht nicht einfror. Was erwartete er von mir? Dass ich ihm vor Svea und Jan erklärte, dass ich keinen Wert darauf legte, dass sie uns begleiteten? Nicht, dass ich sie nicht mochte. Im Gegenteil, die beiden waren eine angenehme Gesellschaft. Doch ich wäre viel lieber mit David allein gewesen.

»Wie kommen wir eigentlich zum Abfahrtsort?«, fragte ich, nachdem ich die Fassung zurückerlangt hatte.

Jan deutete vage in die Ferne. »Es gibt einen Spazierweg am Wald entlang bis zum Hotel Grüner Baum, davor fährt die Kutsche ab. Man läuft ungefähr eine halbe Stunde.« Er rieb sich die Hände. »Ich kann euch auf unserem Weg ein paar Kohlmeisen und Eichhörnchen zeigen.«

»Klingt verlockend«, antwortete ich, »ich bin gleich bei euch.«

Eigentlich hatte ich David noch hereinbitten wollen, vielleicht auf einen Tee oder Kaffee. Ich schlüpfte in Jacke und Stiefel, zog die Ohrenschützer auf den Kopf und schielte auf meine Handschuhe – anziehen oder nicht? Dann ließ ich sie zurück. Wenn David mir wieder die Hände wärmen würde, sollte ich sie nicht benötigen. Dass Svea und Jan dabei waren, konnte mir ja eigentlich egal sein. Gut, es war nicht ganz so romantisch wie erhofft. Andererseits würde so auch niemand mit in die Kutsche steigen, der vielleicht unangenehm war. Ein zerstrittenes Paar wie Erik und Valerie zum Beispiel.

Der Fußweg durch den Wald zog sich länger hin als

gedacht. Jan hatte seinen Feldstecher dabei – er hielt sich nicht einmal höflichkeitshalber mit dem Opernglas auf, das ich ihm geschenkt hatte – und ließ uns nacheinander in die Zweige über oder neben uns schauen und Vögel beobachten. Es gab nicht nur Blaumeisen oder Buchfinken, wie Jan fachmännisch erklärte, sondern auch Kleiber und Stieglitze. Außerdem sichteten wir zahlreiche Eichhörnchen und sogar ein Reh. In den Bergen ringsherum gab es angeblich auch Gämsen und Murmeltiere, doch Jan hatte auf seinen Streifzügen noch keine zu Gesicht bekommen.

Nach einer Weile des gemeinsamen Weges stapften David und Jan vorneweg, während Svea und ich mit einigem Abstand folgten.

»Ist er nicht süß?«, fragte Svea und zeigte nach vorn zu den beiden Männern.

Jan überragte David um einen halben Kopf. Sie scherzten miteinander. Seitdem wir das Mädchen besucht hatten, taute David auch den anderen gegenüber auf.

»Schon«, antwortete ich gedankenverloren und starrte Davids Rückseite an. Er hatte einen sehr geraden Gang, im Gegensatz zu Jan, dessen Arme neben ihm herschwangen, als würden sie nicht dazugehören. Der Feldstecher hing um seinen Hals.

Svea lachte auf und stieß mich in die Seite. »Ich meine natürlich Jan.«

Ich kräuselte die Nase. »Wie lange seid ihr eigentlich zusammen?«, überging ich den peinlichen Moment.

»Zweieinhalb Jahre«, antwortete sie. »Seitdem waren wir nicht einen einzigen Tag getrennt.

»Geht ihr euch nicht manchmal auf die Nerven?«

Svea lächelte. »Jemand wie Jan kann einem gar nicht auf die Nerven gehen. Er ist total umgänglich. Die Touristen, die er durchs Watt führt, fressen ihm aus der Hand. Er hat diese bedächtige Art, einen feinen Humor. Und im Privaten ist er reflektiert und nachgiebig, tut sehr viel für die Harmonie.«

»Denkt ihr übers Heiraten nach?«, fragte ich. »Oder über Kinder?«

Svea hob die Schultern. »Schon. Aber eigentlich ist alles genau richtig, wie es ist. Ich arbeite ja tagsüber als Grundschullehrerin und Jan als Wattführer, abends betreiben wir gemeinsam unsere Spelunke. Ich fühle mich frei mit ihm, das mag ich. Ich bin nicht sicher, ob ich das noch tun würde, wenn wir verheiratet wären. Und für ein Kind bin ich glaube ich nicht gemacht.« Sie sah mich verlegen an. »Versteh mich nicht falsch, ich mag Kinder, sonst wäre ich niemals Grundschullehrerin geworden. Aber die Verantwortung für ein eigenes mag ich nicht tragen müssen.«

Damit ging es uns beiden ja ganz ähnlich.

Die beiden Männer waren stehen geblieben und sahen uns abwartend entgegen. Davids Wangen und Ohren waren gerötet. Warum nur hatte ich die Handschuhe zurückgelassen? Obwohl tief in den Taschen meines Mantels vergraben, waren meine Finger eiskalt.

Davids Hände steckten in Wollhandschuhen, die kuschlig warm aussahen.

»Ist es noch weit?«, fragte ich und schaute nach vorn, wo der Weg sich lichtete und nur auf der rechten Seite vom Wald begrenzt wurde. In der Ferne entdeckte ich eine Reihe verschneiter Häuser. Die Schornsteine qualmten.

»Vielleicht zehn Minuten, maximal eine Viertelstunde«, antwortete Jan.

»Ist dir kalt?«, fragte David und lehnte sich mit der Schulter spielerisch an mich.

»Nein, nein«, log ich. »Nur meine Füße.«

Jan lachte. »Das alte Frauenproblem.«

Wir vier liefen weiter, bis endlich die Fiaker-Haltestelle in Sicht kam. Sie lag hinter einem halbrunden Platz bei einer kleinen Kapelle. Ein Kutscher lehnte am Gefährt, die beiden Pferde sahen kräftig und dynamisch aus. Aus ihren Nüstern stoben weiße Atemwölkchen.

Auf einer Wartebank saß eine Frau. Unter der weißen Wollmütze quollen dicke brünette Haare hervor.

War das nicht Josefin? Erstaunt sah ich David an. Hatte er sie ebenfalls eingeladen, mitzukommen?

»Hey, ihr!« Die Österreicherin kam uns entgegen gelaufen, begrüßte jeden einzelnen von uns mit Küsschen. »Ich dachte schon, ihr taucht nie mehr auf!«

David schien immerhin gleichermaßen überrascht wie wir. »Waren wir verabredet?«, fragte er.

Sie lachte. »Nein. Aber wie ihr gestern davon erzählt habt, hab ich direkt Lust bekommen, auch einmal so eine Schlittenfahrt mitzumachen. Immerhin wohn ich hier und hab des noch nie gemacht.«

»Seids ihr die Gruppe, die zur Prossau Hütte fahren möchte?«, fragte der Kutscher uns alle.

Ich hatte keine Ahnung, doch Jan nickte und erklärte uns, dass es sich dabei um eine Berghütte am Ende des Tals handelte, in der wir uns aufwärmen und etwas trinken konnten.

»Das klingt doch gut«, sagte ich und schluckte meinen Frust über Josefins Anwesenheit hinunter. Dass sie mitkam, änderte alles. Die Aussicht auf Davids wärmende Hände geriet jedenfalls in unerreichbare Ferne.

Die Kutschbänke waren mit Schaffellen ausgelegt, mehrere große Schurwolldecken lagen zum Wärmen bereit. Es sah immerhin gemütlich aus.

Ich setzte mich in Fahrtrichtung hin. »Worauf wartet ihr?«, rief ich den anderen zu.

David deutete auf den freien Platz neben mir. »Darf ich?«, fragte er, und ich nickte.

Er benahm sich seltsam. Gar nicht vertraut wie die vergangenen zwei Tage, sondern so, als seien wir flüchtige Bekannte, die oberflächlich miteinander schäkerten. Gestern noch hatten wir tiefe Blicke ausgetauscht, er hatte mir Ohrringe geschenkt und mich zu dieser Kutschfahrt eingeladen. Und heute? Schon vor Josefins Auftauchen war er auf Abstand gegangen.

Er griff nach einer der Decken und breitete sie mit Schwung über mir aus, steckte sie links und rechts unter meinen Beinen und Schultern fest wie bei einem Kind. Ich fühlte mich wie eine Raupe in einem Kokon.

»Gut so?«, erkundigte er sich und setzte sich neben mich.

»Bestens«, murmelte ich und sah Svea und Jan dabei zu, wie sie ebenfalls einstiegen, sich uns gegenüber hinsetzten und die Wolldecke über sich ausbreiteten. Ganz nah rückten sie zusammen, verschränkten die Hände auf der Decke und sahen sich liebevoll an.

»So romantisch.« Svea küsste Jans Handrücken. Dann sah sie zum Himmel und winkte. »Es geht mir gut, Opa Hannes. Mach dir keine Sorgen um mich.«

Josefin setzte sich David gegenüber, neben Jan, und deckte sich ebenfalls mit einer Decke zu.

Jetzt stieg der Kutscher auf den Kutschbock, griff nach einer Peitsche und ließ sie auf den Boden schnellen, schnalzte mit der Zunge, und schon ging es los.

Die Droschke fuhr einen Bogen, der Wagen schwankte hin und her. Ich krallte mich in das Fell, bis wir auf einen ruhigeren Weg einfuhren.

David warf mir einen amüsierten Blick zu. »Geht es?«

Ich nickte nur.

Unsere Fahrt führte durchs Kötschachtal. Es war ein schmales Tal, durch das sich ein tosender Fluss schlängelte. Wir holperten über eine Holzbrücke hinweg, auf einer schneeweißen Weide fraßen Lamas an einem Futterhäuschen getrocknetes Heu. Svea und David machten Fotos – meine Hände waren inzwischen so kalt, dass ich lieber darauf sitzen blieb.

Ich betrachtete die imposanten Berge vor uns und atmete tief durch. Schroffe Felswände zu unserer Linken begrenzten das Tal. Weiter vorn kamen schneegekrönte Gipfel in Sicht. Wir passierten Schneewanderer und Langläufer, die auf schnurgerade gezogenen Loipen über die verschneiten Wiesen ihre Bahnen zogen.

»Im Sommer kann man dort bestimmt wunderbar klettern.« Svea zeigte zu der Felswand, die das Tal begrenzte. »Das wäre genau das Richtige für Erik.«

Ich betrachtete die Steilwand und zog die Schultern hoch. Die Vorstellung, dort in einer Seilschaft mehrere hundert Meter über dem Boden zu schweben, behagte mir gar nicht. Ein falscher Tritt und es konnte vorbei sein, wenn der andere einen nicht hielt. Es war verdammt viel Vertrauen nötig, um sich einem anderen Menschen so auszuliefern.

»Na, so nachdenklich?«, flüsterte David und lehnte sich zu mir hinüber. Sein Atem kitzelte an meiner Wange.

Ich wagte nicht, den Kopf zu drehen, sonst würden sich unsere Nasenspitzen berühren. Doch David lehnte sich schon wieder zurück in Position. Ich warf ihm einen Blick zu. Er hatte sich heute nicht rasiert. Die durchscheinenden Bartstoppeln standen ihm ausgezeichnet.

»Ich kann kaum in Worte fassen, wie froh ich darüber bin, euch alle hier getroffen zu haben«, sagte er plötzlich und sah mich liebevoll an. »Besonders dich. Dass du gestern mit mir nach Salzburg gefahren bist, werde ich dir niemals vergessen.«

Erschrocken sah ich ihn an. Warum jetzt diese offizielle Rede? Ich machte eine wegwerfende Handbewegung. »Das war doch kein Ding.«

Jetzt schaltete sich Josefin in die Unterhaltung ein. »David hat gestern Abend erzählt, wie viel er dir zu verdanken hat und dass er dir deshalb mit den Ohrringen ein ganz besonderes Geschenk machen wollte.« Sie warf meinem Sitznachbarn einen rückversichernden Blick zu und schaute dann wieder mich an. »Er hat Angst gehabt, dass du das vielleicht irgendwie falsch verstanden haben könntest.«

»Ah«, sagte ich. In meinem Kopf brummte es mit einem Mal wie in einem Bienenstock.

David sah mich entschuldigend an. »Ich dachte, ich hätte eine Grenze überschritten, weißt du. Und dass du deshalb gestern Abend so abrupt gegangen bist.«

Ich schüttelte den Kopf und räusperte mich. »Keineswegs. Ich war wirklich einfach nur hundemüde.«

Der Fiaker kam zum Stehen, und der Kutscher wandte sich zu uns um. »Da vorn ist die Prossau Hütte. Die Herrschaften haben eine halbe Stunde Aufenthalt!«

Ich war froh, von dem Gefährt herunter zu kommen. David stieg zuerst aus und wollte mir beim Absteigen behilflich sein, doch ich murmelte »Geht schon« und schlängelte mich an ihm vorbei. Ohne einen Blick zurück, stapfte ich durch den Schnee in Richtung des Gebäudes in typischer Alpenbauweise mit Holzbalkonen und Butzenscheiben. Ich musste dringend allein sein, um die Fassung zu bewahren. Ich war so dumm. David hatte doch selbst vor kurzem betont, dass wir Freunde seien. Warum sollte sich das geändert haben? Wie hatte ich ein gemeinsames »Derkleine-Lord-Schauen« und all die anderen Signale so fehlinterpretieren können? Aber da war auch dieser zarte Kuss. War auch der nur freundschaftlich gemeint?

Im Badezimmer des Gasthofs ließ ich heißes Wasser über meine Hände rinnen, bis ich sie endlich wieder halbwegs spürte.

In der Gaststube sah ich mich suchend nach den Vieren um. Sie saßen an einem Tisch an einem der getönten Butzenfenster. Der Schnee schimmerte durchs Glas und tauchte die Stube in ein goldenes Licht.

»... ich schwöre es euch«, schnappte ich einen Gesprächsfetzen von David auf, »sie sah aus wie eine Verrückte.« Er lachte lauthals, und Josefin hielt sich vor Gegacker den Bauch. Nur Jan und Svea sahen mich in einer Art und Weise an, als seien sie unsicher, ob ich das Ganze ebenfalls lustig finden würde.

»Worum geht es?«, fragte ich und setzte mich. Der Bedienung rief ich zu, dass ich gern eine heiße Schokolade trinken würde.

»Um wen wohl?« David wischte sich eine Lachträne aus dem Augenwinkel. »Um dich natürlich. Wie wir uns kennengelernt haben.«

»Ach *das* meinst du ...« Ich bemühte mich um eine gerade Haltung, auch wenn mir danach war, unter den Tisch zu sinken. Ich schaffte es sogar, mir ein Lächeln abzuringen. Dass David über mich lachte und diese Anekdote erzählte, hätte mich nicht einmal so sehr getroffen, wenn es unsere gemeinsame gewesen wäre. Aber das war sie nicht. Es war seine Geschichte. Die von seiner ersten Begegnung mit Mona, der Frau mit dem wirren Blick.

»Und jetzt sprichst du auch noch mit Tobias Föhring, damit er sich mit dem Mädchen, das David angefahren hat, trifft?«, fragte Svea. »Ich finde das wirklich ganz, ganz toll.«

Ich war offenbar eine ganze Weile im Bad gewesen. Oder hatte David es ihnen gestern Abend erzählt, nachdem ich weg gewesen war? Ich wandte den Kopf zu ihm um und sagte fest: »Das habe ich nicht gesagt. Im Gegenteil.«

Er hob die Augenbrauen. »Aber du wirst es doch wenigstens probieren?«

In diesem Augenblick ging mir ein Licht auf. Deshalb also die Ohrringe. Eine Art Schmiergeld. Wie hatte ich mir nur etwas darauf einbilden können? Kein Wunder, dass er besorgt gewesen war, ich könnte es falsch interpretierte.

»Aber das Beste weißt du ja wahrscheinlich noch gar nicht!«, rief Josefin plötzlich und stieß David in die Seite. »Oder hast du ihr schon erzählt, dass wir gestern Abend auf die ultimative Lösung für unser Hotelzimmerproblem gestoßen sind?«

Ich sah David unsicher an. Würden sie es tatsächlich so durchziehen, wie zuletzt von Josefin vorgeschlagen? Dass er das Loft für Tobias und seine Bandmitglieder räumen und bei ihr übernachten würde? Ich hatte das für einen Scherz von Betrunkenen gehalten.

Mein Loftnachbar leckte sich über die Lippen. »Bei mir ist leider erst gestern der Groschen gefallen, als ihr beide an der Bar gesprochen habt. Ich dachte, das Thema Zimmer für den Star sei längst erledigt.«

»Welche ist denn nun die Lösung?«, drängte ich.

»Es gäbe da vielleicht eine Möglichkeit«, begann er, und dann berichtete er von Hannahs Mutter. Diese hatte ihn noch einmal angerufen, um ihm zu sagen, dass ihr ihr barscher Tonfall leidgetan habe. Natürlich waren sie auch noch mal auf Tobias Föhring zu sprechen gekommen, und dabei erwähnte sie am Rande, dass sie ja für die ganze Familie ein Zimmer in Bad Gastein gemietet hatte, das sie jetzt nicht mehr stornieren könne. Umso schöner sei es eben, wenn es mit der ›Entschädigung‹ durch den Künstler klappen könnte. Und da hatten sie gestern Abend noch beschlossen, dass Josefin sich um dieses Familienzimmer kümmern würde.

»Und, hast du?« fragte ich die Bad Gasteinerin.

»Bis jetzt war noch niemand erreichbar. Aber ich bleibe dran!«

David sah mich treuherzig an. »Und jetzt, wo ich die Lösung für die Hälfte eurer Probleme geliefert habe, wirst du doch bestimmt versuchen, Tobias Föhring zu dem Auftritt im Krankenhaus zu überreden?«

Ich rang mich zu einem Lächeln durch. So enttäuscht ich auch über den bisherigen Verlauf dieses Tages war, diese Neuigkeit war immerhin ein Lichtblick. Mir fiel der Artikel wieder ein, den ich in der »Kronen Zeitung« gelesen hatte. Nachdenklich nippte ich an meiner heißen Schokolade.

Das Ganze war doch ziemlich verrückt. Wer hätte damit rechnen sollen, dass es mir eines Tages möglicherweise einen Vorteil bringen würde, in einer Boulevard-Zeitung zu blättern?

»Ich werde sehen, was ich tun kann«, entgegnete ich. »Aber versprechen kann ich nichts.«

David sah mich liebevoll an. »Danke, Mona. Du bist wirklich ein Schatz.«

24

Nach der Kutschfahrt zog ich mich in mein Apartment zurück. Wenn David mir noch einmal gesagt hätte, was für ein »Schatz« ich wäre – ich hätte es nicht ertragen. Es behelligte mich auch niemand. Vielleicht hielten sie mich für launisch.

Ich öffnete den Internetbrowser und gab Tobias Föhrings Namen ein. Mal sehen. Es gab bereits mehrere Einträge. Der Tenor der Headlines glich dem in der »Kronen Zeitung«: *Deutscher Popstar doch kein Herz für kranke Kinder?*

Die Artikel berichteten darüber, wie der Musiker die Anfrage eines Vereins abgelehnt hatte, der Eltern mit von Krebs betroffenen Kindern unterstützte. Sie hatten angefragt, ob er vor Weihnachten seinen Song für sie singen könnte. Die Einnahmen des kleinen Konzerts sollten den Verein sponsern. Angeblich hatte er gesagt, sein Terminkalender lasse solche Aktionen nicht zu. Was verständlich war. Doch dann postete er an just jenem Tag, an dem das Konzert hätte stattfinden sollen, Fotos auf Instagram, die ihn im Bademantel im Wellnessbereich eines Hotels zeigten, mit der Überschrift: *Man muss sich auch mal was gönnen können.*

Die Sache war erst jetzt herausgekommen, aber deshalb hatte man sie ihm nicht weniger übel genommen. Immerhin hatte er mit dem Song »Weil du das Wichtigste für mich bist« Tausende verdient. Und nun hatte es den Anschein, als wollte er davon nichts zurückgeben.

Es juckte mich in den Fingern, ihn sofort anzurufen, doch der Ausflug mit David und den anderen steckte mir noch in den Knochen. Morgen war auch noch ein Tag.

Abends bestellte ich mir das Essen aufs Zimmer und ging früh schlafen.

AM NÄCHSTEN MORGEN erwachte ich erst nach zehn; ich hatte geschlafen wie eine Tote. Ich reckte die Glieder und ging duschen, setzte mich danach mit dem Handy aufs Sofa, atmete ein paarmal tief durch. Jetzt kam die Stunde der Wahrheit.

Es tutete mehrmals in der Leitung, bis Tobias Föhring sich mit verschlafener Stimme meldete.

Wortreich entschuldigte ich mich für die Störung am Feiertag und berichtete ihm dann von dem kleinen weiblichen Fan, die nach einem schweren Unfall vor knapp vierzehn Tagen das Weihnachtsfest in einem Salzburger Krankenhaus verbringen musste. Davon, dass ich den Unfallgegner kannte, erwähnte ich kein Wort.

»Es ist ihr Herzenswunsch, dass du für sie singst«, lullte ich Tobias ein. »Ich habe ihr natürlich gesagt, dass das auf keinen Fall geht, weil du ein vielbeschäftigter Künstler bist und gleich am nächsten Tag nach deinem Auftritt in Bad

Gastein wieder zurück nach Deutschland musst. Aber dann habe ich zufällig in der Zeitung gelesen, dass du offenbar in einer Wohltätigkeits-Bredouille steckst«, kam ich mit meinem Bericht zum Ende, »und da dachte ich: Was hältst du davon, wenn du in der Salzburger Uniklinik ein kleines Sonderkonzert geben würdest? Vielleicht wäre die Presse dann wieder besänftigt.«

Tobias sagte eine ganze Weile gar nichts. Das bedeutete hoffentlich, dass er sich die Gedanken machte, die ich ihm hatte einpflanzen wollen.

»Wann genau hast du mit dem Mädchen gesprochen?«, fragte er endlich.

Der Fisch hatte angebissen.

»An Heiligabend«, antwortete ich zögernd. Tobias seufzte theatralisch. »Wie weit ist denn diese Klinik vom Flughafen entfernt? Unser Flieger geht um vierzehn Uhr. Könnte das Mädchen zum Airport kommen?«

»Sie darf das Krankenhaus noch nicht verlassen, selbst über Weihnachten darf sie nicht heim.«

»Seit wann ist sie denn dort?«

Ich überlegte. Was hatte David noch gesagt? »Seit etwa zehn Tagen.«

Tobias schwieg. Dachte er darüber nach? Oder formulierte er bereits seine Absage?

»Es wäre wirklich ein Riesending, wenn du das machen würdest«, wagte ich einen weiteren Vorstoß.

»Also gut.«

»Ehrlich?«

»Ja, ich mache es. Aber nur unter einer Bedingung.«

»Ja?«

»Sorg für die Presse. Und sag denen, dass mein Besuch in diesem Hospital schon seit Tagen geplant war. Nicht erst jetzt, wo die Sache rausgekommen ist, sondern wirklich davor. Das ist wichtig! Und sorg dafür, dass die ganze Station, meinetwegen auch das ganze Krankenhaus teilnehmen kann. Kliniken haben ja oft eine Kapelle oder einen Andachtsraum. Vielleicht geht es dort. Ich singe *einen* Song. *Den* Song. Spenden sollen dem Klinikum zugutekommen.«

Er machte es!

»Wow«, hauchte ich. Die Erleichterung floss durch meine Adern. »Selbstverständlich sorge ich für die Presse. Und ich informiere die Klinikleitung.«

Tobias schwieg wieder einen Moment, bis er endlich sagte: »Danke, Mona. Das war eine fantastische Idee.«

»Schon gut«, krächzte ich.

»Damit sind wir quitt«, meinte er großzügig.

»Na ja«, widersprach ich keck. »Du könntest wenigstens noch ein, zwei Meter an der Kletterwand hochklettern.«

»Jetzt mal nicht übermütig werden, Frau Espenschied«, entgegnete er lachend und verabschiedete sich.

In diesem Moment trudelte die erlösende Nachricht von Josefin ein: **Die Sache mit dem Zimmer geht klar. Wir sind gerettet!!**

Vor Erleichterung kamen mir die Tränen. Und kaum, dass sie zu fließen begannen, flossen immer mehr. Ich trauerte und lachte zugleich über die Ereignisse der letzten Tage ... nein, eigentlich über die seit dem Sommer.

Wenn nur mein Liebesleben auch noch eine gute Wendung nehmen würde. Doch nach den Sternen konnte ich nicht greifen.

Als die Tränen versiegt waren, bestellte ich bei der Rezeption Rührei mit Speck aufs Zimmer.

»Dann können wir ja gleich beides bringen«, entgegnete

die junge Frau vom Empfang, »der Herr Brandner bleibt auch zum Frühstück im Loft.«

»Wir frühstücken aber nicht zusammen, falls Sie das meinen«, stellte ich klar.

»Nein, nein, ich würde nie –«

»Schon gut«, beschwichtigte ich. »Und heute Abend bringen Sie mir bitte das Risotto. Und eine Flasche Wein. Ich bleibe heute zu Hause.«

Hörte ich da ein belustigtes Schnauben?

»Hat Herr Brandner etwa dasselbe bestellt?«, hakte ich nach.

Die Rezeptionistin kicherte. »Hat er.«

Ich verdrehte die Augen. »Ich versichere Ihnen, das ist reiner Zufall.«

Nachdem ich aufgelegt hatte, schielte ich zum Schlafzimmer, hatte auf einmal eine Eingebung. Welchen Grund sollte David haben, sich heute ebenfalls einzuigeln? Oder hatte er nur keine Lust auf die Gesellschaft der anderen? Etwa auf die von mir?

Ohne etwas dagegen unternehmen zu können, setzte ich mich in Bewegung.

Ich hatte noch nie in meinem Leben so viel an Türen – oder in diesem Fall an einer Palisade – gelauscht, wie in diesem Urlaub. Grundsätzlich ging es mir sogar total gegen den Strich, so etwas zu tun. Abgesehen davon, waren die Informationen, die ich dabei erhielt, völlig unzureichend. Heute besonders.

Tatsächlich telefonierte er mal wieder. Wieder mit seiner Schwester, der er vor Tagen versichert hatte, er würde nicht rauchen? Gleichzeitig hatte er den Qualm ausgestoßen, der Heuchler.

Heute rauchte er nicht.

Ich presste mein Ohr gegen das Holz und schnappte den ersten Gesprächsfetzen auf.

»Ich weiß, aber es bricht mir das Herz, so zu tun als ob. Wenn du im Grunde deines Herzens etwas ganz anderes fühlst, weißt du ... Was? Ja, das auch.«

Nun lachte er. »Natürlich reiße ich mich zusammen, Stefanie, ich werde sachlich bleiben.«

Aha. Er sprach also tatsächlich mit seiner Schwester. Aber wovon redete er? Wem spielte er etwas vor? Etwa mir?

»Wenn es ihr gelingt, diesen Sänger dazu zu bringen ...« Er lauschte in die Leitung. »Aber was soll ich denn noch machen, immerhin hab ich schon die Ohrringe ...«, klagte er. »Ja, du hast recht, ich überlege mir etwas.«

Mein Herz pochte so sehr, dass ich meinte, er müsste es hören. In diesem Augenblick beendete David das Telefonat mit den Worten »Ich muss Schluss machen. Mein Frühstück kommt.«

Leise schlich ich zurück nach drinnen. Wieder lauschte ich, diesmal an der Apartmenttür. Jetzt bloß nicht gleichzeitig die Türen öffnen. Gerade nahm David sein Frühstück entgegen. Kurz darauf pochte es einmal kräftig bei mir.

Ich öffnete die Eingangstür einen Spalt, griff nach der Schale aus Styropor und wünschte dem Lieferjungen mit Übergabe eines Trinkgelds einen schönen Tag.

Das Frühstück schaufelte ich auf dem Sofa gedankenverloren in mich hinein. Es brach David das Herz so zu tun als ob? Worauf bezog sich das? Bereute er gar nicht, dass er ein Kind verletzt hatte? Oder hatte er von Anfang an über mich gesprochen? Zuletzt wohl schon?

Ich wischte mir den Mund an einer Serviette ab und vergrub meinen Kopf in Händen.

Als ich ihn wieder hob, fasste ich einen Entschluss. Zunächst würde ich das mit der Presse für Tobias' Auftritt im Krankenhaus anleiern – ich wusste schon, an wen ich mich wenden konnte. Danach würde ich es mir mit dem Liebesroman auf dem Sofa bequem machen und meine Wunden lecken. Ich würde mich heute ein letztes Mal zurückziehen. Aber dann war damit Schluss. Ab morgen würde ich meinen Urlaub in vollen Zügen genießen.

25

Anderntags weckte mich wieder einmal gleißendes Sonnenlicht. Es bahnte sich seinen Weg über die in der Ferne liegenden Bergspitzen hinweg direkt zu mir ins Schlafzimmer.

Ich schwang die Beine aus dem Bett und legte mir meine Skiunterwäsche bereit.

Im Bad drehte ich Musik von der Band »London Grammar« auf. Bei dem Song »Darling are you gonna leave me« sang ich laut mit. Ich spürte die Entschlossenheit der Sängerin, ihr Trotz schwappte auf mich über. Ich würde Ski fahren gehen, ganz allein, am besten mit der Musik dieser Frau auf den Ohren. Ich brauchte niemanden, ich war mir selbst genug!

Während ich mich abtrocknete, sang ich weiter, nahm das Handy mit ins Schlafzimmer, öffnete die Balkontür, spürte die hereinströmende eiskalte Winterluft auf meiner feuchten Haut und schlüpfte in die Skiunterwäsche. Zurück im Bad föhnte ich mich, was ich sonst nie tat, aber ich konnte schlecht mit nassen Haaren den Skihelm aufsetzen. Um die aufgepusteten Locken zu bändigen, band ich sie zu einem Zopf. Ich sah auf die Uhr und beeilte mich noch ein bisschen mehr – der Skibus fuhr gleich ab. Ein Frühstück konnte ich mir in einem der Bergrestaurants besorgen.

An der Garderobe steckte ich die Stöpsel des Kopfhörers ins Ohr und setzte meine Ohrenschützer darüber.

Beim Zuziehen der Apartmenttür prallte ich rückwärts gegen Valerie. Sie sah mich mit großen Augen an und sagte etwas zu mir, zumindest bewegten sich ihre Lippen. Ich kramte mein Handy aus der Anoraktasche und drückte auf Pause.

»Was hast du gesagt?«

Valerie sah sich zur Tür ihres Apartments um, die Bommel ihrer Mütze wackelte. »Ich brauche deine Hilfe!«

»Wobei?«

»Erik und ich gehen heute Abend zu einem Vollmond-Dinner in Sportgastein. Die Karten hab ich noch vor unserer Abreise gebucht und sie ganz vergessen, weil es nur bei gutem Wetter stattfindet. Und eben bekam ich die Bestätigung.«

Verständnislos sah ich sie an.

»Vollmond-Dinner«, wiederholte sie. »Das Ganze findet auf tausendsechshundert Metern statt. Heute Abend. Im Freien.«

»Nie gehört.«

»Dein Platz bei uns am Sechsertisch ist ja auch andauernd leer.«

Ich ging nicht auf ihren Vorwurf ein. »Jetzt sag schon, worum es geht. Ich muss zum Bus.« Wenn mir der Skibus vor der Nase davonfuhr, musste ich eine halbe Stunde warten und kam wahrscheinlich mit dem größten Pulk Menschen an.

»Erik und ich streiten nur noch. Deshalb habe ich

gehofft, dass du und David vielleicht teilnehmen würdet, um das Ganze ein wenig aufzulockern.«

Ich verschränkte die Arme. »Dass mein Platz am Tisch öfter leer ist, woran könnte das liegen, Valerie?«

»An David etwa?«

Ich leckte mir über die Lippen. »Daran, dass ich keine Gesellschaft suche. Daran, dass andauernd jemand etwas von mir will. Nicht nur zu Hause, hier ist es genauso. Ich lasse mich andauernd für irgendetwas rekrutieren. Tut mir leid, aber für euer Dinner musst du dir von anderer Seite Verstärkung holen. Vielleicht mit Svea und Jan?«, schlug ich vor.

»Ein glückliches Paar wäre nicht gerade die ideale Besetzung«, widersprach sie.

Ich schnaubte. »David und ich auch nicht, glaub mir.« Ich tätschelte ihr den Arm. »Du und Erik, ihr solltet euch mal richtig aussprechen. Darüber, ob ihr dieselben Ziele verfolgt. Ob noch genügend Gefühle da sind, um vielleicht einen Neuanfang zu starten. Oder um sich darüber klar zu werden, dass man womöglich doch nicht so füreinander geschaffen ist, wie man es einst dachte.«

Ich sprach aus Erfahrung.

Sie sah mich todunglücklich an. »Ich dachte das noch nie.«

»Was?«

»Dass wir füreinander geschaffen sind. Erik ist mir total überlegen.«

Ich hätte mir die Haare raufen mögen. Der Bus fuhr jede Minute ab.

»Mensch, Valerie«, seufzte ich. Dann schloss ich die Tür zu meinem Apartment wieder auf und bat sie hinein. »Komm, ich mach dir einen Tee. Und dann erzähl mal.«

. . .

Eine halbe Stunde später war ich auf dem Weg zum Skibus. Mir stockte der Atem von der kalten Luft. Genauso wie von dem Versprechen, das ich Valerie gegeben hatte: Ich würde sie und Erik zu diesem Vollmond-Dinner in Sportgastein begleiten. Nicht zur Pärchen-Verstärkung mit David, sondern allein. Passend zu diesem Vorhaben sang London Grammar »Help me lose my mind« auf meinen Ohren.

Dazu passte auch, dass ich David an der Bushaltestelle erblickte. Im Bus davor wäre ich ihm noch entkommen. Glücklicherweise war es voll genug, sodass er mich nicht bemerkte. Ich würde einfach mit den letzten einsteigen. Sicher stieg er an der Gondel zum Stubnerkogel aus, er trug seine Skier und Stöcke mit sich. Meine Skier musste ich aus dem Skistall an den Angertal-Liften abholen. Von dort würde ich den Vierersessellift zu der Piste nehmen, die ich mit David gefahren war. An diesem schönen Tag und nach zwei Tagen Pause und einer erholsamen Nacht traute ich mir das durchaus zu. Diesmal würde kein Schneesturm dazwischenkommen. Und auch keine anderen Katastrophen.

David stieg wie vermutet vor mir aus, ohne dass er mich sah. Ich wandte den Blick von ihm ab, wollte seine kompakte Gestalt gar nicht sehen und mir vorstellen, wie er mich zum Sofa getragen hatte.

In der Angertal-Cafeteria holte ich mir zum Frühstück eine Brezel und reihte mich dann in die Wartenden zum Sessellift ein, knabberte am Laugengebäck.

Allein die schwebende Fahrt über die schneebedeckten Wipfel hinweg verschaffte mir ein erhabenes Glücksgefühl. Meine Brust öffnete sich, und meine Atmung wurde leichter. Ich kam nicht nur problemlos in den Sessellift, sondern auch wieder heraus. Unterwegs machte ich Fotos von der verschneiten Szenerie und nahm im Lift ein strahlendes

Selfie auf, schickte die Bilder an Robert, Annika und meine Familie.

Der Ziehweg durch den Wald wirkte heute kein bisschen bedrohlich, sondern wie eine einladende breite Rutsche. Ich drehte die Musik auf meinen Ohren lauter und breitete die Arme aus, warf einen Blick über meine Schulter, damit ich auch niemandes Weg kreuzte, und los ging es. Die weichen Kurven des Weges trugen mich mit sich fort. Ich passte meine Geschwindigkeit dem Rhythmus des Songs an, lehnte mich in die Kurven, schwang mühelos hin und her und fühlte mich federleicht. Es ging so viel einfacher mit Musik!

Als der Wald sich lichtete und die breitere, stärker befahrene Piste sich vor mir öffnete, bremste ich ab. Atemlos betrachtete ich das Treiben, die geübten Skifahrer, die von oben kommend an mir vorbeischossen, Knie zusammen, sanfter Hüftschwung. Hoffentlich würde ich nicht stürzen. Ich atmete tief durch. Nichts dergleichen würde geschehen, ich spürte es genau. Dies war mein Tag. Und nichts auf der Welt würde mir diesen Frieden mit mir selbst nehmen können.

26

Mit vor Anstrengung zitternden Knien kehrte ich nachmittags in mein Apartment zurück. Es blieben noch zwei Stunden bis zu dem von Valerie arrangierten Vollmond-Dinner. Ich duschte und rollte mich für einen Moment auf dem Sofa zusammen, wollte nur kurz die Augen schließen, das Skifahren hatte mich schon wieder müde gemacht.

Ein Klopfen an der Apartmenttür schreckte mich auf. Verschlafen rieb ich mir die Augen und sah auf die Uhr. Zwei Minuten nach sieben!

Ich schoss hoch und eilte im Bademantel zur Tür, spürte einen Muskelkater im Anmarsch.

Valerie sah mich mit großen Augen an. »Bist du krank?«

»Verpennt«, keuchte ich. »Bin in fünf Minuten da.«

Sie sah sich zu ihrer Apartmenttür um und flüsterte. »Erik weiß noch nicht, dass du mitkommst, und er will los. Ich werde ihn und den Taxifahrer irgendwie hinhalten.« Ihr Blick glitt über mein Gesicht. »Vergeude keine Zeit mit Schminken. Ohne siehst du noch viel besser aus. Wie ein Nude-Model.«

»Ja, ja«, murmelte ich, »alles klar.«

»Und zieh dich warm an. Es wird bestimmt eisig dort oben.«

Hastig ging ich ins Schlafzimmer, schlüpfte in eine Strumpfhose und zerrte eine Jeans darüber, zog zwei T-Shirts übereinander, obenauf einen Wollpullover und durchquerte das Wohnzimmer zum Bad, warf einen Blick in den Spiegel. Meine farblosen Wimpern wirkten nicht wie bei einem Nude-Model, sondern wie bei einem Gespenst. Trotzdem – zum Schminken blieb wirklich keine Zeit.

Kurz darauf fiel die Tür hinter mir ins Schloss, und ich stapfte über den mondbeschienenen Weg zum Hotel. Von weitem erkannte ich ein Taxi; neben dem Fahrzeug warteten drei Personen. Moment.

»Was soll das denn?«, fragte ich, als ich bei den Dreien angekommen war. Der Dritte war David, der mich genauso verblüfft ansah, wie ich ihn.

»Wüsste ich auch gern«, sagte er und sah Erik fragend an. Dann lächelte er mir zu. »Nicht, dass es mich stören würde, dass du mitkommst. Ich hab dich vermisst.«

»Hast du das?«, fragte ich.

Erik und Valerie tauschten Blicke. Es war ihnen anzusehen, wie unangenehm ihnen das Ganze war. Mir ging ein Licht auf. Valerie hatte *mich* als Beistand engagiert. *Er* David.

»Ihr seid doch verrückt«, meinte ich kopfschüttelnd und deutete auf das Taxi, das mit laufendem Motor dastand. Der Fahrer rauchte ein paar Meter entfernt eine Zigarette.

Valerie setzte sich rechts, ich mich links neben David auf die Rückbank. Erik setzte sich nach vorn.

Wir schnallten uns an, und David raunte mir zu: »Wieso benehmen wir uns schon wieder so?«

»Wie? So?«, stellte ich mich blöd.

»Na ja«, er kratzte sich den stoppligen Bart, »es war doch eigentlich total nett, besonders, nachdem wir in Salzburg waren.«

Nett.

»Es ist doch immer noch nett«, gab ich zurück. »Besonders die Art und Weise, wie du Jan, Svea und Josefin meine Verfassung am ersten Tag beschrieben hast. Als ich so fertig war, dass ich kaum gerade stehen konnte. Das war das Netteste, was ich seit langem über mich gehört habe.«

David blies die Wangen auf und schwieg.

Shit, diese grauen Augen machten mich noch völlig fertig. Dabei war ich wirklich sauer auf ihn. Und verunsichert. Das, was ich gestern bei seinem Telefonat auf dem Balkon belauscht hatte, fiel mir wieder ein. Noch immer konnte ich nichts davon einordnen.

»Übrigens«, sagte ich jetzt, »das mit dem Sonderkonzert für Hannah und ihre Mutter geht klar.«

David sah mich verblüfft an. »Ehrlich?«

Ich nickte und sah aus dem Fenster. Der volle Mond schien schon jetzt beeindruckend hell. Die verschneiten Zypressen zu unserer Rechten warfen Schatten. Das Taxi brachte uns aus dem Ort in Richtung Heilstollen, doch kurz vorher ging es eine Passstraße hinauf nach Sportgastein. An einer Mautstation zeigte der Taxifahrer einen Ausweis, und man winkte uns durch.

»Sieht das schön aus«, bemerkte Valerie und deutete durch die Windschutzscheibe nach draußen.

Links lag die Liftstation mit kuppelartigem Eingang im Mondlicht, weiter oben bot sich uns ein faszinierendes Bild: Auf einem Platz hatte man Feuerschalen verteilt, die eine lange Tafel flankierten und in feierliches Licht tauchten. Auf den mit weißer Tischwäsche gedeckten Tischen brannten unzählige Kerzen. Über den Stuhllehnen hingen

Wolldecken. Dahinter lag das beleuchtete Restaurant, dessen Küche uns beim Dinner verwöhnen würde.

Das Taxi hielt, und wir kletterten aus dem Wagen.

David, der hinter mir ausgestiegen war, nahm mich am Arm. »Sorry«, meinte er leise und setzte ein zerknirschtes Gesicht auf. »Ich wollte dich nicht kränken.«

Ich zuckte mit den Schultern, hatte nur einen Blick für die wundervolle Umgebung.

Der tiefschwarze Sternenhimmel senkte sich wie ein Zelt über die umliegenden Berge; die schneebedeckten Gipfel reflektierten den Mondschein. Jemand stimmte die Saiten einer Gitarre. Es roch nach Lagerfeuer und Kerzenwachs, darüber schwebte der Duft nach Kräutern und Gebratenem. Ganz gleich, wie dieser Abend verlaufen würde: Dieses Ambiente machte alles wett.

Ein Kellner begrüßte uns mit heißem Punsch, und wir vier stießen miteinander an. Valerie war so begeistert von allem, dass sie kurz davor zu sein schien, auf und ab zu hüpfen; allein der volle Becher in ihrer Hand hinderte sie daran.

Ich war dankbar für die Ohrenschützer und dicken Handschuhe; einzig an den Beinen fror ich trotz Strumpfhosen. Ich rubbelte mir die Knie und nippte an meinem Punsch. Er schmeckte herrlich fruchtig mit einer angenehm bitteren Note. Als ich den Kopf zu David umwandte, bemerkte ich, dass er mich anstarrte. Tiefe Ratlosigkeit lag in seinem Blick.

Ich sah wieder fort und deutete auf die Stuhlreihen am Tisch. »Wollen wir uns setzen?«

Valerie stapfte auf die Mitte der Tafel zu und zeigte auf vier einander gegenüberliegende Plätze. »Die wären doch gut. Vielleicht stoßen noch andere nette Leute dazu.«

David und ich setzten uns nebeneinander, uns gegenüber nahmen Valerie und Erik Platz. Davids Bein berührte meines, und er zog es fort. In der Nähe rauchte jemand eine Zigarette.

Ich sah David fragend an. »Hast du eigentlich weiter durchgehalten, nicht zu rauchen?«

Er grinste stolz. »Jawohl.«

»Was war der Anlass aufzuhören?«, fragte Valerie.

»Braucht man einen Anlass, um sich das Rauchen abzugewöhnen?«, schaltete Erik sich ein. »Sind Gesundheit und die Tatsache, dass es stinkt, nicht Grund genug?«

»David hat kaum gestunken«, widersprach ich.

»Kaum also.« David trank einen Schluck.

Neben uns nahm eine Gruppe älterer Herrschaften Platz und grüßte freundlich.

»Hast du denn gar kein Laster?«, fragte ich Erik. »Keine Leidenschaften, die nicht durchweg positiv sind?«

Valerie betrachtete ihre Hände.

»Laster?«, fragte Erik. »Jede Menge.«

»Und die wären?«

Er warf Valerie einen flüchtigen Blick zu. »Ich arbeite zu viel.« Er nickte nachdrücklich. »Viel zu viel.« Nun sah er in die Luft und fuhr fort: »Ich nehme die meisten Dinge zu ernst, vor allem mich selbst. Sogar Hobbys verfolge ich verbissen. Ich besitze zum Beispiel eine sonnengelbe Ente, bei der ich wahrscheinlich mehr Zeit darauf verwende, sie zu polieren, als sie zu fahren.«

»Erik ist sehr reinlich«, bestätigte Valerie und legte eine Hand auf seinen Arm. »Er putzt gern.«

David grunzte. »Das mit dem Auto kann ich gut verstehen. Ich bin da auch sehr kleinlich.«

Valerie gackerte, und ich verkniff mir bei der Erinnerung an die Müllhalde in seinem Wagen ein Lachen.

»Wenn du ein Bild von deiner Zukunft malen könntest«, wandte ich mich wieder an Erik, »wie sähe die aus?«

»Ich würde weniger arbeiten und dafür mehr Sport treiben.«

Valerie wischte ein paar unsichtbare Krümel vom Tisch. Ging ihr meine Fragerei zu weit? Sie hätte sich wahrscheinlich erhofft, auch in diesen Plänen vorzukommen. Aber bestimmt tat sie das. Er hatte sie nur gerade nicht erwähnt.

Der Gitarrenspieler stimmte ein Lied an. Für einen Moment lauschten wir dem angenehmen Klang seiner Stimme. Als mein Handy in meiner Tasche zu klingeln begann, sah ich mich peinlich berührt um. Das Gedudel störte das Spiel des Singer-Songwriters; ich kramte in den Tiefen meiner Handtasche, bis ich das Gerät endlich zu fassen bekam und drückte auf den grünen Hörer. Zu spät registrierte ich den Namen, den das Display meldete.

Ich presste das Gerät ans Ohr und vergrub mein Gesicht in der Armbeuge. »Hallo Robert, was gibt's?«, flüsterte ich.

»Hi, wo steckst du gerade? Störe ich?« Seine Stimme klang belegt, wie durch Watte.

»Ich bin mit ein paar Leuten bei einem Vollmond-Dinner, oben auf dem Berg.«

»Das klingt nett.«

»Ist es auch. Wieso rufst du an?«

»Was sagst du?«

Ich sprach etwas lauter. »Weshalb du anrufst? Ist was mit Marc?«

»Nein, nein. Keine Sorge. Marc ist wohlauf.«

Ich lauschte angestrengt. Die Verbindung war schlecht. »Könnten wir vielleicht morgen telefonieren?«

»Es geht ganz schnell, Mona. Ich wollte dir nur Folgendes sagen: Es wäre gut, wenn du bald nach Hause kommen könntest. Morgen oder spätestens übermorgen wäre super.«

»Was? Warum das denn?«

David legte unter dem Tisch seine warme Hand auf mein Knie, und ich sah ihn überrascht an.

»Du machst mich ganz nervös mit deinem Gewippe«, flüsterte er. »Halt doch bitte mal das Bein still.«

Ich verdrehte die Augen und versuchte, mich auf das Telefonat zu konzentrieren. Und nicht zu wippen. David nahm die Hand wieder fort.

»Bist du noch dran, Mona?«

»Ja!« Ich sprach nun doch etwas lauter. Die Gespräche an den Tischen hatten ebenfalls wieder eingesetzt, der Sänger machte eine Pause. Anscheinend wurde gleich der erste Gang serviert.

»Warum soll ich kommen, Robert?«

»Mich hat es total erwischt, ich lieg flach. Wir brauchen dich, du musst einspringen. Catalyn schafft das noch nicht allein. Ich buch dir einen Rückflug. Okay?«

Immerhin fragte er. Ich sah in die Runde. Hinüber zu Erik und Valerie, die erwartungsvoll den Bedienungen entgegensahen, die mit Tellern beladen aus dem Lokal traten und den ersten Gang servierten. Zu David, der so tat, als studiere er die Menükarte.

»Na ja. Im Grunde hält mich hier nichts«, sprach ich in den Hörer. »Ich hab auch alles erledigt, was zu erledigen war.«

Wieder war da Davids Hand an meinem Knie. Erstaunt sah ich ihn an. Ich hatte nicht gewippt!

»Das stimmt doch gar nicht«, widersprach er. »Die schönen Tage fangen gerade erst an.«

Eine Bedienung reichte uns unsere Teller, und David nahm meinen entgegen, stellte ihn vor mir ab.

»Hör mal, Robert«, raunte ich in den Hörer. »Ich melde mich später noch mal. Hier kommt gerade das Essen.«

»Sag mir nur: Ja oder Nein?«

Ich schielte zu David, der mich noch immer fixierte. »Bleib«, formten seine Lippen. Das b am Ende des Wortes formte einen Hauch von einem Kuss. Seine Augen sahen mich flehend an. Eine Gänsehaut breitete sich über meine Arme und meinen Rücken aus.

»Ich melde mich spätestens morgen«, blieb ich Robert eine Antwort schuldig und legte auf.

David nickte fast unmerklich. Dann sagte er leise: »Danke. Wir beide müssen unbedingt reden.«

27

Der Mond stand senkrecht über uns und erleuchtete die Ebene taghell, als wir gegen dreiundzwanzig Uhr aus dem Restaurant stolperten, wo wir die Hauptspeise und das Dessert eingenommen hatten. Ich betrachtete das landschaftliche Bild wie ein Gemälde, wollte es mir für immer einprägen.

David trat hinter mich und legte sein Kinn auf meine Schulter. »Bitte bleib«, wiederholte er seine Bitte von vorhin. Beim Hauptgang war ich seinen Augen immer wieder ausgewichen. Ja, auch ich wollte gern endlich mit ihm reden. Ich blickte immer weniger durch.

»Nenn mir einen vernünftigen Grund, weshalb ich meinen Job riskieren sollte«, erwiderte ich und rührte mich nicht. Falls er meinte, ich würde ihm ein zweites Mal in die Falle gehen und dann morgen wieder wie ein begossener Pudel in einer Kutsche oder sonst wo herumsitzen und mich fragen, was ich falsch verstanden hatte – ohne mich. Schon das Telefonat mit seiner Schwester vorhin hatte bewirkt, dass ich überhaupt nichts kapierte. Und dieses Kinn-auf-der-Schulter-Abstützen hatte zwar etwas Vertrautes. Gleichzeitig aber etwas Kumpelhaftes. Seinen wohlig männlichen Geruch ertrug ich kaum. Allein der Gedanke an seinen Mund, so nah an meinem Ohr …

»Ganz einfach«, beantwortete er meine Frage, »weil du hier noch nicht fertig bist. Wir müssen erst noch ein Missverständnis klären.«

Nun wandte ich doch den Kopf, dabei berührten sich für eine Millisekunde unsere Nasenspitzen. »Jetzt bin ich aber gespannt.«

Er trat hinter mir weg und stellte sich vor mich. Der Mond warf ein silbriges Licht auf sein Gesicht. »Ich wollte es dir schon den ganzen Abend sagen. Du siehst heute Abend bezaubernd aus.« Er winkte ab. »Eigentlich immer. Aber gerade besonders. Wie eine Elfe.« Er zeigte zum Himmel. »Der Mond lässt deine Wimpern silbern schimmern. Ich weiß nicht, ob dir das bewusst ist.«

Ich schluckte und schwieg. Ich konnte noch nie besonders gut mit Komplimenten für mein Aussehen umgehen. Ich bevorzugte Schmeicheleien, die sich auf meine Fähigkeiten im Job bezogen. Denen konnte ich wenigstens Glauben schenken. Jedenfalls bis zum Sommer.

»Es geht nicht darum, ob du deinen Job riskierst«, kam David endlich zurück zum Thema, »immerhin hat dein Chef dir diesen Urlaub selbst verordnet – weil er sich ernsthaft um deine Gesundheit sorgte, nehme ich an?«

»Aber ich habe ihm und meiner Familie Fotos geschickt, auf denen es den Anschein erweckt, als sei ich in bester Verfassung.«

»Und – bist du das?«

»Weiß nicht.« *Und daran bist du nicht ganz schuldlos.*

Er sah leider auch sehr gut aus. Diese Mundpartie, die ständig ein Lächeln zu umspielen schien, die gerade Nase, die grauen Augen mit den langen Wimpern ... Er war unumstritten ein schöner Mann.

Ich räusperte mich. Gedanklich waren wir meilenweit vom Thema abgekommen. »Welches Missverständnis meinst du?«, fragte ich wieder.

»Das von Heiligabend.«

Mein Herz klopfte. Wir bewegten uns auf dünnem Eis. Sollte er erklären, worum es ging. Vielleicht meinte er etwas ganz anderes als ich.

»Ja?«, tat ich verständnislos.

David leckte sich über die Lippen. »Es kann natürlich sein, dass ich mich gerade lächerlich mache, aber ...« Er fuhr sich mit der Hand unter die Mütze und kratzte sich am Kopf.

»Ja?«, fragte ich wieder. Sollte er ruhig zappeln. Ich hatte immerhin auch gezappelt, als wir mit der Kutsche fuhren und er mich anschließend vor Svea, Jan und Josefin bloßstellte. Ich wollte nicht nachtragend sein, aber dieses Erlebnis hing mir immer noch nach.

»Ich habe deine plötzliche Verabschiedung an Heiligabend falsch interpretiert.«

»Okay.«

David schnaubte. »Wie du schaust. Als ob du dir keinen Reim auf das machen kannst, was ich da sage.«

Ich verschluckte ein Lachen. »So ungefähr.«

David holte tief Luft. »Ich dachte, dass ich dir an Heiligabend mit meinem Geschenk zu nahe gekommen bin und du deshalb gegangen bist.«

»Hmhm.«

Er legte den Kopf schräg. »War das so? Oder warst du wirklich und wahrhaftig müde?«

Mein Herz klopfte wie wild. »Nicht nur«, erwiderte ich zaghaft.

»Was war noch?«

Ich sah über meine Schultern zu den anderen, die eben in das wartende Taxi einstiegen. »Ich konnte die Situation mit Josefin nicht einschätzen. Deshalb.«

»Mit Josefin?«

Ich schürzte die Lippen. »Aber jetzt tu doch nicht so. Dass sie dauernd auftaucht und deine Nähe sucht ... was soll ich denn da denken? Außerdem«, beharrte ich, »war ich wirklich müde. Diese Tobias Föhring Sache schlaucht mich einfach.«

David faltete die behandschuhten Hände und sah mich eindringlich an. »Also wegen Josefin ... mach dir bitte gar keine Gedanken. Lass uns ganz bei uns bleiben, okay? Ich dachte wirklich, du wolltest mir mit deiner plötzlichen Verabschiedung zu verstehen geben, dass du Abstand halten möchtest. Dass ich mit den Ohrringen zu weit gegangen bin. Ich konnte die halbe Nacht nicht schlafen, weil ich nur an dich denken musste. Ich hatte sie dir doch geschenkt, weil ich dir zeigen wollte, dass ... ich dich mag. Aber als du dann gegangen bist, da dachte ich, dass es vielleicht nicht auf Gegenseitigkeit beruht.«

Erst jetzt fiel mir auf, dass der Schmuck gar kein Schmiergeld wegen Tobias Föhrings Auftritt im Krankenhaus hätte sein können. David hatte ihn ja gekauft, *bevor* wir nach Salzburg gefahren waren. »Du musstest die halbe Nacht an mich denken und hast es zugelassen, dass Josefin sagt, die Ohrringe seien nur ein Dankeschön gewesen? Das hast du einfach im Raum stehen lassen.«

Er lächelte beschämt. »Immerhin hatten wir vorher schon mal beschlossen, Freunde zu sein, daran wollte ich wieder anknüpfen. Ich habe mir solche Mühe gegeben, die Fassade zu wahren, nachdem du an Heiligabend davongestürmt bist.«

Das hatte er also bei seinem Telefonat mit »so tun als ob« gemeint. Hatte er wirklich versucht, seine Gefühle vor mir zu verbergen? Ich fasste mir ein Herz. Wenn wir schon ehrlich miteinander sprachen, dann richtig.

»Es könnte sein, dass die Idee Freunde zu sein, die bessere ist. Wir wohnen vierzehnhundert Kilometer voneinander entfernt. Uns bleiben nur noch wenige Tage. Außerdem ist mein Job in Gefahr, wenn ich hierbleibe.«

David nahm mich bei den Schultern. »Dein Chef blufft doch nur, Mona. Wie könnte er auf dich verzichten? Das kann ich mir nicht vorstellen. So, wie du dich in alles reinkniest.« Er schüttelte den Kopf. »Du hast Erik gefragt, wie er sich ein Bild von seiner Zukunft malen würde. Kommt bei dir selbst nur die Arbeit in diesem Bild vor?«

Das Taxi hupte, und wir wandten die Köpfe.

»Aber mein Boss liegt krank im Bett. Er braucht mich.«

»Gibt es gar niemanden, der einspringen kann?«

»Doch. Die Praktikantin. Aber es könnte sein, dass sie mir meine Position streitig macht. Sie sägt an meinem Stuhl.« Das war gar nicht der dringlichste Grund. Wenn ich ganz ehrlich zu mir war, dann lag es daran, dass ich so schwer nein sagen konnte. Und auch wenn es mir hin und wieder gelang, so wurde ich doch immer wieder rückfällig. Mein Pflichtgefühl und mein Hilfebedürfnis waren überproportional ausgeprägt. Es war wie eine Krankheit.

David schien das ganz ähnlich zu sehen.

»Denk mal an dich«, beharrte er. »Du musst dich endlich erholen, sonst bist du die Nächste, die flach liegt. Das kann er doch nicht wollen.«

Ich seufzte. »Du hast ja recht.« Allein, wenn ich an Davids Fürsorglichkeit auf dem Sofa dachte ... das war schon sehr verlockend.

Seine Augen leuchteten. »Heißt das, du bleibst?«

»Ich brauche einfach nur, dass du mich festhältst«, sagte ich leise.

Ich fühlte mich in der Schwebe wie eine Schneeflocke, die zu leicht war, um zu landen. Mehr als einander zu halten, wollte ich nicht.

David gab mir einen Kuss auf die Stirn und schloss mich fest in seine Arme. »Da sind wir schon zwei«, flüsterte er.

AUF DER RÜCKFAHRT sprachen wir vier nicht viel. Der hell scheinende Vollmond schien uns zu begleiten – auch Bad Gastein und der Hotelparkplatz waren in gespenstisch helles Licht getaucht. Unsere Körper warfen Schatten im Schnee.

Vor Valeries und Eriks Apartmenttür wünschten wir uns eine gute Nacht, und Valerie war feinfühlig genug, die Tür hinter sich zu schließen. Ich sah ihr an der Nasenspitze an, dass sie gern erfahren hätte, ob David und ich uns ebenfalls verabschieden würden. Vor unseren Türen sahen wir einander verlegen an.

»Zu mir oder zu dir?«, fragte David lächelnd.

»Zu mir?«, schlug ich vor und steckte den Schlüssel ins Schloss. Scheu traten wir ein.

»Einen Tee?«, fragte David und ging, ohne eine Antwort abzuwarten, in meine Küche.

Ich entzündete derweil den Kamin und trat dann hinter David, umarmte seinen Brustkorb und legte meine Wange auf seinem Rücken ab, blieb einfach so stehen.

Er rührte sich nicht. Wir atmeten im Einklang miteinander.

»Du bist wie eine Batterie, weißt du das?«, flüsterte ich schließlich. »Sobald ich dich berühre, fließt etwas von deiner Kraft in mich.«

David löste meine Finger vor seiner Brust und wandte sich zu mir um. Ernst sah er mich an. »Das geht mir ganz genauso. Ohne dich hätte ich das mit Hannah nicht geschafft. Das Rauchen hätte ich bestimmt auch nicht sein lassen können. Und ich hätte mir niemals vorstellen können, mit einer so interessanten Frau wie dir die Verabredung zu treffen, ›zu ihr‹ zu gehen, und von dem Gedanken beseelt zu sein, dass man sich einfach nur festhält.«

Wispernd entgegnete ich: »Ich hoffe doch, das wir uns auch küssen werden?«

David sah mich so liebevoll an, dass es mir das Herz zusammenzog. »Ich werde dich heute Nacht so viel küssen, bis uns der Mund wehtut, versprochen.«

Mit diesem Worten nahm er mein Gesicht zwischen seine Hände. Ich schloss die Augen und reckte mich ihm entgegen. Unsere Lippen begegneten sich so zart und weich wie bei unserem allerersten scheuen Kuss auf dem Sofa, sodass mir ein Schauer über den Rücken lief. Nun zog David mich an sich, presste seine Lippen fester auf meine. Einander immer wieder küssend stolperten wir zu meinem Sofa. Staunend sahen wir uns an.

»Du riechst so gut«, flüsterte David jetzt und verbarg seine Nase in meinem Haar. »Schon als ich mich an unserem ersten Abend zu dir an den Zweiertisch gesetzt hab, hat mich dein wundervoller Geruch fast umgehauen.«

Sollte ich ihm sagen, dass sein Geruch nach Aftershave, Zigarettenrauch und Weizenbier mich ebenfalls erotisiert hatte? Obwohl ich es nicht einmal vor mir selbst hatte zugeben wollen.

Sein Atem kitzelte an meinem Hals, und ich reckte mich ihm entgegen, führte seine Hand zu meinem Busen. Dahin war mein Vorsatz, einander nur festzuhalten.

David schien es genauso zu gehen. Seine Lippen

streiften meine Augenlider. Kleine, unendlich zärtliche Küsse bahnten sich ihren Weg bis zu meinen Ohren. Mit der Zungenspitze fuhr er an meiner Ohrmuschel entlang, verweilte dort, während seine Finger wie flüchtig durch den Stoff meines Pullis meine Brustwarzen umspielten, dann an meiner Taille weiter streichelten, bis hin zu meinem Po. Vorsichtig packte er zu. Ich presste meine Scham gegen seinen Hosenschritt, spürte, wie hart er war. Behutsam legte ich meine Hand auf die Wölbung und drückte sachte zu. Ein Stöhnen entwich Davids Kehle. Er öffnete meine Beine fuhr sachte mit der Hand über meinen Schritt.

Ich seufzte leise. Mein Gott, wie sehr ich diesen Mann wollte.

28

Am Morgen des CityIce-Cups weckte uns heftiges Klopfen an der Apartmenttür. Ich warf einen Blick auf meine Armbanduhr. Halb zehn. David sah mich von der anderen Seite des Bettes entzückend verschlafen an. Wir waren vom Sofa hierher gewechselt, nachdem mir im Wohnzimmer ein paarmal die Augen zugefallen waren.

»Guten Morgen.«

»Wer mag das schon wieder sein?«, murmelte ich und stieg aus dem Bett, schlüpfte in den Bademantel.

Entschlossen öffnete ich die Tür.

»Hi«, grüßte Valerie, »tut mir leid, falls ich störe.«

»Allerdings«, raunte ich ihr zu und deutete hinter mich ins Apartment, »David ist bei mir.«

»Also doch!« Ihre Augen weiteten sich. »So richtig? Also …«

Ich grinste vielsagend. Sollte sie doch denken, was sie wollte. »Willst du kurz reinkommen?« Ich schlang die Arme um mich.

Sie trat in den Flur und schielte zum Schlafzimmer. Schnell zog ich die Tür zu.

»Was gibt es denn nun?«, fragte ich leise.

»Es ist wegen Erik. Er hat sich mit Jan zum Wandern verabredet. Irgendwelche Vögel beobachten. Jan will ihm das Opernglas überlassen, um zehn wollen sie los. Ich soll alleine zu diesem Kletterdings gehen und die Aufnahmen für den Alpenverein machen.«

»Aber wieso das denn? Wir treffen uns vor Ort um vierzehn Uhr. So lange werden sie ja wohl nicht unterwegs sein.«

»Doch! Sie wollen durchs Kötschachtal, dort wo ihr mit Jan und Svea mit der Kutsche wart. Aber zu Fuß.«

Ich blies die Wangen auf. Erik delegierte seine Freundin zum Fotografieren und Filmen? »Und den Bericht?«, fragte ich, »den sollst wohl auch du verfassen?«

»Wo ich doch so gut schreiben kann, hat er gesagt«, murrte sie.

Ich streichelte ihr über die Schulter. »Weißt du, im Grunde kann es dir egal sein. Es ist *sein* Bericht, Valerie.«

In ihre Augen traten Tränen. »Ich glaube, wir sind am Ende. Ich verstehe ihn einfach nicht mehr.«

Ich kannte das nur zu gut aus meiner eigenen in die Brüche gegangenen Ehe. »Lass dir nichts anmerken«, riet ich ihr. »Du machst dich zu viel verrückt damit, was er möchte, und vergisst dabei dich selbst. Tu, was dir wichtig ist – er ist für sich verantwortlich. Schreib dein Buch, Valerie. Wenn du es *nicht* tust, wirst du es ihm wahrscheinlich irgendwann vorwerfen.«

»Ich will doch nur, dass er glücklich ist.«

»Du kannst andere nicht glücklich machen, wenn sie aus einem Grund unzufrieden sind, der nichts mit dir zu tun hat. Und dass du ein neues Buch schreibst, muss er einfach akzeptieren. Du könntest genauso gut ein anderes Hobby haben, wie Häkeln oder Klavier spielen; beides kann auch viel Zeit in Anspruch nehmen. Er ist doch kein kleines Kind, das ständig die Aufmerksamkeit seiner Mama braucht.«

Valerie wischte sich eine Träne aus dem Augenwinkel. »Ich freu mich so, dass es mit dem Schreiben endlich wieder fließt, weißt du. Aber er zeigt mir andauernd, dass er es nicht gut findet.«

»Und dann haut er zum Vögelbeobachten ab, damit du mit ihm beschäftigt bist und nicht mit deiner neuen Geschichte. Das ist doch albern.«

Sie lächelte zaghaft. »Stimmt schon.«

Wir verabschiedeten uns, und ich bat sie eindringlich, später ins Dorf zu kommen. Eriks Kamera sollte sie aber bitte zu Hause lassen.

Ich schloss die Tür und huschte zurück ins Schlafzimmer zu David unter die Decke. Er lag mit dem Rücken zu mir, anscheinend war er nach dem Pochen an der Tür wieder eingeschlafen. Meine Zehen waren eisig kalt, und ich schob sie ihm zwischen die Oberschenkel.

David zog scharf die Luft ein und drehte sich zu mir um, umfasste meine Füße mit seinen Händen und wärmte sie. »Na Frau Psychologin«, neckte er. »Hast du der Valerie ein paar Beziehungstipps gegeben?«

Ich blinzelte peinlich berührt. »Bin ich zu weit gegangen? Ich habe nur meine Meinung gesagt.«

Er schüttelte den Kopf. »Du liegst genau richtig, finde ich. Erik ist so ein Typ, der gern die Nase vorn hat. Und wenn das nicht klappt, wird er grantig.«

»Und du?«, fragte ich. »Wenn bei dir etwas nicht gelingt, wirst du auch griesgrämig?«

»Nein, das kann ich vertragen. Aber wenn ich einen Fehler mache, bei dem andere zu Schaden kommen, wirft mich das schon aus der Bahn.« Er sah mich treuherzig an.

»Oder wenn ich eine zauberhafte Frau immer wieder verprelle, obwohl sie mir eigentlich unmissverständlich zeigt, dass sie mich gar nicht so grantig findet wie vorgegeben. Dass jemand mich trotz meiner Mängel mögen könnte, kann ich mir dann manchmal nicht so gut vorstellen.«

»Keiner ist ohne Fehler«, entgegnete ich bedeutungsvoll.

»Dann verzeih dir doch auch endlich deine«, erwiderte David und zog mich an sich.

Ich sah in seine grauen Augen, betrachtete die festen Lippen, den dunklen Bartschatten und verbannte den Anflug von Traurigkeit darüber, dass wir uns bald trennen mussten. Nach dieser Nacht, in der wir einander so nah gewesen waren, fühlte ich mich unendlich mit ihm verbunden.

Ich reckte mich ihm entgegen, und wieder küssten wir uns innig. Meine Hände fuhren über seine behaarte Brust und an seinem Rücken entlang bis zu seinem festen Po, der so verlockend nah war. David riss sich los und sah mich atemlos an.

»Mona«, stöhnte er, »ich hatte nur diese beiden Kondome. Und wenn du jetzt noch weiter ... dann kann ich für nichts garantieren.«

Er sah mich so verzweifelt an, dass ich lachen musste. Dabei ging es mir ganz genauso wie ihm. Doch die Sache jetzt hinauszuzögern, diese Spannung zwischen uns auszukosten, war auch ein Genuss. Und schwanger werden wollte ich ganz gewiss nicht.

»Hast du Lust auf ein Frühstück im Speisesaal?«, fragte ich schnell. »Das kühlt uns beide wieder etwas runter.«

David lachte auf und gab mir einen letzten sehnsüchtigen Kuss. Jetzt deutete er unter die Bettdecke. »Ich warte aber noch kurz mit dem Aufstehen, bis sich der hier beruhigt hat, sonst könnte es peinlich werden.«

Seine Worte kitzelten zwischen meinen Beinen. Wehmütig sah ich ihn an.

Mein Magen knurrte vernehmlich, und David lachte. »Lass uns frühstücken, okay? Was habe ich schon gegen Eier mit Speck zu bieten?«

AM FRÜHSTÜCKSTISCH TRAFEN wir auf Svea und Valerie. Die Frankfurterin sah nicht mehr ganz so niedergeschlagen aus wie vorhin. Sie knabberte an einem Croissant und sah David und mir sogar lächelnd entgegen.

»Eigentlich schade, dass ich nicht über euch beide schreibe. Dann hätte ich wenigstens mein Happy End sicher.«

»Meinst du?«, fragte David und nahm neben ihr Platz. »Vielleicht waren wir ja auch ganz brav.« Er warf mir einen anzüglichen Blick zu.

Svea kicherte und rührte in ihrem Kaffee. »Bitte verschont uns mit Details.«

»Im Gegenteil«, widersprach Valerie, »ich möchte alles genau wissen.«

Ich verdrehte die Augen und goss mir und David aus der Thermoskanne Kaffee ein. Bei der Bedienung bestellte ich Eier mit Speck. David tat es mir gleich.

»Jan hat also auch keine Lust, mit zum CityIce-Cup zu gehen?«, erkundigte ich mich bei Svea.

Sie schüttelte den Kopf. »Solchen Trubel kann er nicht ab. Und ich eigentlich auch nicht. Ich werde den Tag im Saunabereich im Hotel verbringen und lasse mir heute Abend von euch berichten, wie es war.«

»Ich werde Svea Gesellschaft leisten«, meinte Valerie. »Erik kann mir gestohlen bleiben.«

Ich nickte beeindruckt und nahm die Eier mit Speck

von der Bedienung entgegen. Hungrig machte ich mich darüber her.

Während ich aß, spürte ich Davids Blicke auf mir. »Und was unternehmen wir beide bis heute Nachmittag?«, fragte er. »Ein paar Stunden hätten wir für einen Ausflug.«

»Keine Ahnung«, erwiderte ich kauend.

»Was haltet ihr von der Hängebrücke auf dem Stubnerkogel?«, schlug Valerie vor. »Dort könnt ihr auch ein Foto von euch machen lassen. Sie haben eine automatische Kamera.«

David nickte anerkennend. »Gar keine schlechte Idee. Dort oben wird heute wahrscheinlich nicht so viel los sein wie sonst.«

In seiner Annahme täuschte er sich allerdings, wie wir später feststellten. Trauben von Skifahrern warteten an der Gondelstation. Wir setzten uns nebeneinander und hielten Händchen, bis David aus dem Fenster der Gondel nach unten in den Ort zeigte. »Siehst du das dampfende Außenbecken dort auf dem Dach des Gebäudes gegenüber dem Bahnhof? Es gehört zur Felsentherme.«

Von dem Erlebnisbad hatte ich im Hotelprospekt gelesen. Ich zeigte über das Schwimmbad hinweg auf die andere Seite des Ortes. »Und da hinten ist unser Hotel.«

David nickte und sah mich liebevoll an. »Ich freu mich jetzt schon drauf, wenn wir wieder zurück sind.« Jetzt zeigte er in die Mitte des Ortes. »Da ist übrigens eine Apotheke.«

Ich schnaubte und stieß ihn in die Seite, wusste genau, worauf der anspielte. Schmetterlinge machten sich in meinem Bauch breit. Und ich sah ihm an der Nasenspitze an, dass es ihm genauso ging.

Auf den Aussichtsplattformen des Stubnerkogels konnte man bis zum Mont Blanc schauen. Nur wenige Fußgänger waren unterwegs, die meisten waren zum Skifahren hier oben. Vor der Hängebrücke warteten nur wenige, um darüber zu laufen. Ich hatte ein solches Stahlgerüst noch nie betreten und erwartete, dass es wackeln würde, doch so schlimm war es nicht. An der Stelle, an der man den von Valerie erwähnten Schnappschuss machen konnte, blieben wir stehen. Ich richtete meine Ohrenschützer und knetete mein Haar durch, dann grinste ich in die Kamera.

»Ich möchte, dass du mich küsst, jetzt und auf der Stelle.« David sah mich mit seinen grauen Augen sehnsuchtsvoll an.

Zaghaft lehnte ich mich zu ihm hinüber und vergaß all die anderen Menschen um uns herum. Spürte nur Davids warme, weiche Lippen auf meinen und seine Hand an meinem Nacken, als er mich noch ein wenig näher zu sich heranzog.

»He, ihr zwei!«, rief jemand, »ihr seid nicht alleine hier! Es wollen auch noch andere ein Foto machen!«

David ließ mich lachend los und deutete auf den Bildschirm vor uns. Ein schönes junges Paar stand eng umschlungen und küsste sich liebevoll.

Das waren wir.

29

Die Straßen Bad Gasteins waren überfüllt mit Menschen. Dick eingepackte Fußgänger in Fellschuhen und Mützen drängten sich vor dem Kongresszentrum und auf dem Weg zu dem Hotel, zu dessen Füßen das ganze Spektakel stattfinden sollte. Hier war bald kein Durchkommen mehr. Im dicksten Trubel löste David sich von meiner Hand und bat mich, kurz auf ihn zu warten, er sei gleich wieder da.

Ich sah ihn in der Menge verschwinden. Lag in dieser Richtung die Apotheke? Ich grinste in mich hinein. Der Mann meinte es wirklich ernst.

Keine fünf Minuten später war er zurück und strahlte mich an. »Alles erledigt.«

»Was denn?«, neckte ich.

Täuschte ich mich oder bekam er wieder rote Wangen?

Unsere Verlegenheit überspielend, deutete ich in Richtung der präparierten Felswand. »Sieht ja ganz schön professionell aus.«

Tatsächlich war der Fels mit einer dicken Eisschicht überzogen. Die Klettervorrichtungen im Fels lagen in

Abständen zueinander, bei denen ich mir nicht vorstellen konnte, wie die überhaupt jemand überbrücken sollte.

Tobias Föhring und seine Bandmitglieder waren sicher mit dem Aufbau der Technik beschäftigt. Das heimelige Gefühl, das in den letzten Stunden in mir Einzug gehalten hatte, wich der Aufregung. Es war nicht mein Event, ich hatte den Staffelstab der Organisation abgegeben, doch das hieß nicht, dass ich nicht mitfieberte. Im Gegenteil. Vor allem fieberte ich Tobias' Klettereinlage entgegen. Jetzt, wo er hier war, gab es eigentlich kein Zurück mehr.

Als ich Josefin zwischen Kletterern und Hilfskräften beim Hin- und Herflitzen entdeckte, löste ich mich von Davids Hand und arbeitete mich durch die Menge zu ihr durch.

»Hey«, sagte ich, als ich bei ihr anlangte, »läuft alles?«

»Ob alles läuft?« Sie verdrehte die Augen. »Der Tobias Föhring hat mich heut schon in aller Früh angerufen.« Sie sah mich vielsagend an. »Er hat sich den Knöchel verstaucht.«

»Wie bitte?«

Sie nickte. »Er wird zwar seinen Bühnenauftritt absolvieren, aber klettern kann er auf gar keinen Fall. Ich hab es schon durchgeben lassen – die Leut sind natürlich enttäuscht, aber andererseits auch froh, dass er wenigstens den Auftritt nicht auch noch absagen hat müssen.«

»Cool«, sagte ich und meinte damit, dass ich niemals auf eine solch einfache Lösung gekommen wäre. Eine kleine Lüge, und jeder hatte Verständnis. Im Gegensatz zu »Ich will nicht« klang »Ich kann nicht« viel besser. Was war Tobias Föhring doch gerissen.

»Und wo ist er jetzt?« Suchend sah ich mich um. Wo war denn die Bühne? Hier unten jedenfalls nicht.

Sie zeigte nach oben zum Ende der vereisten Kletterwand. Am Ziel hing die Kuhglocke, und darüber, am Straßenrand, war eine Plattform aufgebaut. Und da stand er. Hinter dem Geländer. Er trug eine türkisfarbene Schlumpfmütze und eine rote Steppjacke. Die anderen Bandmitglieder und Helfer organisierten den technischen Aufbau, einer schlug ein paar Akkorde auf der E-Gitarre, die bis zu uns nach unten schallten.

»Ich würde ihn gern mal begrüßen«, sprach ich gegen das Stimmengewirr um uns herum an.

Jetzt winkte sie David zu, der mit etwas Abstand auf mich wartete. »Dann müsst ihr halt außen herum«, erklärte Josefin und wies auf einen Weg, der nach oben führte. »Sag einmal«, meinte sie jetzt verschwörerisch. »Der schaut dich an, als ob der mit dir jetzt viel lieber woanders wäre, als hier.«

Peinlich berührt sah ich sie an, und sie knuffte mich in die Seite. »Ich hab's ja gewusst! Liebe überwindet alle Grenzen!«

Was hatte ich mir eigentlich eingebildet, zwischen den beiden zu sehen? Sie trippelte zu David und flüsterte ihm etwas ins Ohr, zeigte hinter sich auf das angrenzende Hotel. David hob die Augenbrauen und nickte beflissen. Was zum Teufel hatten sie verabredet?

Lange blieb mir allerdings keine Zeit, darüber nachzugrübeln, denn David nahm mich bei der Hand und zog mich mit sich die Treppe hinauf zu Tobias Föhring.

Und dann standen wir einander gegenüber, meine Hassliebe und ich. Tobias' blaue Augen passten hervorragend zu der türkisfarbenen Schlumpfmütze; die rote Jacke bildete einen tollen Kontrast. Einmal mehr verstand ich die Begeisterung, die junge Mädchen und gestandene Frauen für diesen Künstler hegten. Er hatte etwas Hypnotisches an sich. Ihn umgab eine unnahbare Aura. Für meinen

Geschmack allerdings etwas too much, ich mochte es bodenständiger.

»Du bist also die Frau, die mich in diesem Jahr schon so sehr in Atmen gehalten hat«, sagte er, nachdem wir uns mit Wangenkuss begrüßt hatten. »Und gut riechen tust du auch noch.«

David hob eine Augenbraue.

Tobias bemerkte seinen Blick und tippte seine beiden Zeigefinger aneinander. »Seid ihr ein Paar?«

David und ich sahen uns verlegen an.

»Oder hätte ich noch Chancen?«, fragte Tobias und schmiegte sich konspirativ an mich. »Ich stehe auf jeden Fall zur Verfügung.«

Ich sah ihn aus schmalen Augen an. Veräppelte er mich?

»Keine Angst, das sind nur die unbeholfenen Flirtversuche eines Weltstars mit dem Mädchen von nebenan«, warf einer seiner Bandkollegen ein und verdrehte die Augen.

Tobias gab mir einen spielerischen Klaps. »Ich muss dann mal die Stimme schonen.«

Als wir gingen, raunte ich David zu: »Was für ein Herzensbrecher. Meine Güte. Er meint wohl, er könnte jede haben.«

»Und – kann er?«

Ich tippte mir an die Stirn. »Sicher nicht.«

Er blieb stehen. »Auch nicht, wenn ich nicht hier wäre?«

Ich lachte auf und stemmte die Hände in die Hüften. »Was sollte das denn mit dir zu tun haben?«

David schüttelte den Kopf und griff nach meiner Hand. »Komm«, sagte er, »wir suchen uns einen Platz, von dem aus wir gut sehen. Josefin hat uns VIP Plätze reserviert.«

Gekonnt bahnte er sich seinen Weg durch die Menge. Ich glitt hinter ihm her wie ein Fisch durchs Wasser. Der warme Druck seiner Hand gab mir ein sicheres Gefühl wie einem Kind, das verloren zu gehen droht.

An der Rezeption des Hotels, auf dessen Grundstück das Event stattfand, nannte er unsere Namen, und man wies uns zu den Fahrstühlen. Von dort ging es zur hoteleigenen Dachterrasse.

Staunend trat ich nach draußen. Die Terrasse war der reinste Logenplatz. Sie befand sich direkt gegenüber der Eiswand mit erstklassigen Blick auf die Bühne. Außerdem waren die Startpositionen der Kletterer einzusehen. Zahlreiche VIPs tummelten sich hier in Gespräche vertieft. Eine männliche Bedienung reichte uns Sektkelche. Andächtig stießen David und ich an. Er warf mir einen tiefgründigen Blick zu, als jemand mich auf die Schulter tippte.

»Na, wer sagt's denn, die Mona Espenschied«, sagte Günter Binder und schüttelte mir und David, der sich ebenfalls kurz vorstellte, die Hand. »Wo ist denn unser anderer junger Bursche, der Erik?«

»Tja«, antwortete ich verlegen, »der hatte heute wohl etwas Besseres vor.«

In diesem Augenblick trat Tobias Föhring an den vorderen Rand der Bühne, und das Stimmengewirr der Besucher schlug in Jubel um, bis ein Schlag mit der E-Gitarre alle in erschrockenes Schweigen versetzte, das sofort wieder in Jubel überging.

Eines musste man sagen: Die Menge liebte ihn. Ob alle schon darüber informiert waren, dass er nicht klettern würde? Würden die Menschen »Klettern, klettern!« skandieren?

»Vielleicht habt ihr es schon gehört, Leute!«, rief er auch schon. »Aber meine Klettereinlage an diesem wunderschönen Event in diesem wundervollen Ort muss leider ausfallen!«

Die Menge johlte missmutig. Ein paar riefen: »Buh!«

»Ja, ich bin auch sehr traurig«, erklärte der Sänger und spielte dabei seine Rolle perfekt, »aber ich bin auf dem Weg hierher auf Glatteis ausgerutscht und habe mir den Knöchel verstaucht.«

»Zeigen!«, rief jemand.

Tatsächlich lupfte Tobias Föhring das Hosenbein und zeigte einen Verband, streckte den Fuß dabei aus und kam dem Abgrund dabei gefährlich nahe.

Ich hielt die Luft an. Er würde doch nicht –

Ein Aufschrei ging durch die Menge, als sein Bandkollege ihn beim Schlafittchen packte und nach hinten zog.

Ich fasste mir an die Brust und drehte mich zu David um, der mich amüsiert ansah und nur sagte: »Der Mann beherrscht sein Handwerk.«

Ich nickte und wandte mich wieder Tobias Föhring zu, der nun im Stakkato rief: »Meine sehr verehrten Damen und Herren, willkommen zum fünften CityIce-Cup in Bad Gastein!«

Die Menge jubelte, und ich warf ebenfalls die Arme in die Luft. Im selben Moment umarmte David mich von hinten und hielt mich fest. Mit seinem Kinn schob er den Schal an meinen Hals beiseite, und ich spürte seinen warmen Atem an meinem Nacken, seine Lippen an meinem Hals.

»Ich kann nicht mehr«, flüsterte er, »ich geb's auf. Wenn ich noch eine Sekunde länger warten muss, bis wir uns wieder nah sind, gehe ich in die Knie.«

Ich wandte mich um und betrachtete ihn staunend. Mir ging es ganz genauso wie ihm. Auch ich konnte nicht genug von ihm bekommen. Dass mein Herz für einen Österreicher schlug, war zwar absurd – ich hatte immer gedacht, dass kein anderer als ein Inselmensch zu mir passen könnte. Aber leugnen konnte ich es auch nicht mehr.

David nahm mein Gesicht zwischen seine Hände und senkte seine Lippen auf meine, ließ sie dort ruhen, wir regten uns nicht. Nur unsere Münder, die einander berührten, unser Atem, der synchron miteinander ging, bis sich unsere Lippen endlich zu einem Kuss formten, dem sofort der nächste folgte.

Als Tobias Föhring seinen ersten Song anstimmte, küssten wir uns noch immer. Ich hörte nichts mehr um uns herum. Jemand schob uns sachte beiseite.

Beim Ertönen der Kuhglocke, wandten David und ich endlich die Köpfe. Hatte die Quali etwa schon begonnen? David schlang wieder die Arme um mich, und wir sahen ungläubig zu dem Kletterer, der soeben am Ziel angelangt war, und dessen Ankunft nun mit einem Tusch begrüßt wurde.

»Das ist doch Erik«, murmelte David, und ich nickte staunend. O nein. Deshalb war er verschwunden. Er war gar nicht Vögel beobachten gegangen, sondern zur Quali. Deshalb hatte Valerie fotografieren sollen. Weil er nicht konnte. Und ich hatte es ihr ausgeredet!

Doch in diesem Moment entdeckte ich ihre unverkennbare, pinkfarbene Bommelmütze hinter der Absperrung am Fuß der Kletterwand, neben ihr Svea und Jan.

Die beiden winkten und jubelten, während Valerie ihren Freund dabei filmte, wie er sich mit mehreren Hopsern an der Eiswand entlang wieder abließ und sich am Fuß der Wand verbeugte.

»Willst du zu ihnen?«, fragte David in mein Ohr.

Ich lehnte mich an ihn und schüttelte den Kopf. »Lass uns zum Loft gehen«, schlug ich vor. »Dann sind wir wenigstens noch eine Weile ungestört.«

. . .

ALS ICH DIE Tür zu meinem Apartment entriegelte, trat David von einem Bein aufs andere und sah aus, als wollte er einen Rückzieher machen.

»Was ist?«, fragte ich.

Er schlängelte sich an mir vorbei ins Schlafzimmer und setzte sich auf die Bettkante. »Mir ist etwas eingefallen«, gestand er.

»Was denn?«

»Dein Chef.«

Ich setzte mich neben ihn und sah ihn forschend an. »Verstehe ich nicht.«

»Du hast mit ihm vereinbart, dass du spätestens heute entscheidest, ob du morgen nach Hause fährst, und jetzt kommt mir das Ganze hier vor wie ein Test.«

Robert hatte ich wirklich völlig vergessen. Aber jetzt Bad Gastein verlassen? Nichts lag mir ferner. Wie kam David denn auf so eine Idee?

»Warte einen Moment.« Ich langte nach meinem Handy und tippte eine SMS an Robert: **Meine persönliche Situation lässt es nicht zu, vorzeitig abzureisen. Es tut mir leid.**

Ich zeigte David die Nachricht, und er strahlte mich an. »Du bleibst?«, fragte er glücklich. »Wirklich?«

Dieser Mann war so wandelbar. Am ersten Tag so ein Ekelpaket und jetzt ein Mann in Angst vor Zurückweisung.

Ich nickte feierlich.

David griff nach dem Schokoladetäfelchen auf meinem Bett. »Ich brauche was Süßes«, murmelte er und öffnete das knisternde Papier.

Ich lachte lauthals. Zu gut erinnerte ich mich an die Gelüste nach Süßigkeiten, wenn mich der Drang zu rauchen überkommen hatte.

»Magst du die Hälfte?«, fragte David schuldbewusst und teilte das kleine Stück in der Mitte.

Lächelnd öffnete ich den Mund. Hm. Zartbitter. Ich ließ die Schokolade auf meiner Zunge zergehen, genauso wie David, der mich unverwandt ansah. Mit seinem Finger fuhr er eine meiner Augenbrauen nach.

»Die glänzen wie Gold«, wisperte er.

Ich schluckte und schloss die Augen.

Seine Fingerspitze strich zu meiner anderen Braue, verweilte auf ihr, und streichelte von dort weiter über meine Wange bis zu meinem Mundwinkel.

Die Schokolade schmolz noch in meinem Mund, eine zarte, cremige Masse.

Davids Finger fuhr weiter meine empfindsamen Lippenränder entlang. Leise stöhnte ich auf.

Er kam meinem Gesicht ganz nahe, bis er seine Lippen an meine legte, die Zungenspitze sanft hervorschob, auf der noch ein Rest Schokolade lag. Ich hätte niemals gedacht, dass Schoko so erotisch schmecken konnte. Meine Zunge kam seiner entgegen, und wir küssten uns intensiv, schmeckten uns und die verführerische Süße, unsere Zungen spielten miteinander. Hmhm.

»Das war gut«, hauchte ich, nachdem sich die Schokolade aufgelöst hatte.

»Willst du noch mehr?«

»Viel mehr«, seufzte ich glücklich.

30

Wir frühstückten mit Tobias und seinen Bandmitgliedern in deren Hotel unten im Dorf. Selbst durch die geschlossenen Fenster hörte man das gewaltige Hinabrauschen des Wasserfalls nach unten ins Tal.

Die neugierigen Blicke der Hotelgäste kannte ich schon. Viele Menschen konnten sich nicht vorstellen, dass es sich bei jedem noch so berühmten Künstler um eine ganz normale Person handelte, die ein Frühstücksei köpfte wie jeder andere. David sah sich immer wieder verstohlen um und schien erleichtert, als wir endlich in Richtung Salzburg aufbrachen.

Tobias war ausgesprochen wandelbar. Hatte er auf der hiesigen Bühne den coolen Rocker gemimt, sang er im Universitätsklinikum Salzburg nicht nur den angekündigten einen Song, sondern gleich drei seiner schönsten Balladen auf eine so berührende Art und Weise, die nicht nur Hannah und ihre Mutter, sondern auch alle anderen Gäste zu Tränen rührten.

Die Presse war ebenfalls erschienen – allein vier Tageszeitungen und ein Fernsehsender waren vertreten, und ich war sicher, dass Hannahs Mutter die Klage gegen David fallen lassen würde. Natürlich würde er eine Strafe bekommen, das schon. Aber vielleicht sah die Staatsanwaltschaft ein, dass er zutiefst bereute, was er getan hatte, und ließ mildernde Umstände walten.

So ähnlich war wohl auch Erik mit Valerie übereingekommen. Sie hatten sich offenbar wieder zusammengerauft. Er hatte sie mit seiner Aktion am CityIce-Cup mit seiner Teilnahme überraschen wollen. Als sie nicht aufgetaucht war, hatte er sie abgeholt und sich bei ihr für sein Benehmen der letzten Tage entschuldigt. Angeblich wollte er sie auch beim Schreiben ihres neuen Romans unterstützen. Am Ende belegte er sogar Platz siebzehn von zwanzig Teilnehmenden.

Die nächsten Tage verbrachten David und ich fast ausschließlich im Bett. Wir konnten und wollten nicht voneinander lassen, blieb uns doch gar nicht mehr viel Zeit, um einander auszukosten und uns bis in den letzten Winkel zu entdecken.

Es machte mir nichts aus, wenn er die Musik seiner Lieblingsband aufdrehte. Im Gegenzug spielte ich ihm meine vor. Wir liebten uns auf dem Sofa, im Bett und vor dem Kamin – einmal sogar in der Sauna, weil wir auch dort nicht voneinander lassen konnten. Was vielleicht auch an der Schokolade lag, die wir mit hineinnahmen und nicht nur im Mund behielten …

AN SILVESTER WARFEN wir uns alle für die Hotelgala in Schale. David trug das Outfit vom ersten Abend, ebenso wie ich – ich hatte ohnehin nur dieses eine schöne Kleid dabei. Diesmal durfte ich ihn unverhohlen bewundern. Die dunkelblauen Jeans mit den ausgetretenen Boots, dazu das weiße Hemd mit Jackett. Dass sein Brusthaar aus dem offenstehenden Hemd hervorblitzte, machte mich halb wahnsinnig.

»Meine Güte«, sagte Valerie irgendwann beim zweiten Gang unsers Silvester-Dinners, »ihr beide habt ja wirklich nur Augen füreinander.«

Beschämt sahen David und ich uns an und bemühten uns, den anderen wieder mehr Aufmerksamkeit zu schenken.

»Wie wäre es«, fragte Svea beim Nachtisch, »wenn ihr uns alle im Sommer mal auf Langeoog besucht? Im reetgedeckten Haus meines Großvaters ist viel Platz.«

Ich blies die Wangen auf, wusste ja nicht mal, ob es David und mir gelingen würde, uns regelmäßig auf meiner Insel zu treffen. »Vielleicht kommt ihr alle erst mal zu mir«, entgegnete ich, und Valerie sagte: »Frankfurt ist übrigens auch eine Reise wert.«

Erik schien gar nicht so begeistert von ihrem Vorschlag. Bei den beiden war ich mir nicht sicher, ob ihre Beziehung noch bis zum Sommer andauern würde. Ihre Liebe schien fragil.

Nach dem Essen spielte ein DJ die Hits der Neunziger, für die Kinder gab es eine eigene Disco. Als es auf Mitternacht zuging, drängten alle erhitzt nach draußen, um dem Feuerwerk beizuwohnen, das über dem Gasteiner Tal ein faszinierendes und farbenfrohes Schauspiel bot. Es war eine sternenklare Nacht. Wer hätte gedacht, dass die Alpen mich so überwältigen würden? Ich verstand jetzt, wieso dieser Mann mit seiner lauten Musik und dem zu mir herüberwehenden Zigarettenrauch mich so auf die Palme gebracht hatte. Weil ich von der ersten Sekunde an ahnte, dass ich mich in ihn verlieben könnte. Wie sehr hatte ich mich seit dieser ersten Begegnung davor gefürchtet, mein Herz zu verlieren. Und ich tat es noch immer.

David und ich lehnten Arm in Arm aneinander und rührten uns selbst dann nicht von der Stelle, als nur noch vereinzelter Goldregen vom Himmel regnete. Sollten wir einander ein »frohes neues Jahr« wünschen, wenn es doch so ungewiss war, wie es mit uns weitergehen würde? Uns trennten so viele Kilometer.

David presste schließlich seine Lippen auf meine. Er schlang die Arme um mich und drückte mich an sich, bis ich zitterte und die Tränen fortblinzelte.

»Ich wünsche mir etwas von dir«, flüsterte er.

»Und was?«

»Ich wünsche mir, dass du noch ein letztes Mal an meiner Apartmenttür klopfst. Und zwar genau so wie an dem Tag, als wir uns zum ersten Mal begegnet sind.«

Ich konnte nicht fassen, dass wir an dasselbe gedacht hatten. »Genau so?«

Er nickte und nahm mich bei der Hand, zog mich hinter sich her von der Terrasse nach drinnen, durch den Speisesaal, die Lobby und schließlich nach draußen bis zu unseren Lofts.

»Bin gleich wieder da«, hauchte ich und entriegelte meine Tür.

David öffnete seine eigene und schlüpfte hinein.

Keine fünf Minuten später steckte ich meinen Schlüssel in das Schloss seines Lofts und rüttelte kräftig daran.

Ich trug die Jogginghose und das Shirt mit dem rückwärtigen Etikett unterm Kinn. Die Haare hatte ich verwuschelt und unordentlich hochgebunden.

Die Tür ging auf, und da stand er. Er war in den Bademantel gehüllt, an den Füßen trug er die Frotteelatschen des Hotels.

»Kann ich Ihnen irgendwie helfen?«, fragte David, die Augenbrauen ärgerlich verzogen.

»Ich hoffe doch, dass Sie mir helfen können«, erwiderte ich mit einem unerprobten Augenaufschlag und trat einen Schritt näher. »Ich habe da dieses entsetzliche Sehnen nach Ihnen in mir. Nach Ihren Küssen und Ihrem erotischen Körper.« Spielerisch zog ich an der Kordel seines Bademantels.

David ließ sich nicht zweimal bitten. Zärtlich zog er mich an sich und küsste mich auf den Mund.

Es lag Abschied in diesem Kuss. Er schmeckte süß und bitter zugleich und hörte noch lange nicht auf.

ZEHN WOCHEN SPÄTER

Der Sand unter meinen Laufschuhen knirscht bei jedem federnden Schritt. Der kalte Märzwind pfeift an meinen Ohrenschützern und rüttelt an meiner windfesten Jacke, als wollte er sie mir vom Körper reißen. Ich friere – ganz im Gegensatz zu sonst. Um mir innerlich einzuheizen, stelle ich mir vor, wie es wäre, bei meiner Rückkehr von meiner Joggingrunde am Strand nach Hause ins Warme zurückzukehren und dort David auf mich wartend im Bett vorzufinden. Nun ja, in Wahrheit stelle ich mir das immer vor, wenn ich hier entlang in Richtung Prora jogge, nicht nur, wenn mir kalt ist. Und manchmal ist er ja sogar dort.

Gleich nach unserem Urlaub in Bad Gastein zum ersten Mal. An Neujahr ist er mit mir zurückgeflogen und hat noch drei Tage hier bei mir verbracht. Er wollte meine Insel kennenlernen und meine Familie. Meine Eltern und Marc mochten ihn sofort – auch wenn ich ihnen anmerkte, dass sie irritiert waren. Über meine Veränderung. Und über die Tatsache, dass ich mir – wie Marc sagte – einen »Alm-Öhi« angelacht hatte.

Danach besuchte ich David – ein Spontantrip nach Salzburg. Er stellte mich seiner Schwester Stefanie vor und zeigte mir die Stadt. Außerdem haben wir Hannah besucht. Sie ist inzwischen wieder zu Hause. Ihr Bein ist noch immer etwas unbeweglich, doch die Ärzte sind zuversichtlich, dass sich das mit der Zeit geben wird. Ihre Mutter hat wie erhofft die Klage gegen David fallen lassen. Dennoch wird es zu einer Verhandlung kommen – aber wahrscheinlich ist mit keiner hohen Strafe zu rechnen.

Inzwischen haben wir uns alle drei Wochen im Wechsel besucht. Zur Überbrückung bis zu unserem nächsten Treffen überlassen wir uns Kleidungsstücke voneinander. Getragene natürlich. In meinem Bett liegt derzeit das T-Shirt mit der Aufschrift »Niveau ist keine Creme«. Es riecht nach ihm durch und durch. Nach seinem herben Duft, der mich aus irgendeinem Grund in einen Geborgenheitstaumel versetzt, sobald ich daran schnuppere. So langsam verflüchtigt sich der Geruch. Ich brauche dringend Nachschub. Doch ein genaues Datum, wann wir uns wiedersehen, haben wir diesmal nicht vereinbart.

Ich solle warten und geduldig sein, sagt David. Er sei da »an etwas dran«.

Ich hoffe und bange, dass er zu mir ziehen will und vielleicht gerade dabei ist, sich hier auf der Insel einen Job zu suchen. Obwohl er den nicht einmal dringend bräuchte. Ich denke, von seinem Erbe könnte er sicher auch eine Weile leben, ohne Geld zu verdienen.

Mir gefällt Salzburg, so ist es nicht. Auch seine Schwester ist ein lieber Mensch, bestimmt könnten wir Freundinnen werden. Und eine Arbeit fände ich sicher auch. Aber Rügen verlassen …?

Ich jogge weiter, bis ich auf Höhe meiner Traumvilla ankomme.

Das »Zu-verkaufen«-Schild ist seit ein paar Tagen weg. Heute brennt sogar Licht. Ich lege keinen Stopp ein, sondern laufe weiter. Ich will gar nicht sehen, wer dort eingezogen ist und sich meinen Traum erfüllt. Inzwischen wünsche ich mir ja auch etwas anderes viel mehr. Wie schön wäre es allein, zu wissen, was aus mir und David wird.

Auf meinen Ohren singt die Sängerin von London Grammar »Rooting for you«, und er passt so sehr zu meiner Stimmung, dieser Song vom »Verwurzeln« mit jemandem. Seit ich David kenne, kann ich mir vorstellen, mit jemandem Wurzeln zu schlagen und nicht rastlos in meiner Arbeit aufzugehen.

An meinem ersten Arbeitstag habe ich Robert gebeten, zukünftig nur noch die Konzerte und Galas organisieren zu dürfen und die Hochzeitsgesellschaften und Firmenevents an Catalyn abzugeben. Ich mag Großereignisse ein bisschen mehr, habe lieber mit Profis als mit nervösen Bräuten und angespannten Schwiegermüttern zu tun. Oder mit Firmenbossen, die beratungsresistent dafür sind, dass man eine Firmenfeier nicht zwangsläufig funktional begehen muss, sondern sie durchaus in einem hübschen Ambiente ausrichten kann.

Glücklicherweise hat Robert sich darauf eingelassen, und auch Catalyn scheint froh über diese Aufteilung zu sein. Vielleicht ist ihr das mit den Konzerten auch noch eine Nummer zu groß. Immerhin hat sie an der Silvestergala gesehen, dass allein diese kein Zuckerschlecken war. Aber es ging alles gut – auch ohne meine Unterstützung.

Was das Sommerkonzert von Tobias Föhring betrifft: Robert und ich haben natürlich darüber diskutiert, ob ich die Organisation tatsächlich wieder in die Hand nehmen sollte. Aber da Tobias Wort hielt und darauf drängte, nur mit mir zusammenarbeiten zu wollen, blieb meinem Chef nichts anderes übrig, als seine Zustimmung zu geben. Abgesehen davon waren seine Zweifel glaube ich nur gespielt. Meine Angst, dass wieder etwas schiefgehen könnte, ist ohnehin verflogen. Auch der Knoten in meinem Bauch und die Flecken an meinem Hals sind nicht mehr aufgetaucht. Was ganz sicher daran liegt, dass ich mir die Wochenenden frei nehme, so wie andere Arbeitnehmer das auch tun. Ich habe ein paar alte Freundinnen kontaktiert und mich ins Leben zurückgemeldet. Das tut gut. Und es lenkt ab von meiner Sehnsucht nach David.

Eben kommen der Hundestrand und die dahinterliegende Strandmauer von Prora in Sicht, und ich verlangsame mein Tempo, mache meine Dehnübungen. Denke daran, wie es wäre, jetzt hier mit David entlang zu gehen und mit ihm auf die See zu schauen. Ihn im Rücken, würde ich den Kopf an seine Brust lehnen und auftanken. Jetzt würde mir das besonders gut tun. Mir ist noch immer so kalt, hoffentlich brüte ich nichts aus. Spontan beschließe ich, heute ausnahmsweise mit dem Bus zurück nach Binz zu fahren.

Ich nehme den Trampelpfad über die Dünen an der Station der DLRG vorbei und zwischen zweien der langgestreckten KdF-Bauten hindurch in Richtung Bushaltestelle.

Wenige Minuten später steige ich schwer atmend in den brummenden Omnibus und lasse mich auf einen Platz fallen.

An der Bushaltestelle am Binzer Bahnhof steige ich aus und biege bald darauf in die Hauptstraße ein, setze meinen Fußweg fort, studiere in gewohnter Weise die Kennzeichen der geparkten Autos und stelle wieder einmal fest, dass sich zurzeit kaum Urlauber in Binz aufhalten.

Als vor mir ein Auto am Straßenrand mit österreichischem Kennzeichen zum Stehen kommt, halte ich abrupt an. Ein S für Salzburg. Irritiert lese ich die Buchstaben- und Zahlenkombination. Es ist ein dunkler BMW, dasselbe Modell wie ... In diesem Moment geht die Fahrertür auf, und David steigt aus.

Mit offenem Mund starre ich ihn an. »Das kann doch nicht wahr sein«, stammle ich.

»Mehr fällt dir nicht ein?«, fragt mein Liebster und tritt näher. Jetzt lacht er. »Wie kannst du mit dem Bus fahren? Angeblich läufst du doch beide Strecken? Ich habe dir am Strand aufgelauert wie ein Triebtäter, wollte dich auf deinem Rückweg abfangen, und da rennst du über die Dünen davon zur Bushaltestelle.«

Er schüttelt den Kopf, als wäre ich vor ihm geflüchtet, dabei ...

Endlich falle ich ihm um den Hals. »Aber ... seit wann bist du denn hier?«, frage ich und übersähe sein Gesicht mit Küssen.

Er grinst verschmitzt. »Seit vorhin. Ich bin durchgefahren.«

»Du bist doch verrückt.«

Jetzt nimmt er meine Hand. »Ich wollte dich überraschen.« David zeigt auf seinen Wagen. »Ich habe ihn extra sauber gemacht, steig ruhig ein.«

»Wo fahren wir denn hin?«, frage ich und deute die Straße hinunter. »Ich wohne doch gleich hier vorn.«

Er lächelt. »Aber nicht mehr lange.«

Klopfenden Herzens steige ich neben ihm ein. Mir ist gar nicht mehr kalt. Im Gegenteil, ich schwitze.

Während David den Wagen wendet und zurück auf die Hauptstraße lenkt, lege ich ihm die Hand auf den Arm. »Ich hab Angst.«

Er lacht. »Das brauchst du nicht. Ich will dir nur was Schönes zeigen.«

»Aha«, antworte ich. In meinem Kopf arbeitet es.

David nimmt den Weg nach Prora, daran gibt es keinen Zweifel. Doch er biegt auf halber Strecke ab. Dahin, wo …

»Sag, dass ich mich irre«, flüstere ich, als die Villa vor uns auftaucht. Dieses Haus in Bäderbauweise mit der Veranda in Richtung Meer. Das Licht brennt noch immer – das ganze Gebäude ist hell erleuchtet. Vor der Tür parkt ein Montagefahrzeug.

»Was machen wir hier?«, frage ich tonlos.

»Schlüsselübergabe«, antwortet David und parkt ebenfalls.

Ich kann mich nicht rühren.

»Du wirst doch jetzt keinen Burnout bekommen?«, neckt David und beugt sich zu mir hinüber, streichelt mir über die Wange.

»Aber …«, hebe ich an, doch mir fehlen noch immer die Worte.

»Natürlich habe ich das Haus vorher besichtigt«, sagt David, »und zwar gleich, nachdem du es mir das erste Mal gezeigt hast. Du weißt doch, ich war genauso verliebt wie du.«

Das stimmt. Und irgendwann nachmittags hat er sich mal abgeseilt. Unter einem fadenscheinigen Grund. Dieser Lump.

»Hast du es …?« Die restlichen Worte bleiben mir im Hals stecken.

»Gekauft?«, fragt er und steigt aus, umrundet den Wagen und öffnet die Beifahrertür. »Noch nicht. Aber ich habe eine Kaufoption erworben. Und wenn du dein Okay gibst …« Er hebt die Schultern und hilft mir aus dem Wagen. Jetzt sieht er mich eindringlich an. »Irgendwie muss ich mein Erbe doch anlegen. Und was liegt da näher als es bei der Frau zu tun, die ich liebe?«

Ich starre ihn an und schüttle, noch immer fassungslos, den Kopf. Ich finde das total verrückt. Er hier – für immer mit mir?

»Ich liebe dich auch«, flüstere ich und blinzle die Glückstränen fort.

Endlich kommt Leben in mich. Ich stoße einen spitzen Schrei aus und nehme seine Hand.

Und dann laufen wir die Stufen nach oben und öffnen die Tür zu unserem neuen Leben.

NACHWORT

Liebe Leserinnen und Leser,

ich hoffe, Ihnen hat dieser zweite Teil meiner GIPFELfarben-Reihe gefallen. Mir hat es sehr viel Freude bereitet, Mona und David zu begleiten – der Abschied von liebgewonnenen Figuren fällt immer schwer. Umso mehr freue ich mich auf den nächsten Band, in dem es mit Valerie weitergehen wird.

Falls Sie gerne wissen möchten, wie Valerie und Erik sich kennenlernten und wie es dazu kam, dass Valerie einen Roman schrieb, können Sie die Geschichte der beiden in meinem Roman »Sommertraum mit Happy End« nachlesen. Aber Achtung, Erik hat es schon angedeutet: Valerie hat etwas übertrieben und es mit der Wahrheit nicht allzu genau genommen ... Dieser Roman hat leicht autobiografische Züge, vor allem was die Passagen betrifft, in denen es ums Schreiben geht. Es ist, denke ich, mein lustigster Roman.

Svea und Jan aus Monas Nachbarloft haben einige Leser*innen bestimmt aus INSELblau wiedererkannt. Dieser Roman ist der erste Teil der INSELfarben-Reihe und für mich noch immer etwas ganz Besonderes, hat damit doch der Erfolg dieser Serie begonnen.

Zu guter Letzt möchte ich noch darauf hinweisen, dass meine liebe Kollegin Frida Luise Sommerkorn und ich einander Figuren für unsere diesjährigen Winterromane »ausgeliehen« haben. Die Dame aus dem Geschenkeladen spielt in »Manchmal ist das Glück ganz nah« eine zentrale Rolle. Sie können gespannt sein.

Ich wünsche viel Freude mit all diesen Geschichten!

Stina Jensen, Dezember 2018

ÜBER DIE AUTORIN

STINA JENSEN schreibt Insel- und Gipfelromane, romantische Komödien und Krimis. Sie liebt das Reisen und saugt neue Umgebungen in sich auf wie ein Schwamm.

Meist kommen dabei wie von selbst die Figuren in ihren Kopf und ringen dort um die Hauptrolle in ihrem nächsten Roman. Wenn sie nicht verreist, lebt die Autorin mit ihrer Familie in der Nähe von Frankfurt am Main.

Sie möchten gern über weitere Projekte, Veröffentlichungen und Gewinnspiele informiert werden oder Vorab-Leseproben erhalten? Dann abonnieren Sie den **Newsletter** der Autorin unter www.stina-jensen.de/newsletter.

Zum Schluss noch eine persönliche Bitte:

Ich freue mich sehr über Ihre Rezension auf der Plattform, auf der Sie dieses Buch gekauft haben. Eine Rezension ist eine wichtige Rückmeldung für Autoren, aber auch eine Orientierungshilfe für Leser. Vielen Dank!

Außerdem freue ich mich über jede Email oder Kontaktaufnahme über Facebook.

Die Rückmeldung meiner Leser bedeutet mir viel!

Ihre/Eure

Stina Jensen

www.stina-jensen.de
info@stina-jensen.de

MEHR LESESTOFF

Liebe Leserin, lieber Leser,

falls Sie gern noch weitere Geschichten aus meiner Feder lesen möchten, empfehle ich Ihnen natürlich den Vorgänger dieses Romans **GIPFELblau** und außerdem meine **INSELfarben-Reihe.** Ich entführe Sie darin auf die Inseln **Mallorca, Langeoog, Irland, Island und Rügen.** Alle Inseln habe ich selbst bereist und dabei sehr liebgewonnen. Genauso wie meine Figuren. Eine Nebenfigur wird im Folgeroman zur Hauptfigur – und so erfahren Sie auch immer noch, was aus den anderen Personen geworden ist, die Ihnen ganz sicher auch ans Herz wachsen werden.

Bisher erschienen:

INSELblau
INSELgrün
INSELgelb
INSELpink
INSELgold
GIPFELblau
GIPFElgold

Plätzchen, Tee und Winterwünsche
Misteln, Schnee und Winterwunder
Sommertraum mit Happy End
Playa de Palma: Abgrundtief.

ICH WÜNSCHE viel Freude beim Lesen !

c/o Papyrus Autoren-Club

R.O.M. Logicware GmbH

Pettenkoferstr. 16-18

10247 Berlin

stina.jensen.autorin@gmail.com

www.stina-jensen.de

Lektorat und Korrektorat: Ricarda Oertel www.lektorat-oertel.de

Covergestaltung © Traumstoff Buchdesign traumstoff.at.vu

Covermotive © Angyalosi Beata und Leszek Glasner shutterstock.com

FSC
www.fsc.org
MIX
Papier | Fördert
gute Waldnutzung
FSC® C083411